KB265854

기다리는 사람들

신이산

기다리는 사람들

발행일 초판 1쇄 2020년 6월 1일
지은이 신이산
펴낸이 구충서
펴낸곳 도서출판 물망초
출판등록 2014년 10월 21일 제2013-000195호
책임 편집 황인희
디자인 박정미
주소 서울 영등포구 버드나루로 32, 동연빌딩 2층
대표전화 (02)585-9963
전자우편 mulmangcho522@hanmail.net
홈페이지 www.mulmangcho.org
ISBN 978-11-87726-18-0

※책값은 뒤표지에 있습니다.
※잘못 만들어진 책은 구입하신 서점에서 바꾸어 드립니다.

기다리는 사람들

신이산

이 소설을
유명을 달리한 국군포로와
그 가족들께 바칩니다

차 례

강을 건너다

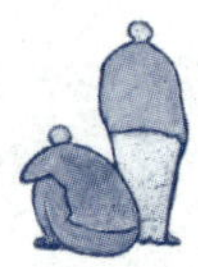

강은 경계선이다. 강은 땅을 나누고 사람을 가르고 운명을 정한다.
그래서 강을 건너는 것은 운명을 바꾸는 일이다.

물소린가, 바람 소린가, 둘이 합쳐진 소린가. 먹물 같은 어둠 속에 음산한 소리만 가득했다. 강이 있어 바람이 일었고 바람 때문에 강은 고요하지 않았다. 강물이 구렁이처럼 꿈틀댔다. 그것은 쉽사리 자기 영역을 허락하지 않겠다는 경고 같았다. 강바람이 날카로운 쇳소리를 내며 기슭을 훑고 지나갔다. 비릿한 물 냄새가 풍겼다.

리형준은 경비병이 탄 자전거 불빛이 멀리 사라지는 것을 보고 고개를 들었다. 검푸른 하늘에는 달도 별도 보이지 않았다. 날을 잘 잡았다는 생각이 머리를 스쳤다. 그는 마른침을 삼키며 딸을 쳐다보았다. 두 사람의 시선이 어둠 속에서 짧게 부딪쳤다.

"가요, 아버지."

미화가 리형준의 손을 잡았다. 두 사람은 허리를 굽혀 몸을 최대한 낮추고 빠르게 강가로 다가갔다. 경비병의 다음 순찰 시간까지는 한 시간의 여유가 있으나 마음을 놓을 수 없었다. 그는 눈을 가늘게 뜨고 강 건너편을 노려보았다. 아스라이 먼 곳에 불빛 몇 개가 가물거렸다. 너무 흐릿해서 현실감이 느껴지지 않았지만, 그곳이 목표였다.

리형준은 헤아릴 수 없이 많은 사람이 이 강을 건너다 목숨을 잃었음을 알고 있다. 그들은 물살에 휩쓸려 떠내려갔거나 경비병의 총에 맞아 죽었다. 요행히 강을 건너고도 다시 붙잡혀 와 처형되기도 했다. 딸 말대로 이제 모든 것을 운에 맡기는 수밖에 없다. 그는 또 마른침을 삼켰다.

돌곶이, 두만강 1,400리 중 가장 강폭이 좁고 수심도 얕은 곳이다. 갈수기에는 강폭이 50미터 남짓한 데다 곡류를 이루어 예전부터 강을 건너는 사람이 이곳을 많이 이용했다. 한겨울에 강이 얼면 걸어서 넘을 수도 있었다. 그러다 보니 경비가 삼엄해졌고, 강을 건너려는 사람들은 이곳을 피했다. 그렇게 몇 달이 지나자 경비는 다시 느슨해졌고, 뇌물로 먹고사는 경비병의 배만 홀쭉해졌다. 두 사람은 그 점을 노렸다.

"내가 떠내려가도 붙잡지 마라. 그러면 둘 다 죽는다. 그리고……."

리형준은 몇 번째 같은 말을 반복했다.

"설령 붙잡혀도 서로 모른 체해야 한다."

미화는 아버지를 안심시키기 위해 고개를 끄덕였지만 그럴 수는 없다고 생각했다. 죽어도 같이 죽고 살아도 같이 살아야 한다. 그런데 문득 의아심이 들었다. 혹시 아버지가? 그럴 리 없다. 그녀는 속으로 도리질하면서도 어쨌든 아버지 손을 절대 놓지 않아야겠다고 마음먹었다.

미화가 리형준의 손을 잡고 조심스럽게 강물에 발을 담갔다. 강물은 얼음장처럼 차가웠다. 리형준도 강에 들어섰다. 강바닥의 모래가 푹 꺼지며 종아리까지 물에 잠겼다. 한 걸음 더 들어가자 물이 무릎 위로 올라왔다.

금세 젖은 바짓가랑이가 다리에 감겼다. 발로 강바닥을 훑으며 미화가 이끄는 대로 한 걸음씩 나아갔다. 강물이 허벅지를 거쳐 허리까지 차올랐다. 11월의 강물이 일흔을 앞둔 노인의 뼛속까지 적셨다. 강의 중심으로 들어갈수록 물이 올라와 어느새 가슴이 물에 잠겼다. 온몸이 떨리고 숨이 가빴다. 수량은 많지 않아도 물살은 거셌다. 물살에 밀려 두 사람이 조금씩 하류로 떠내려갔다.

리형준은 강바닥의 돌이 미끄러운 데다 잠바가 떠올라 몸의 균형을 잡기가 어려웠다. 무엇이 몸을 물속으로 끌어당기는 것 같았다. 머리 위에 묶은 비닐봉지가 떨어지지 않도록 몸을 수직으로 유지하기가 힘들었다. 미화는 왼손으로 물살을 가르며 필사적으로 앞으로 나아갔다. 얼음 같은 물속에서도 등에 땀이 흐르는 것 같았다.

다행히 강바닥은 더 깊어지지 않았다. 두어 걸음 나아가자 목까지 찼던 물이 가슴께로 내려갔다. 상체가 물 밖으로 나오니 젖은 옷이 무거웠지만 강의 한복판, 그러니까 국경선을 넘었다는 생각에 힘이 솟았다. 미화는 아버지를 힘껏 끌어당겼다. 두 사람은 마른 흙이 발에 닿자 부둥켜안고 땅바닥에 쓰러졌다. 미화는 아버지 손을 놓으려 했으나 깍지 낀 손마디가 얼어서 펴지지 않았다. 간신히 손가락을 빼서 아버지의 굳은 손을 주물렀다.

건넜구나. 리형준의 머릿속에는 그 생각밖에 없었다. 물소리도 바람 소리도 들리지 않았다. 강을 건넜다는 안도감에 그제야 추위를 느꼈다. 온몸이 떨리고 윗니와 아랫니가 맞부딪쳐서 덜그럭거렸다. 저체온증이 오는 것 같았다. 그는 젖은 옷을 손으로 짜며 강 건너편을 바라보았다. 그곳은 죽음

같은 어둠에 잠겨 있었다. 비로소 강을 건넌 것이 실감났다. 저 땅에 발을 디딘 지 마흔다섯 해 만이다.

미화도 강 건너편을 바라보았다. 저곳에서 스물여덟 해를 살았다. 지옥 같은 삶이었다. 죽어도 다시 저 땅을 다시 밟지 않으리라. 그런데 피어오르는 강 안개 속으로 세 살 난 아들의 눈망울이 떠올랐다. 유난히 엄마를 따라서 뒷간에 갈 때도 업고 가야 했던 아들이다. 그 아들을 영원히 못 볼지도 모른다는 생각에 왈칵 눈물이 쏟아졌다. 그녀는 얼른 손으로 얼굴을 훔쳤다. 그리고 아버지 손을 잡았다.

43호

마감 시간이 지난 사무실은 파장한 장마당 같았다. 기자들은 팔다 남은 물건을 주섬주섬 챙기는 장꾼처럼 책상 위의 서류를 정리하며 데스크를 흘끔거렸다. 나른한 피곤함과 해방감이 먼지처럼 사무실 안을 떠다녔다.

그때, 전화벨 소리가 울렸다. 퇴근 무렵의 전화를 좋아할 사람은 없다. 고참들은 못 들은 척 사무실을 빠져나갔다. 어쩔 수 없이 전화를 받은 새내기가 두리번거리다 백민우와 시선이 마주치자 손을 들었다. 백민우는 무슨 일이냐는 표정으로 그를 쳐다보았다.

"여잔데요."

새내기가 송화구를 손바닥으로 덮은 채 싱긋이 웃었다.

백민우는 그의 말투와 웃음이 거슬렸으나 모른 체했다. 백민우도 자신의 처지를 알고 있었다. 한때는 북한 전문 기자로 특종도 여러 번 터뜨렸으나 연거푸 승진에서 낙오한 지금은 별 볼 일 없는 늙다리일 뿐이다. 그는 마뜩잖은 얼굴로 수화기를 낚아챘다.

"백민웁니다."

"……."

"여보세요?"

백민우가 고개를 갸웃하며 막 전화를 끊으려 할 때 가느다란 목소리가 흘러나왔다.

"저, 이미화예요."

"이, 미……?"

이쪽의 미심쩍어하는 기색을 느꼈던지 얼른 다음 말이 이어졌다.

"북경루의…… 기억하세요?"

백민우는 그제야 이미화에 대한 기억이 떠올랐다. 중국집에서 주방 보조로 일한다던 여자였다. 석 달 전, 백민우는 '북한 이탈 주민의 정착 실태'라는 특집 기사를 쓰기 위해 탈북자들을 두루 만났다. 이미화는 그때 만난 여자였다. 친구 조진만의 소개로 그녀를 만났으나 원하는 정보를 얻을 수 없었다. 탈북자들의 경계심이야 익히 아는 바지만 그녀는 특히 그랬다. 그런 여자가 갑자기 전화를 걸어 온 것이 이상했다.

백민우는 초췌하던 그녀의 얼굴을 떠올리며 조심스럽게 물었다.

"네에, 그런데 무슨 일로?"

이미화가 조금 뜸을 들이다 말을 이었다.

"전화로 말씀드리기는 좀……. 뵐 수 없을까요?"

혹시라도 백민우가 거절할까 봐서 그러는지 그녀가 서둘러 말했다.

"조진만 과장님이 백 기자님을 만나 보라고 해서……."

조진만은 하나원에서 북한 이탈 주민의 정착 지원 업무를 맡고 있었다. 그가 권했다면 그럴 만한 이유가 있을 것이다. 조진만의 권유가 없었다 해도 기자가 사람 만나는 것을 마다할 이유는 없었다. 백민우는 그녀와 약속을 정하고 수화기를 내려놓았다.

백민우는 사무실을 나서며 하늘을 올려다보았다. 장마철이건만 하늘에는 구름 한 점 없었다. 초여름부터 시작된 가뭄과 불볕더위에 사람은 물론 풀과 나무도 시들해 보였다. 그래도 젊은 여자들은 이런 날씨가 좋은 듯 민소매 티에 미니스커트를 입고 거리를 활보했다. 그녀들의 날씬한 종아리를 흘끔거리며 백민우는 천천히 약속 장소로 향했다.

백민우가 커피숍에 들어서자 구석 자리에 있던 이미화가 엉거주춤 일어섰다. 그녀가 손가락으로 쏟아진 머리카락을 쓸어올리며 우물우물 말했다.

"바쁘실 텐데 이렇게……."

이미화는 백민우와 시선이 마주치자 얼른 눈을 깔았다. 그 틈에 백민우는 그녀의 얼굴을 자세히 볼 수 있었다.

쌍꺼풀눈과 오뚝한 코는 남한 여자들이 성형 수술을 해서라도 가지고 싶어 하는 것인데 그녀는 자기 외모에 무관심한 듯했다. 화장을 하지 않아 눈가의 잔주름이 그대로 드러났다. 그녀는 더운 날씨에도 목에 스카프를 하고 있었다. 그러고 보니 지난번 만났을 때도 스카프를 하고 있던 것이 생각났다. 탈북 여자들이 남한 여자의 패션을 따라 하는 것은 흔한 일이지만 어딘가 어색한 점이 있기 마련이다. 이미화는 한눈에도 모조품임을 알 수 있는, 명품 브랜드 로고가 새겨진 가방 위에 두 손을 모은 채 고개를 숙이고 있었다. 그녀는 손톱으로 가방끈을 긁기만 할 뿐 말이 없었다.

백민우는 이런 경우 상대가 먼저 입을 열 때까지 기다려야 함을 경험으로 알고 있었다. 말을 재촉하면 상대는 더 움츠러들기 마련이다. 이윽고 이미화가 고개를 들었다. 마른침을 삼키는지 목울대가 한 번 꿈틀거렸다.

"백 기자님을 뵙자고 한 것은."

그녀가 백민우를 정시하며 말을 이었다.

"제 아버지에 대해 말씀드리려고요."

일반인들은 대개 기자를 경원시했다. 그들이 면전에서 기자를 대하는 태도와 돌아서서 하는 평가가 다르다는 것을 백민우도 익히 알고 있었다. 그러면서도 그들이 기자를 찾는 것은 자기 사정을 기사화해 주기 바라서인데, 사연을 들어 보면 억울함을 호소하는 것이 대부분이어서 기사로서의 가치가 떨어졌다. 이미화도 아버지에 대한 이야기라지만 그것은 곧 자기 사연일 것이다.

백민우가 심드렁하게 물었다.

"아버지라고요?"

백민우의 반응에 실망했는지 그녀는 더 말하지 않고 손톱만 깨물고 있었다. 그제야 그는 실수를 깨닫고 좀 더 진지한 태도로 말했다.

"아버님은 지금 어디 계시는가요?"

이미화가 백민우의 표정을 확인하고는 들릴 듯 말 듯한 소리로 말했다.

"제가, 제가 북한에서…… 43호였어요."

이미화는 그 말을 해 놓고 가늘게 숨을 내쉬었다.

43호, 언제 떠올려도 끔찍한 숫자였다. 그녀는 그 말을 처음 들었을 때의 충격을 15년이 지난 지금도 잊지 못했다.

리미화가 열여덟 살 되던 해 봄이었다. 그녀는 애인인 방석호를 만날 생각에 아침부터 마음이 들떠 있었다. 전날 밤 요 밑에 깔아서 주름을 편, 큼직한 바둑판무늬가 새겨진 주홍색 양산치마를 펼쳐 보았다. 봄이라고 해도 두만강에서 불어오는 강바람은 여전히 차가웠고 응달의 잔설은 녹을 기미가 보이지 않았다. 하지만 멋을 내기 위해서는 추위쯤은 참아야 한다고 생각했다. 무엇보다 방석호는 그녀가 치마 입는 것을 좋아했다.

오늘은 반장 동무에게 아양을 떨어서라도 조금 일찍 퇴근할 생각이다. 방석호가 가지고 싶어 하는 선물, 전기면도칼도 준비했다. 그가 굳이 입맞춤하려 들면 못 이기는 척 허락해 줄 것이다. 그 생각만으로도 리미화는 얼굴이 붉어졌다. 생각과 외모가 모두 소녀티를 못 벗은 그녀는 첫사랑인 방석호와 꾸밀 신방의 휘장 색깔까지 정해 놓았다. 방석호는 현재 하급 사회안전원이지만 그의 아버지는 군당의 고위 간부였다. 그는 드러내놓고 그것을 자랑했으나 리미화가 결혼을 생각한 것은 그것 때문은 아니었다. 세상일에 때묻지 않은 소녀의 순정일 뿐이다.

리미화는 옷을 입다가 웃음이 풀썩 나왔다. 방석호의 련애편지가 생각난 것이다. 그는 상상력과 문장력이 빈약했다. 사랑하는 마음을 문학적으로 표현하지 못해 '사랑한다'라는 네 글자를 백지에 가득 채워 넣었다. 유치한 그 행동이 어쩐지 가슴에 와닿았다. 그는 리미화보다 다섯 살이나 위지만 하는 짓은 남동생 같을 때가 많았다.

리미화는 퇴근하자마자 방석호와 만나기로 한 로동자공원으로 달려갔다. 공원은 그녀가 일하는 기업소에서 30분 정도 걸어가야 하는 위치에 있었다. 공원에는 사람이 많지 않았다. 그녀는 방석호와 늘 만나던, 두 사람이 둥지라고 이름 지은 나무의자를 향해 천천히 걸었다. 물오른 개나리꽃 봉오리들이 그녀를 반겨 주는 것 같았다.

그런데 평소 약속 시각을 잘 지키는 방석호가 30분이 지나도록 나타나지 않았다. 그의 직업이 안전원인 만큼 갑자기 상부에서 명령이 떨어졌을지도 모른다고 생각했다. 그러나 한 시간이 지나자 그녀의 몸과 마음은 두만강에서 불어오는 강바람에 시퍼렇게 얼어붙었다. 돌아가려고 공원 입구까지 갔다가 다시 돌아서기를 세 번이나 반복했다.

그녀가 결국 포기하고 집으로 돌아가려고 할 때쯤 멀리서 방석호가 걸어오는 것이 보였다. 평소의 그답지 않게 양손을 바지 주머니에 넣고 어깨를 구부린 채 걸어오고 있었다. 리미화는 투정 부리려던 것도 잊고 그의 기분을 풀어 주려고 밝은 표정으로 다가가 팔짱을 꼈다. 그러나 방석호는 웃지도 않고 뻣뻣하게 팔을 편 채로 있더니 슬그머니 팔을 빼서 담배를 꺼냈다. 담배는 팔을 빼기 위한 핑계였다. 그는 담배 한 대를 다 피우도록 말이 없었다. 이상한 분위기에 눌려 그녀도 입을 열지 못했다.

방석호가 담배꽁초를 신발로 짓이기고는 주머니에서 종이 한 장을 꺼내 그녀에게 내밀었다. 리미화로서는 처음 보는 서류였는데 자세히 보니 공민부였다. 그녀의 가족 이름이 다 나와 있었다. 서류 한가운데에 '43호'라고 쓴 도장이 찍혀 있었다. 도장은 검불그스름했는데 그 색깔만으로도 어쩐지 기분이 나빴다. 리미화가 서류를 돌려주며 의아한 표정으로 방석호를 쳐다보았으나 그는 짐짓 외면하고 있었다. 두 사람 사이에 침묵이 흘렀다.

이윽고 리미화가 먼저 입을 열었다.

"이거이 뭐야요?"

방석호가 기막히다는 표정으로 통명스럽게 말했다

"보고도 모르나? 공민부지."

"……?"

"니, 43호가 뭔 뜻인 줄 모르간?"

"……."

"괴뢰군 포로 가족이란 뜻이야."

"괴뢰군 포로?"

"기래, 니 아버지 리형준이가 남조선에서 우리 공화국으로 쳐들어온 괴뢰군 포로라는 거지. 니 가족 모두 악질 반동이란 거이야."

리미화는 난데없이 둔기로 머리를 맞은 듯 아무 생각도 떠오르지 않았다.

"나, 43호 만나 인생 조질 생각은 업지비."

그는 서류를 주머니에 쑤셔 넣고 매몰차게 그 자리를 떠났다. 그것이 방석호와의 마지막 만남이었다.

리미화는 찬바람에 몸이 얼어붙는 것도 모르고 그 자리에 오래도록 서 있었다. 문득 아홉 살 때의 기억이 떠올랐다. 아버지 원수님의 탄생일을 맞아 조선소년단에 입단하는 것이 아이들에게는 꿈이었다. 흰색 상의에 붉은 넥타이를 매고 지도원의 선창에 따라 수령님께 충성 구호를 외치는 아이들이 얼마나 부러웠던가. 얼마나 붉은 넥타이가 매고 싶었던가. 그녀는 공부도 잘하고 노래로 잘 불렀건만 어쩐 일인지 조선소년단에 입단할 수 없었다. 그날 집에 돌아와 밤새도록 울었다. 그러나 누구도 그녀가 소년단에 입단하지 못한 이유를 가르쳐 주지 않았다. 그래서였구나. 그것이 시작이었구나. 대학에 들어가지 못한 것도, 좋은 기업소에 배정받지 못한 것도 그래서였구나.

그뿐만 아니라 어려서부터 궁금했던, 그러나 누구에게 물어볼 수도 없고 가르쳐 주는 사람도 없던, 집안의 사건들이 떠올랐다. 그 비극적인 사건들이, 언제나 집안에 감돌던 서늘한 그 냉기가 모두 43호와 관련되어 있다는 것을 불현듯 깨달았다. 이제껏 자기만 43호라는 사실을 모르고 있었을 뿐이다.

＊　　　＊　　　＊

이미화는 백민우가 43호라는 말의 뜻을 아는지 확인하려고 좀 전까지와는 다르게 고개를 들고 정면으로 쳐다보았다. 백민우가 천천히 고개를 끄덕였다.

1953년 정전이 되자 북한은 전후 부족한 노동력을 충당하기 위해 국군포로 송환을 거부했다. 미송환 국군포로 8만여 명을 내무성건설대란 이름으로 탄광에 투입했다. 내무성건설대란 대외적으로 국군포로가 없다는 것을 나타내기 위한 위장일 뿐 실제로 포로 신분이 바뀐 것이 아니었다. 군대식 편제를 유지하고 있었고 인민군이 지휘 감독했다. 그러다가 1956년 내각명령 제143호에 의해 국군포로를 건설대에서 내보내고 공민증을 주었다.

그러나 달라진 것은 없었다. 저들이 공민증을 주어 공화국의 인민으로 받아들인다고 한 것은 여전히 북조선에 마음을 두지 않고 있는 국군포로를 회유하기 위한 술책이었다. 공민증을 주며 동시에 결혼을 강요했다. 그들이 가정에 전념하여 남조선에 대한 미련을 잊도록 하려는 술책이었다.

내각명령 후 북한에서는 국군포로라는 말을 안 쓰고 143호 또는 줄여서 43호라고 했다. 처음에는 국군포로를 지칭하는 기호였으나 그들이 결혼하여 가족이 생기자 그들도 같은 기호로 불렸다. 북한에서 국군포로는 인간으로서의 대접을 받지 못했다. 적대 계층으로 낙인찍혀 강제 노역을 하거나 차별과 감시 속에서 비참하게 죽어 갔다.

백민우는 '43호'라는 한마디로 그녀의 과거를 다 알아 버린 것 같았다.

그런데 이미화는 아직 본론을 꺼내지 않았다. 아버지에 대한 사연을 기사화해 주기를 원하는 것일까? 하지만 기사를 써도 데스크에서 통과시켜 줄지 의문이었다. 데스크에서는 탈북자에 대해서, 북한 인권에 관해서 관심이 없었다. 미모의 탈북 여성들이 텔레비전 방송의 인기 출연자가 된 지 오래인데, 누가 북한 인권을 다룬 기사를 읽느냐는 거였다.

이미화가 백민우의 표정을 보고 나지막이 숨을 내쉬었다. 그러고는 가방에서 딱지처럼 접힌 종잇조각을 꺼내 백민우 앞으로 밀어 놓았다. 종이는 한눈에도 한국산이 아니었다. 형편없는 지질, 나달나달한 모서리가 그 주인의 운명을 말해 주는 듯했다. 만지면 가랑잎처럼 부서질 것 같아 백민우는 쉽사리 그것을 집지 못했다. 낡고 해진 모양만큼이나 거기에 담긴 사연도 기구할 것이다.

백민우가 이미화와 종잇조각을 번갈아 보며 물었다.

"아버님은 지금?"

순간, 그녀의 얼굴이 핼쑥해졌다. 괜한 것을 물어보았나 하고 자책할 무렵 이미화가 고통스러운 표정으로 입을 열었다.

"5년 전, 아버지와 함께 강을 건넜는데…… 아버지만 잡혀갔어요. 아버지 가족이 남한에 있는데, 찾을 방법을 몰라서……."

이미화는 아버지의 마지막 모습이 눈에 선했다.

※   ※   ※

리미화가 아버지를 찾아 무산에 간 날, 해발 1,300미터의 련두봉을 쓸고 내려온 바람이 엉성한 산막을 날려 버릴 듯 몰아치고 있었다.

그녀는 안으로 잠긴 문고리를 간신히 벗겨 내고 산막에 들어서는 순간, 그간의 사정을 알아차렸다. 다섯 평 남짓한 산막 안에는 두 사람이 가까스로 누울 수 있는 평상 하나가 있었는데, 그 위에 리형준이 새우처럼 웅크리고 누워 있었다. 드럼통난로에는 불 땐 흔적이 없었고, 몇 개의 그릇이 얹혀 있는 살강에는 눈가루가 수북했다. 미화는 벌떡이는 가슴을 누르며 침상으로 다가가 담요를 들췄다. 얼른 아버지 코에 귀를 대 보고는 부둥켜안았다.

“아버지, 아버지.”

미화가 울먹이며 리형준을 잡아 흔들자 가느다란 날숨이 그의 코에서 새
어 나왔다.

“아버지, 저 미화야요.”

리형준은 어떤 소리를 들은 것 같았으나 꿈인지 생시인지 구별하지 못
했다.

“아버지, 눈 떠서 절 보시라요.”

리형준은 눈을 뜰 기운이 없었다. 딸 목소리 같으나 딸일 리 없다. 낟알
기를 끊은 뒤 자주 환각에 시달렸다. 기름이 졸아든 등잔불이 사르르 꺼지
듯 그렇게 숨질 것이다. 그 순간이 오기를 기다리고 있었다.

리미화는 머릿속을 떠나지 않던 불안이 기우이기를 바랐다. 하지만 안
좋은 예감은 늘 잘 들어맞았다. 그녀는 엄마를 묻을 때의 아버지 눈망울을
기억했다. 처연한 그 눈빛은 고인이 아닌 자신의 주검을 바라보는 듯했다.
그날 이후 아버지 생각을 잊은 적이 없으나 여건이 허락하지 않았다. 한 달
안에 돌아온다는 것이 다섯 달이 지나 버렸다.

“아버지, 아버지.”

딸이 아버지를 끌어안고 목놓아 울었다.

리형준은 무거운 눈꺼풀에 온 힘을 모았다. 흐릿한 시야에 사람의 모습
이 들어왔다. 어렴풋한 얼굴이 좀 더 가까이 다가왔다. 딸이다, 예쁜 내 딸
미화다. 그가 놀라 일어나려 했지만 몸이 얼어서 움직여지지 않았다. 딸은

흐릿한 눈동자만 굴리는 아버지 얼굴을 감싸 안으며 흐느꼈다.

"아버지, 아버지."

리형준은 딸의 얼굴을 똑바로 볼 수 없었다. 갓난아기 때부터 얼굴이 예뻐서 미자(美子)라고 이름을 지어 주었다. 일본식 이름을 다 바꾸라는 김일성의 지시로 '자(子)' 자를 '화(花)' 자로 바꾸었는데, 사람들은 딸의 이름이 얼굴과 맞는다고 했다. 스물여덟 살이면 한창때인데 눈가에는 잔주름이 가득했고 얼굴에는 시꺼멓게 기미가 끼어 열 살은 더 들어 보였다. 풍성하고 매끄럽던 머릿결은 간데없고 짧게 자른 머리카락은 빗질을 안 해 부스스했다.

딸의 뜨거운 눈물에 아버지의 얼굴이 조금씩 녹았다. 리형준은 가늘게 숨을 내쉬며 눈을 감았다. 그의 양 눈가로 눈물이 조금씩 흘러내렸다. 삭정이 같은 몸뚱이 어느 곳에 물기가 있었는지 눈물이 그치지 않았다. 부녀는 오래도록 눈물범벅인 얼굴을 맞대고 있었다.

리형준은 딸의 품에 안긴 채 그대로 숨이 멎어 버렸으면 싶었다. 하지만 어렵사리 찾아온 딸을 생각해서라도 기운을 차릴 수밖에 없었다. 그래야 딸도 안심하고 집으로 돌아갈 것이다. 그는 억지로 일어나 희미하게 웃는 표정을 지었다.

리미화는 아버지가 음식을 끊은 지 오래되었음을 알아차렸다. 난로에 불을 지피고 배낭에 넣어온 쌀을 꺼냈다. 어렵게 구한 쌀이다. 그녀는 집을 떠날 때 돈이 될 만한 것은 옷이건 세간이건 모두 장마당에 내다 팔았다. 얼마 안 되는 돈으로 쌀을 산 것은 한끼라도 아버지에게 따뜻한 밥을 지어 드리고 싶어서였다.

냄비 뚜껑이 달가당거리며 포록포록 쌀 익는 냄새가 산막 안에 퍼졌다. 리형준은 자기도 모르게 깊이 숨을 들이마셨다. 얼마 만에 맡아 보는 냄새인가. 입에 거위침이 돌며 헛구역질이 났다. 세상의 어떤 것보다 강렬한 그 냄새가 아내에 대한 기억을 불러왔다.

불쌍한 여자, 허말순을 더 불쌍하게 만든 사람이 자신이었다. 애초 북한에서 결혼할 생각은 없었다. 언젠가는 고향에 돌아갈 것이다. 고향의 아내, 유영실을 하루도 잊은 적이 없었다. 거기다 북한에서 결혼한 국군포로들의 가정생활이 어떤지를 익히 보았다. 결혼해서 가족까지 노예 같은 삶을 살게 하고 싶지 않았다. 그러나 세상일은 뜻대로 되는 것이 아니었다. 리형준이 서른세 살 때였다. 그가 일하던 탄광이 폭발하는 바람에 수십 명이 죽고 다쳤다. 리형준은 탄더미에 묻혀 있다가 일주일 만에 구조되었다. 공화국에서 가장 겁내는 폐병마저 겹쳐 병원에서조차 살 가망이 없다고 버려둔 그를 정성껏 간호해 준 사람이 탄광 식당의 부엌데기, 허말순이었다.

허말순의 고향은 황해도 신천이었다. 그녀의 아버지는 밭 한 뙈기 없는 가난한 소작농이었는데 아들 욕심은 많았다. 아내가 첫 아이를 배자 동네 훈장에게 강냉이를 한 포대나 갖다주고 '만석(萬石)'이라는 이름을 지어 왔다. 기대와 달리 딸이 태어나자, '만석'은 둘째가 태어나면 붙여 주기로 했다. 그러나 연거푸 넷이나 딸이 태어나는 바람에 '만석'이라는 이름을 사용하지 못했다.

그녀의 어머니가 기어코 아들을 보겠다고 터울을 건너 나은 것이 그녀였다. 이번에는 아들이거니 했던 그녀의 아버지는 또 딸이 태어나자 '옘병할 에미나이' 한마디를 던지고는 노름방에서 나오지도 않았다. '옘병할 에미나이'가 산모를 두고 한 말인지 갓난아이를 두고 한 말인지 알 수 없었다. 허말순의 어머니가 아기에게 젖을 먹이지 않아서 동네 아낙이 아기를 거두었다고 했다.

태어난 지 일 년이 지나서야 출생 신고를 했는데, 면서기가 '끝순'이란 이름을 듣고 한참 생각하더니 서류에 '말순(末順)'이라고 적어 넣었다. 하지만 그것은 호적상 이름일 뿐 그녀가 제 이름으로 불린 일은 없었다. 이름도 변변히 얻지 못한 만큼이나 그녀의 한평생은 기구했다. 첫 남편은 노름꾼에다 술주정뱅이였다. 그는 돈을 따서, 돈을 잃어서, 할 일이 없어서 술을 마셨고 술에 취하면 곰보딱지라며 아내를 두들겨 팼다. 허말순은 딸 둘을 낳고 쫓겨나 이곳저곳을 전전하다 아오지탄광으로 오게 되었다.

허말순은 허리가 부러진 리형준의 대소변을 받아냈다. 석 달 만에 그가 혼자 움직일 수 있을 정도로 회복되었다. 주위 사람들은 허말순이 리형준을 살려 냈다고 했고, 그도 그렇게 생각했다. 당시 당에서는 국군포로들에게 '붉은 혁명 가정의 탄생'(결혼)을 강요했는데, 그들의 탈북 의지를 없애고 동시에 인구를 늘리기 위한 목적이었다.

리형준은 이미 탄광을 탈출했던 전과가 있어서 보위부의 감시 대상이었다. 부위부원은 당의 방침을 따르지 않으면 반동이라고 을러멨다. 리형준은 기왕에 결혼할 바에는 허말순이 좋겠다고 생각했다. 그는 남한의 아내를 잊지 못하면서도 허말순과 살림을 합치기로 했다. 허말순이 자기가 쓰던 이부자리를 들고 리형준의 단칸방에 온 날, 리형준은 막장에 있었다. 볼거리를 기대하고 왔던 동네 아낙들이 실망한 표정으로 되돌아갔다.

리형준과 허말순의 결혼 생활은 수십 년을 함께 산 부부처럼 무덤덤했다. 리형준이 보름에 한 번씩 석탄 가루 범벅인 옷을 가지고 집에 오면 허말순은 말없이 그것을 받아 빨았다. 허말순은 남편이 오는 날은 밥상에 생선 한 토막이라도 올려놓으려고 애썼다. 허말순이 생선 한 점을 젓가락으로 집어 남편의 숟가락에 올려놓으면, 리형준은 다시 그것을 아내의 밥그릇에 담았다. 간고등어 한 토막은 두 사람의 식사가 끝나도록 남아 있었다. 두 사람의 공통점은 과묵함이었다. 젊은 나이에 참혹한 고통을 겪은 것, 그것이 두 사람의 유대감이었다. 맹수에 물린 짐승끼리 서로의 상처를 핥아 주듯 두 사람은 그렇게 살았다. 그런 아내를 고난의 행군 시기에 굶겨 죽인 것이다.

그러니까 4년 전이었다. 1994년 김일성 사망 후 공화국의 경제 사정은 극도로 나빠지기 시작했다. 김정일이 집권한 뒤 6백 그램씩 주던 쌀 배급량이 조금씩 줄어 백 그램 정도를 아주 가끔 배급하더니 나중에는 그것마저 끊었다. 배급 제도로 운영되는 사회주의 국가에서 배급을 중단하는 것은 거기에만 의존하던 인민에게는 죽으라는 것과 다름없었다.

1996년 김정일은 신년사에서 특별 선언을 했다. 전체 당원들과 인민군 장병들과 인민들은 사회주의 3대 진지를 튼튼히 다지며 백두 밀림에서 창조된 고난의 행군 정신으로 살며 싸워 나가야 한다.

이와 같은 신년사는 주민들의 희생을 강요하기 위한 당적 구호였다. '고난의 행군'은 김일성이 항일 투쟁 시 만주에서 추위와 굶주림을 겪으며 백여

일간 행군한 데서 유래한 말이라고 했다. 그러나 구호로 경제가 좋아질 수는 없었다. 1998년 들어 상황은 극한으로 치달았다. 풀뿌리 나무껍질도 남아나지 않았다. 당에서는 엄하게 단속했지만, 굶주림에 지친 나머지 자식의 인육을 먹는다는 흉흉한 소문이 나돌았다. 사회의 가장 밑바닥에 속하는 국군포로 가족들은 더 말할 것도 없었다. 전국적으로 굶어 죽은 사람이 수백만 명이 넘었다. 그 수백만 명 중에 허말순도 들어 있었다.

리미화가 산막에 온 지 열흘이 지났다. 리형준은 딸의 일이 걱정되었다. 사위와는 이미 남남이 되었다 해도 집을 열흘씩 비우면 주위 사람들이 이상하게 여길 것이다.

"이렇게 오래 집을 비워도 괜찮은 거냐?"

리형준이 조심스럽게 말을 건넸다.

미화는 이제 산막에 온 이유를 털어놓을 때가 되었다고 생각했다. 그동안 아버지의 건강이 회복되기를 기다린 것이다.

"아버지, 인제 안 돌아갑니다."

"……"

"저 실은 다 정리하고 왔어요."

리형준도 딸의 결혼 생활이 파탄 난 것은 알고 있었다. 그렇다 해도 돌아가지 않는다면 안전원이 바로 수색할 것이다.

리미화가 한 손으로 입을 가리고 아버지의 귀에 속삭였다. 리형준은 너무 놀라 입을 다물지 못하고 문 쪽을 살폈다.

“마, 말조심해야……”

리미화는 아버지의 눈을 똑바로 보며 다짐을 받듯 말했다.

“아버지!”

그러나 리형준은 힘없이 고개를 저었다. 더 살고 싶은 마음도 없었지만 무엇보다 딸에게 짐이 되어서는 안 된다는 생각이 컸다. 일흔을 앞둔 나이에 강을 건넌들 어떻게 살아갈 것인가.

리미화가 애원하는 눈빛으로 아버지를 바라보았다.

“이리 죽으나 저리 죽으나 마찬가지야요.”

리미화는 고난의 행군이 선언되기 전부터 많은 사람이 강을 건너간 것을 알고 있었다. 처음에는 강 부근에 살던 사람들이 넘어갔으나 점차 남쪽 지역에 살던 사람도 강을 건넜다. 사회안전부에서는 주민의 이동을 엄격하게 통제했지만, 가족이 굶어 죽는 것을 바라보고만 있을 수 없던 사람들은 죽기 살기로 강을 건넜다.

리미화가 살던 은덕에도 꽃제비가 길거리에 넘쳐났다. 역 광장에 죽은 듯이 쓰러져 있는 아이들은 사람의 형상이 아니었다. 그녀는 더는 이 땅에서 살 수 없다고 생각했다. 그런데 걸리는 것이 아들과 아버지였다. 남편은 아들을 곁마누라 집으로 데려가 버렸다. 리미화는 아들을 구해 내기 위해서라도 탈북해야 한다고 생각했다.

“내가 이제 살면 얼마나 더 살겠다고.”

리미화가 이틀이나 아버지를 설득했으나 소용이 없었다. 날짜는 지나가고 마음은 급했다. 그때 한 생각이 떠올랐다. 아버지가 삶의 의욕을 되찾도록 하려면 그 방법밖에 없었다. 아버지가 한 번도 입에 올린 적이 없는, 가슴속에 묻어 둔 비밀을 그녀는 알고 있었다. 그것은 남조선의 가족이었다.

"아버지, 고향 가고 싶지 않으세요?"

리형준은 고향이란 말을 듣는 순간, 강한 전류가 몸안에서 소용돌이를 일으키는 것을 느꼈다. 그는 숨이 막힐 듯한 충격을 내색하지 않으려고 어금니를 깨물며 안간힘을 썼다.

고향, 스무 살에 포로가 된 뒤 마흔다섯 해 동안 누구에게도 말한 적이 없지만 한시도 잊은 때가 없었다. 두 번이나 탈출을 시도한 것도 고향에 돌아가고 싶어서였다. 고향 집 주소를 잊지 않으려고 언제나 잠들기 전 주문처럼 되뇌었다. 아, 어머니. 어머니는 살아 계실까? 살아 계신다면 올해로 아흔이다. 아내는, 아내는. 그다음은 목이 메어 생각조차 할 수 없었다. 그 곱던 아내도 이젠 늙었겠지. 장부가 나라의 부름을 받고 떠나는데 여자가 울면 안 된다고 옷고름을 깨물며 눈물을 참던 아내였다.

고향에 갈 수만 있다면, 가족을 만날 수만 있다면 무슨 짓인들 못 하겠는가. 그렇다. 딸 말대로 이리 죽으나 저리 죽으나 마찬가지다. 이제 삶에 단 하나의 의미를 찾는다면 그것은 고향에 돌아가는 것이다. 그의 몸속에 뜨거운 기운이 퍼졌다. 리형준은 눈을 감고 있지만 딸의 시선이 자신의 얼굴에 꽂혀 있음을 느꼈다.

이윽고 그는 몸안의 기력을 끌어모아 힘겹게 말했다.

"가, 자."

미화가 아버지 손을 움켜쥐었다.

그날 밤, 리형준 부녀는 두만강을 건넜다.

＊　　　＊　　　＊

"아버지, 떠나야 해요."

리미화가 아버지 손을 잡아 일으켰다. 리형준이 고개를 끄덕였다. 그런데 그곳이 어디란 말인가. 강을 무사히 건넜다는 안도감은 순식간에 사라지고 갈 곳이 없다는 불안감이 엄습했다. 당장이라도 뭔가가 뒷덜미를 낚아챌 것 같은 공포에 짓눌려 어둠 속을 둘러보았다.

"우선 옷부터."

두 사람은 머리에 이고 있던 비닐봉지를 끌러서 옷을 갈아입었다. 젖은 옷과 함께 저 땅에서의 기억도 봉지에 담아 강물에 던졌다. 봉지가 강물에 떠올랐다 가라앉았다 하며 흘러갔다.

"가요."

두려움을 이겨 내는 방법은 움직이는 것이다. 이곳을 떠나야 한다. 그러나 길이 보이지 않았다. 아니, 길이 없었다. 강의 반대편, 그곳이 방향이다. 조금이라도 강과 멀어져야 한다는 생각뿐이었다. 두 사람은 손을 잡고 어둠 속을 뛰듯이 걸었다. 그러나 마음처럼 몸이 움직여 주지 않았다. 리형준이 발을 헛디디는 바람에 두 사람은 함께 구덩이 안으로 굴렀다.

"조금만 쉬었다 가자."

리형준이 입에서 단내를 풍기며 헐떡였다.

"조금만 가면 마을이 나올 거예요. 여기가 허룽 시 난핑이에요."

리미화가 아버지 다리를 주무르며 말했다.

이윽고 동틀 무렵 두 사람은 국경 마을에 이르렀다. 주뼛주뼛 다가간 마을 어귀의 어느 집 마당에 개밥통이 있었는데, 거기에 얼어붙은 것이 놀랍게도 쌀밥이었다. 강 건너 사람들은 굶어 죽어 가고 있는데 이곳에는 개밥통에 흰밥이라니. 강 하나 사이가 이렇게 다르단 말인가. 그 충격은 말할 수 없었다.

리형준이 자기도 모르게 개밥통으로 다가간 것은 밥의 흡인력 때문이라고밖에 설명할 수 없었다. 아내가 숨을 거두기 전 미음 한 모금이라도 먹이고 싶었으나 결국 쌀을 구하지 못했다. 쌀밥은 그에게 한으로 남아 있었다.

그때, 어디선가 커다란 개가 매섭게 짖으며 달려들었다. 리미화가 놀라서 얼른 아버지 뒤로 숨었다. 중국 국경 마을 주민은 개를 많이 길렀는데 도회지에서 기르는 애완견이 아니라 덩치 큰 잡종견이 대부분이었다. 북조선에는 개를 키우는 집이 드물었다. 사람 먹을 것도 없는 판이니 개는 말할 것도 없었다. 피둥피둥 살찐 개마저 놀라웠다. 개는 두세 걸음씩 앞으로 내닫다가 다시 물러서기를 반복하며 짖어댔다. 그러자 동네 개들이 일시에 짖기 시작해서 작은 마을은 순식간에 소란이 일어났다.

리형준 부녀가 조심스럽게 뒷걸음으로 물러나고 있을 때, 쓰개 달린 잠바를 걸친 남자가 나타났다. 남자가 개에게 다가가 목덜미를 몇 번 쓰다듬어 주자 개는 제 임무를 마쳤다는 듯이 목을 쳐들어 한 번 더 짖고는 제집으로 들어가 버렸다. 남자가 리형준 부녀를 훑어보며 물었다.

"강 건너 왔습둥?"

리형준이 다급히 고개를 끄덕였다. 두 사람을 갈마보던 남자의 시선이 리미화의 얼굴에서 멈추었다. 리형준은 알 수 없는 불안을 느끼며 비로소 남자의 얼굴을 유심히 보았다. 털모자로 이마와 귀를 가린 데다 턱수염까지 무성해서 남자의 얼굴은 코와 뺨 언저리만 드러났는데 마맛자국이 얼금숨숨했다.

남자가 시선은 리미화를 향한 채 리형준에게 물었다.

"부녀간입네까?"

리미화가 한 걸음 앞으로 나서며 대답했다.

"네에, 선상님 좀 도와주시라요. 옌지로 가려고 하는데."

"거기 아는 사람이 있습둥?"

아는 사람이 있을 리 없다. 옌지에 가면 조선족 틈에 숨을 수 있다는 말을 들었을 뿐이다.

리형준이 딸을 쳐다보자 그녀가 얼른 대답했다.

"네에, 언니가 살아요."

그러나 남자는 그 말을 그다지 믿는 것 같지 않았다. 언니가 있는데 왜 마중 나오지 않았느냐는 낯빛이었다. 국경 마을에 살며 도강한 사람을 수없이 접했을 것이다. 리미화는 솔직히 도움을 청하는 것이 나을 것 같았다.

"제발 좀."

남자가 무엇인가 생각하는 것 같더니 천천히 입을 열었다.

"오는 동안 만난 사람 없었습네까?"

“네에, 아무도.”

리미화가 얼른 대답했다.

“따라오시라요.”

남자가 두 사람을 데려간 곳은 몸채에 덧달아 지은 듯한 작은 방이었다. 남자가 방에 들어가 전등을 켜니 방안의 물건들이 모습을 드러냈다. 방이라기보다 헛간에 가까웠다. 안 쓰는 가재도구와 곡식이 든 것으로 보이는 마대가 윗목에 아무렇게나 쌓여 있었다. 방에 들어서자 매캐한 먼지 냄새가 코를 간지럽혔다. 벽지도 천장도 누렇게 찌들어 원래의 색을 알기 어려웠다. 바닥에는 비닐 장판을 깔았는데 이음매의 무늬가 맞지 않았고 군데군데 담뱃불 구멍이 있었다.

“잠깐 기다리시라요. 밥 가져올 테니. 그런데 그 옷으로는 안 되갔구만.”

리형준 부녀가 가슴을 졸이는 사이 남자가 밥상과 허름한 중국옷 두 벌을 가지고 왔다.

“내 조카가 허룽 시에서 택시 운전을 하는데…….”

남자가 밥상을 내려놓고 두 사람을 갈마보더니 리미화에게 시선을 고정하고 은근하게 물었다.

“돈 가진 거 있슴둥?”

리미화가 아버지 눈치를 살피며 조심스럽게 고개를 끄덕였다.

“밥 먹고 옷 갈아입으시라요. 조카를 부를 테니 료금은 직접 상담해 보우다.”

남자는 말을 마치고 나가 버렸다. 리형준 부녀는 그제야 김이 나는 밥상을 바라보았다. 밥상에는 쌀밥과 된장국, 그리고 석박김치가 놓여 있었다. 두 사람은 윤기 흐르는 쌀밥을 보자 이상하게 가슴이 메었다. 된장국에 말아 몇 숟갈 뜨다가 말았다.

두 사람은 숟가락을 놓자마자 갑자기 밀려오는 졸음을 참을 수 없었다. 이내 두 사람은 나무토막처럼 방바닥에 쓰러졌다.

리미화가 몸에 이상을 느끼고 눈을 떴으나 정신이 몽롱했다. 양팔과 다리가 묶여 있었고 입에는 수건이 물려 있었다. 꿈결처럼 흐릿한 시야에 아버지의 모습이 들어왔다. 건장한 남자 두 명이 아버지를 끌어가고 있었다. 아버지가 발버둥치자 한 남자가 아버지 목덜미를 주먹으로 내리쳤다. 아버지는 축 늘어져 더이상 움직이지 않았다. 그것이 리미화가 본 아버지의 마지막 모습이었다.

빨갱이 새끼

　　백민우는 요란한 전화벨 소리에 잠을 깼다. 잠결에 손을 뻗어 머리맡을 더듬어도 잡히는 것이 없었다. 그사이에도 벨 소리는 그치지 않았다. 한참만에야 그 소리가 입고 있는 바지 안에서 나는 것임을 알아차렸다. 간신히 몸을 뒤척여 휴대폰을 꺼냈으나 소리가 멎었다. 전화는 조진만에게서 온 것이다. 시계는 5시 45분을 가리키고 있었다.

　　그새 잠은 얼추 달아났으나 머리가 깨질 듯이 아팠다. 어젯밤 어떻게 집에 들어왔는지 기억이 나지 않았다. 옷차림은 전날 출근할 때 그대로였다. 집에 들어와 옷도 벗지 않고 침대에 고꾸라져 버린 것이 분명했다.

　　이미화와 헤어진 뒤 조진만을 만났고, 그와 3차를 간 것까지 생각나는데 그다음은 기억이 없었다. 문득 떠오르는 생각이 있어서 지갑을 열어 보았다. 몇 개의 영수증 가운데 단골 술집 것이 나왔고, 결재 시각은 0시 50분으로 되어 있었다. 그렇다면 조진만과 헤어져 혼자 또 마셨다는 얘기가 된다. 술집 주인이 택시를 잡아 주었는지도 모른다. 주머니 속에 지갑과 휴대폰이 있는 것만도 다행이었다.

　　백민우는 냉장고에서 생수통을 꺼내 들이켜고는 담배를 피워 물었다. 아내와 이혼한 뒤 편해진 것 중 하나가 담배를 마음대로 피울 수 있는 거였다. 아내의 성화에 담배를 끊은 적이 있으나 오래 가지 못했고 그래서 아내로부터 더 업신여김만 당했다. 아내가 생각날 때는 없으나 이제 막 말문이 열려 '아빠, 아빠.' 하며 매달리던 딸을 생각하면 가슴속 가득히 슬픔이 밀려왔다. 딸을 양육할 형편이 못 되어 친권을 포기했지만, 딸에 대한 사랑마저 포기한 것은 아니다. 똑똑하고 능력 있는 아내가 자신보다 훨씬 딸을 잘 키울 것을 믿었다. 아내가 혼자 살든 재혼하든 그거야 상관할 바 아니나 딸에게 상처 주는 일만은 없게 해 달라고 당부했다. 아내는 같잖다는 듯 피식 웃었다. 백민우는 얼굴이 화끈거릴 정도로 모멸감을 느꼈지만 이혼한 마당에 시비하기도 뭣해서 참고 말았다.

백민우가 담배를 반쯤 피웠을 때 다시 벨 소리가 울렸다. 조진만이었다. 백민우는 휴대폰을 꺼 버릴까 하다가 입맛을 다시며 통화 버튼을 눌렀다.

"깼구나."

"새벽 전화질은 어디서 배운 거냐?"

"아우 녀석 걱정돼서 전화했다. 집이냐?"

"집이 아니면?"

"왜 이리 뻣뻣해?"

"뻣뻣하지 않으면?"

백민우는 알 수 없는 짜증이 치밀어 애꿎은 친구에게 심사를 부렸다. 아마도 '집'이라는 단어 때문이었을 것이다. 이혼한 뒤 회사 근처에 오피스텔을 얻었다. 몇 달을 살았건만 늘 하룻밤 자고 가는 여인숙 같은 느낌에서 벗어날 수 없었다. 그는 가족이 함께 사는 곳을 집이라고 생각했고, 그래서 자신은 집이 없다고 치부하고 있었다. 친구가 무심코 한 말에도 예민하게 반응한 이유였다. 백민우의 역정에도 조진만은 느물거렸다.

"짜아식, 너 어제 보니 이미화한테 마음이 있나 보더라."

"미친."

"이 형님 눈은 못 속인다. 그럼 끊는다."

백민우는 휴대폰을 내려놓고 다시 담배를 피워 물었다. 조진만은 초등학교부터 고등학교까지 함께 다닌 친구다. 자신의 가정사를 훤히 알고 있는 그에게는 숨길 것도 없고 숨겨지지도 않았다. 지난밤 취중에 무슨 말을 했는지 기억나지 않으나 이미화에게 연민을 느낀 것은 사실이다. 백민우는 식전 담배에 어지럼증을 느껴 다시 침대에 누웠다. 멍하니 천장을 쳐다보자 전날 밤 조진만과 나눈 대화가 토막토막 떠올랐다. 화제는 이미화에 관한 것이다. 북한에서 스물다섯 살에 결혼, 43호임을 속인 것이 탄로 나 남편에게 매일 폭행당함, 결국 아들을 빼앗기고 쫓겨남, 아버지와 탈북 후 인신매매당함, 5년간 중국에서 세 번이나 팔려 다님, 자살 시도만 두 번. 대충 그런 이야기였다.

"탈북자들이 수기 한두 권 분량의 사연은 다 있지만 그 여자는 특히 안됐어. 아버지 생사만이라도 알면 한이 없겠다는 거야."

조진만은 그 말을 끝으로 입을 다물었다.

백민우는 이미화의 창백하고 생기 없는, 그리고 체념이 밴 얼굴을 떠올렸다. 사람과 얼굴을 마주하는 것이 두려워 주방에서 설거지만 한다던 여자가 기자를 찾아온 것은 그만큼 절박했기 때문일 것이다.

백민우가 이미화에게 연민을 느낀 것은 일종의 동류의식 때문이다. 전혀 다른 환경에서 태어나고 살았건만 그 삶은 닮은 면이 많았다. 개인이 어쩔 수 없는, 분단으로 인한 고통을 고스란히 짊어지고 있는 것이다.

북한의 43호란 말과 비슷한 것이 남한에서는 빨갱이 가족이었다. 빨갱이, 그것은 법적인 판결도 아니지만 그보다 가혹했다. 한번 빨갱이로 지목되면 그것의 사실 여부를 떠나 본인과 가족은 그 족쇄에서 도저히 벗어날 수 없었다. 빨갱이 새끼, 백민우는 30년이 지난 지금도 처음 그 말을 들었을 때의 충격을 잊을 수 없다.

✳　　　✳　　　✳

1971년 3월 16일 새벽 4시경, 동해에서 오징어잡이 조업을 하던 동진2호가 기관 고장으로 표류하다가 납북되었다. 그 배의 선장이 백민우의 아버지, 백춘삼이었다.

당시 남한은 북한을 북괴로, 북한 역시 남한을 괴뢰도당이라고 칭하던 시기였다. 양쪽의 지도자는 전쟁의 공포와 상대에 대한 적개심을 이용해 독재 권력을 유지하고 있었다. 남한은 납북 어부를 송환하라고 종용했으나 북한은 선원들이 의거 입북한 것이라고 우겼다. 백춘삼을 포함한 선원 네 명은 모두 주문진 사람이었고 입북할 이유가 전혀 없었다.

백춘삼이 납북된 뒤 그의 가정은 난파한 배처럼 되어 버렸다. 백춘삼에게는 2남 1녀가 있었는데 민우는 그중 막내였다. 당시 민우는 아홉 살이었지만 그때의 일을 생생히 기억했다. 연일 집에 사람이 몰려들었다. 기관원,

경찰, 기자 들이라고 했다. 엄마는 쉴 새 없이 어딘가에 불려다녔고 돌아오면 몸져누웠다.

얼마 뒤 이상한 이야기가 떠돌았다. 북한의 조선중앙텔레비전 방송에 아버지가 나와 김일성 만세를 불렀다고 했다. 그런 이야기는 민우보다 여덟 살 많은 누나가 들려주었다. 물론 그녀도 누군가에게서 들었을 것이다. 2주쯤 지나자 몰려오던 사람들의 발길이 뜸해졌고, 한 달이 지나자 이웃마저 발길을 끊었다. 동진2호의 납북 사건은 사람들 기억에서 사라졌고, 남은 것은 주변의 싸늘한 시선과 납북 어부 가족들의 비참한 생활뿐이었다.

백민우는 어느 날 동네 아이와 싸움이 붙었다. 흔히 있는 일인데 그날은 싸움이 좀 커진 것이 문제였다. 코피 터진 아이 엄마가 눈을 하얗게 흘기며 경멸하는 표정으로 쏘아붙였다. 빨갱이 새끼가 우리 귀한 아들을……. 백민우는 지금도 그 여자의 표정과 말소리를 기억했다. 아버지의 배가 납북된 후, 동네 사람들은 그의 가족을 '빨갱이네'로 불렀는데 당사자만 모르고 있었던 것이다.

백민우가 엄마에게 빨갱이가 무슨 뜻인지 물어보았다. 그 말을 들은 엄마가 부엌칼을 들고 그 여자 집으로 달려갔다. 엄마의 눈에서 시뻘건 불덩이가 뚝뚝 떨어졌다. 동네 사람이 말리지 않았으면 살인 사건이 일어날 수도 있었다. 하지만 그날의 일은 훗날 그의 가족이 겪은 일에 비하면 작은 일화에 불과했다.

그 사건이 있고 나서, 머리를 싸매고 누워 있던 엄마가 일어나 앉았다. 엄마는 머리를 싸맸던 수건을 풀어서 코를 팽 풀고 말했다.

"니덜 어미 말 잘 들어라."

정희, 정우, 민우 삼 남매는 묵호댁의 서슬에 눌려 고개를 숙이고 있었다.

"으떡해서든지 웬수를 갚어야 헌다."

민우는 엄마가 말하는 '웬수'가 누구를 가리키는 것인지 궁금했으나 입이 떨어지지 않았다. 훗날 그는 조진만에게 그날의 일을 털어놓았다. 그 순간 내가 철이 확, 든 기분이었어. 어린 나이에도 더는 어리광을 피울 수 없다는 것을 느낀 것이다.

"정희는 내일부터 나랑 일 나가자. 정우랑 민우는 옆도 돌아보지 말고 공부만 허고."

아버지가 납북된 뒤, 가장 크게 변한 사람이 누나였다. 순정 만화를 보며 눈물짓던 소녀의 모습은 어디에도 없었다. 속마음이 어땠는지 모르지만 1년도 안 남은 고등학교를 중퇴시킨 엄마에게 불만을 드러내지 않았다. 누나는 삶의 의욕을 잃은 엄마를 대신해서 집안을 챙겼다. 어판장에 나가 생선 다듬는 일이나 횟집 주방 보조 일은 그간 엄마가 하던 일이다. 누나의 등장에 처음에는 어리둥절하던 동네 여자들도 시간이 지나며 고개를 끄덕였다. 묵호댁이 배운 건 없어도 딸 하나는 잘 키웠구만. 그들의 칭찬에도 누나는 무덤덤했다. 민우는 누나가 우는 것을 딱 한 번 본 적이 있다. 누나는 학교를 그만두고도 늘 하던 대로 벽에 교복을 걸어 두었는데 몇 달이 지나자 엄마가 그것을 치워 버렸다. 외출에서 돌아온 누나가 자기 교복이 없어진 것을 보고는 서럽게 울며 방을 뛰쳐나갔다. 민우는 그때처럼 누나에게 미안했던 적이 없었다. 그 뒤 누나가 우는 것을 보지 못했다. 누나는 아버지가 납북된 뒤 실제적인 가장 역할을 했다. 이젠 막냇동생의 떼를 받아 주던 정 많은 누나가 아니었다. 그는 변해 버린 누나가 존경스럽기도 하고 어렵기도 했다.

엄마는 민우보다 여섯 살 위인 형에게 모든 것을 걸었다. 형은 초등학생 때부터 일등을 독차지했고 고등학교도 수석으로 합격해서, 마을에서는 주문진이 낳은 수재로 통했다.

엄마의 소원은 형이 판사나 검사가 되는 것이었고, 그것만이 아버지의 억울함을 풀 수 있는 길이라고 믿었다. 형은 엄마의 기대를 저버리지 않고 서울대학교 법대에 합격했다. 주문진에서 서울대학교에, 그것도 법대에 합격생이 나온 것은 처음이었다.

민우는 형의 합격통지서를 받아 든 엄마의 표정을 잊을 수 없다. 개선장군처럼 득의양양하던 표정이 갑자기 일그러지며 울음을 터뜨렸다. 엄마의 울음보에 3남매도 코를 훌쩍였고, 결국 누나도 엄마의 등에 엎드려 어깨를 들썩였다. 한참 만에야 고개를 든 그녀는 주먹을 부르쥐고 말했다.

"으떡하든지 판검사가 돼야 헌다."

민우는 대학 입학 후의 형의 생활을 알지 못했다. 형은 서울에서 입주 과외를 하며 학교에 다녀서 방학에만 잠깐 집에 내려올 뿐이었다. 그 무렵에는 빨갱이란 색깔도 어느 정도 바래서 이웃과 소통하며 지냈지만, 형은 통 집 밖으로 나가지 않았다.

형이 대학교 2학년 때였다. 어느 날, 아버지가 납북되었을 때처럼 기관원과 형사가 집에 들이닥쳤다. 그들은 집안을 샅샅이 뒤졌고, 엄마에게 형의 도피처를 대라고 윽박질렀다. 뒤에 안 일이지만, 그들은 묵호의 외가에까지 가서 외삼촌을 닦달했다고 했다. 형의 소식이 궁금한 것은 그들보다 엄마가 더했다.

얼마 뒤, 형이 붙잡혔다는 소문이 들렸고 엄마와 누나가 면회하러 갔으나 만나지 못하고 돌아왔다. 어디서도 형의 소재를 모른다고 했다.

6개월 후 형이 돌아왔으나, 몸은 10년 중병을 앓은 노인보다 더 쇠약해져 있었다. 이가 다섯 개나 빠져 음식을 제대로 먹지 못했고, 자다가도 소스라쳐 깼다. 침을 흘리며 초점 없는 시선으로 벽만 바라보다가 사람이 나타나면 아무에게나 무릎 꿇고 잘못했다고 빌었다. 그러고는 자신의 머리를 바닥에 마구 찧었다. 형이 폐인이 된 뒤에도, 아버지가 납북되었을 때처럼 누군가가 집 주위를 지키고 있었다. 민우가 변소라도 가려고 마당에 내려서면 울타리 너머로 황급히 사라지는 그림자를 볼 수 있었다. 동네 사람들이 다시 발길을 끊었다.

1년쯤 지나자 형의 건강이 어느 정도 회복되었다. 그러나 말이 없는 것은 여전했다. 형은 골방에 틀어박혀 나오지 않았다. 어머니가 밥을 먹으라고 울며 사정해도 형은 문을 잠그고 열어 주지 않았다. 며칠 뒤 핼쑥한 얼굴로 나온 형은 어머니에게 배를 타겠다고 말했다. 기가 막힌 표정을 짓고 있던 어머니가 부엌에 가서 식칼을 가져와 형 앞에 내려놓았다. 이 에미를 죽여 놓고 배 타러 가거라. 어머니는 적삼을 반쯤 풀어 헤치고 가슴을 내밀었다. 앙상한 가슴의 푸르스름한 핏줄을 보고 민우는 고개를 돌렸다. 형은 방바닥만 내려다볼 뿐 말이 없었다. 두 사람의 서슬에 질려 있던 민우가 용기를 내어 칼을 부엌에 가져다 놓았다.

형은 어머니의 권유대로 밥을 먹기 시작했고 조금씩 집안일도 거들었다. 어느 날, 형이 정상으로 돌아온 것에 안도한 어머니가 잠깐 집을 비운 사이 형이 사라졌다. 어머니가 미친 듯이 찾아다녔으나 형의 행방을 알 수 없었다. 형이 밤에 방파제의 테트라포드에 앉아 있는 것을 봤다는 사람도 있었고, 시내 어느 술집에서 취해 있는 것을 봤다는 소문도 있었으나 어느 것도 확실하지 않았다.

민우는 어머니 몰래 부랑자 수용소를 찾아다녔으나 어느 곳에서도 형의 흔적을 발견할 수 없었다. 설령 형이 자살했다 해도 어딘가에서는 시신이 발견되어야 하는데 형의 시신은 발견되지 않았다.

민우는 지피는 것이 있어서 형이 골방에서 끄적거려 놓은 일기장을 몰래 빼내 조진만에게 맡겼다. 가죽잠바를 입은 사람들이 다시 집 주변을 맴돌았다.

한동안 민우네 집을 감시하던 가죽잠바가 사라지고 나서, 그는 조진만에게 맡겼던 형의 일기장을 찾아왔다. 일기장에는 페이지도 날짜도 없었다. 민우가 아는 한, 그것은 형의 방식이 아니었다. 형은 평소 책이나 소지품을 가지런히 정리했고, 벗은 옷이나 신발도 흐트러뜨리지 않았다. 모자를 비뚜로 쓴다거나 운동화 뒤축을 꺾어 신는 따위는 상상도 할 수 없었다. 그런 형의 것이라고는 믿기지 않을 정도로 일기장은 어수선하고 지저분했다. 영어와 한자, 일본어까지 섞여 있는 문장을 중학생인 민우가 해독할 수는 없었다. 그뿐만 아니라, 예쁜 여자 얼굴, 인기 만화 주인공, 심지어 여자의 나체 그림도 있었다. 민우는 형의 머릿속을 들여다본 것 같은 기분이었다. 민우는 그 낙서장을 아무에게도 보여 주지 않았다.

민우가 잊고 있던 형의 낙서장을 다시 발견한 것은 입대하기 전이다. 그는 서울대학교는커녕 서울 소재 대학교에도 들어가지 못했다. 간신히 수도권의 한 대학에 적을 두었으나 학교도 전공도 마음에 들지 않았다. 고학하며 가까스로 2학년을 마치자 더는 학교에 다니고 싶은 마음이 없었다. 생각할 겨를도 없는, 혹독한 훈련에 자신을 던져 버리고 싶어서 해병대에 지원했다. 입대 전 자신의 소지품을 정리하다가 폐품 상자에서 형의 낙서장을 발견했다.

민우가 중학생 때는 짐작조차 못 한 낙서의 의미가 가슴에 와닿았다. 형에게 미안했다. 형은 자신보다 훨씬 더 심각하게 고뇌했던 것이다. 형은 자기 삶을 살지 못했다. 형이 법대에 간 것부터 맞지 않는 일이었다. 형은 음악을 좋아했다. 피아니스트가 꿈이었지만 집에 피아노 살 돈이 없음을 알고는 작곡가가 되고자 했다. 낙서장에 그려진 많은 악보를 보면 형은 숨 막히는 그 순간에도 음악을 생각했음이 분명했다.

그러나 형은 자신의 꿈을 실현하려고 하지 않았다. 어머니를 실망시킬 수 없어서 죽어라 하고 공부를 했고 서울대 법대에 합격했다. 그러나 대학에 들어가서는 이미 어머니의 소원도, 자신의 꿈도 이룰 수 없음을 통절히 깨달은 것이다. 절망감에 휩싸인 그에게 현실의 부조리는 더욱 크게 보였을 것이다. 형이 학생 운동에 가담한 것은 자연스러운 일이었다.

민우는 자신의 소지품과 함께 형의 유품을 태우면서 확연히 깨달았다. 어느 날 갑자기 형이 사라졌을 때, 마음 한구석에 그것을 바라고 있었음을. 그는 자신의 마음속에 도사리고 있는 악마를 본 것 같은 기분을 떨치지 못했다. 그는 늘 형을 경원했고, 형만 챙기는 식구들에 불만했다. 혼자만 따돌림을 당하고 있다는 생각에 집보다 밖에서 보내는 시간이 많았다. 그리고 그 모든 것이 자신의 열등감 때문이었음을 깨달았다. 민우는 낙서장의 불꽃이 사그라들 때까지 오래도록 지켜보았다.

민우는 낙서장을 통해서 형의 죽음을 확신했다. 형은 여러모로 월북을 궁리했고, 현실적으로 그것이 불가능하다는 것을 깨닫자 살아서 더 할 일이 없다고 여겼을 것이다. 형은 깔끔한 그 성격으로 자신의 시체마저도 철저히 유기해 버린 것이다.

백민우는 아버지의 납북이 가족의 삶을 얼마나 망가뜨렸는지 뼈저리게 느꼈다. 형만 해도 그랬다. 연행된 지 6개월 만에 풀려난 것으로 보아 데모한 죄 자체는 크지 않았던 것으로 보인다. 그런데도 몸이 그 지경으로 망가진 것은 고문 때문인데 그것이 아버지의 납북, 그리고 북한에서 김일성 만세를 불렀다는 것과 절대 무관하지 않았을 것이다.

경우는 달라도 이미화의 삶 역시 그러했을 것이다. 국군포로, 그것은 그 사회에서는 불가촉천민과 다를 바 없음을 백민우는 알고 있었다. 그가 국군포로의 존재를 알게 된 것은 1994년 귀환한 조창호 소위를 통해서였다. 당시 그는 수습기자였다. 처음으로 부여받은 임무가 조창호 소위에 대한 취재였기에 누구보다 열심히 취재하고 기사를 썼다. 그 사건을 계기로 백민우는 북한 전문 기자가 되었다.

조창호는 1950년 연세대학교 재학 중 6·25가 발발하자 국군에 지원 입대했다. 육군 소위로 임관되어 참전했다가 1951년 5월 인제 전투에서 중공군에게 붙잡혔다. 그 후 인민군에 편입되었으나, 1952년 동료 포로들과의 탈출 계획이 발각되어 13년간 서흥, 덕천, 함흥, 아오지 등지의 강제 노역소에서 복역했다.

1994년 10월 탈북한 뒤, 중위로 진급한 그는 11월 26일 육군사관학교에서 전역 신고를 함으로써 44년 3개월이라는 최장 기록의 군 생활을 마감했다. 조창호 중위는 미국 하원 국제관계위원회 청문회에 증인으로 출석해 북한에 남아 있는 국군포로의 생활상을 증언했다. 이는 국군포로와 강제 납북자에 대한 사회적 관심을 불러일으키는 계기가 되었다. 그러나 사회적 관심이란 것이 늘 그렇듯 한국 사회에서는 오래가지 않았다.

＊　　＊　　＊

백민우는 아침부터 자잘한 실수를 계속하고 있었다. 면도하다 피부를 베고, 내려야 할 버스 정류장을 지나치고, 출근해서는 커피를 책상에 쏟기도 했다. 그런 실수는 누구에게 말할 만한 거리도 못 되는 일이지만 본인은 짜증이 치밀기 마련이다. 자신도 뭔가 어수선함을 느끼고 있었다.

새벽에 걸려온 누나의 전화 때문이다. 백민우는 전화를 끊고 이내 후회

했다. 누나에게 대들어서는 안 된다는 것을 알면서도 그녀의 지나친 관심과 훈계가 불편했다. 누나는 그가 어머니에게 전화를 자주 하지 않은 것에 대해 가볍게 나무랐는데, 여느 때 같았으면 좋게 끝냈을 것이다. 그도 어머니의 칠순을 잊고 있던 것이 아니다. 어머니께 자주 전화하고 싶지 않아서 안 한 것도 아니다. 그런데 새벽부터 누나의 전화를 받고 보니 전과 달리 역정이 치밀었다. 숙취 탓도 있었을 것이다. 속은 쓰리고 머리는 지끈거렸다. 누나의 기분을 돌려놓으려면 얼마쯤은 피곤함을 겪어야 할 것이다. 그 생각이 또 짜증나게 했다.

그도 누나의 마음을 모르지 않았다. 누나는 형이 사라진 뒤 민우가 그 공백을 메워 주기를 기대했는데 그것은 애초에 불가능한 일이다. 민우는 모든 면에서 형만 못함을 잘 알고 있었다. 공부나 운동은 물론 노는 것까지 그랬다. 민우가 어릴 때부터 친척이나 이웃에게서 가장 많이 들은 이야기가 '형처럼 잘해라'였다. 형처럼 공부 잘해라, 형처럼 부모 말씀 잘 들어라, 형처럼 일찍 일어나거라. 그 말을 귀에 굳은살이 박이도록 들었다. 그러나 그는 어느 것도 형처럼 잘하지 못했다.

어머니 생일에 가족이 모이는 것은 오래된 전통이다. 아버지가 납북된 후 아버지 생일을 차릴 수 없어서 어머니 생일만은 남매가 꼭 챙겼다. 어머니 역시 매번 그만두라면서도 그것을 싫어하지 않았다. 실상 어머니의 낙은 손녀를 보는 것에 있었다. 그래서 집에 가면 하룻밤이라도 자고 가라고 졸랐으나 백민우는 아내의 반대로 집에서 자고 온 적이 없었다.

아내는 시집의 모든 것이 구질구질하다고 했다. 처음 어머니께 인사 간

날이었다. 아휴, 끔찍해. 아내가 재래식 변소에서 나오며 진저리를 쳤다. 그 뒤 시집에 가면 용변도 참는 아내였다. 이제는 손녀 얼굴도 못 보게 생겼으니 이래저래 불효를 저지른 셈이다. 백민우는 어머니와 누나의 반대를 무릅쓰고 결혼했고, 또 두 사람의 반대에도 불구하고 이혼했기에 더욱 면목이 없었다. 그런 심리 상태가 고향을 향한 발걸음을 줄어들게 했다.

백민우가 담뱃갑을 들고 일어서자 부장이 못마땅한 표정으로 흘겨보았다. 그는 부장의 시선을 뒤통수에 느끼며 문을 열고 나갔다.

인터넷 매체의 등장으로 종이 신문은 어디나 급격히 발행 부수가 줄어들었는데 그가 다니는 신문사는 더했다. 발행 부수와 함께 광고 수입도 줄어 신문사는 경영난을 겪고 있었다. 사측이 경영 악화를 이유로 구조 조정을 추진하자 노조는 결사반대를 선언하고 나섰다. 노사 어느 쪽도 양보할 기미가 없었다. 이런 일의 과정은 뻔했다. 노사 양측의 명분쌓기용 협상과 결렬, 노조 측의 농성과 사측의 강경 대응, 결국 노조의 극한투쟁과 공권력 행사로 끝나기 마련이다. 백민우는 간부 사원도 노조원도 아니었다. 그는 전혀 명예롭지 않은 명예퇴직을 각오하고 있었다. 적성에 맞지 않는 기자직을 12년이나 했으니 섭섭해할 것도 없었다.

백민우는 대학을 마치고 취직을 하기 위해 수없이 이력서를 썼다. 애초 공무원이나 공기업은 생각조차 하지 않았다. 그런데 몇 군데 대기업에 응시해 보고서야 거기도 취업이 불가함을 알았다. 어디서도 속 시원히 그 이유를 말해 주지 않았는데, 훗날에아 그것이 신원조회 때문임을 알게 되었다.

모든 국민은 자기의 행위가 아닌 친족의 행위로 인하여 불이익한 처우를 받지 아니한다. 헌법에는 분명히 그렇게 되어 있지만 실제는 그렇지 않았다. 음험한 기운이 언제나 그의 가족을 감싸고 있었다. 억울했다. 아버지는 월북한 것이 아니라 납북된 것이다. 납북자는 국가가 나서서 생환토록 해야 할 의무가 있는데, 국가는 그 의무를 하지 않았을 뿐만 아니라 도리어 그 가족에게 불이익을 주고 있는 것이다.

백민우가 비정규직을 전전하다 간신히 취직한 곳이 그때 막 창간한 지방 신문의 기자직이었다. 적성이나 소질을 따지는 것은 사치였다. 기자는 다른 직종보다 인맥이 중요시되는 직업이었는데, 그 점에서 그는 출발부터 후미 그룹을 면치 못했다.

백민우는 라이터를 꺼내려고 주머니에 손을 넣었다가 이미화가 준 쪽지를 발견했다. 손바닥만 넓이의 그것은 누렇게 색깔이 바래고 오래 접혀 있어서 구김살이 닳아 거의 끊어질 지경이었다. 그는 조심스럽게 쪽지를 펼쳐 보았다. 질 낮은 종이에 어울리지 않게 반듯한 글씨가 나왔는데, 필체가 뛰어난 것은 아니지만 한 자 한 자 정성스럽게 쓴 듯했다. 연필로 쓴 글자가 흐릿해져 있었다.

육군 일등병 이형준, 군번 9201501

단기 4266년 7월 13일생

경상남도 함양군 서상면 대남리 216번지

이름과 군번, 그것을 보는 순간 백민우의 머리를 스치고 지나가는 것이 있었다. 인식표, 군인이면 누구나 목에 걸고 다니는 신분증이었다. 언젠가 전쟁기념관에서 본, 돌아오지 못한 병사의 녹슬고 찌그러진 인식표가 머리에 떠올랐다. 그는 몸이 떨리는 것을 가까스로 참았다.

백민우는 쪽지의 내용을 뚫어지게 들여다보았다. 이름이 '리형준'이 아닌 '이형준'으로 표기된 것이 그것을 쓴 사람의 마음을 대변하는 것 같아 가슴이 뭉클했다. 남한에서 산 것의 두 배도 넘는 기간을 북한에서 살았지만 그곳을 인정하지 않음이 그 이름에 담겨 있었다. 이형준, 그는 어떤 사람일까.

＊　　＊　　＊

묵호댁은 전화벨 소리에 들여다보던 아들의 사진을 내려놓았다. 사진은 정우 대학 입학식 때 찍은 것이다. 엄마를 얼싸안은 아들의 얼굴에는 엄마에 대한 고마움과 자랑스러움이 가득했다. 묵호댁은 그 사진을 볼 때마다 눈물이 나왔다. 아들은 얼굴도 잘생겼을 뿐만 아니라 체격도 늠름해서 딸 가진 부모는 누구나 한번 쳐다본다고 했다. 그런 아들이 사라진 것은 그녀의 모든 것이 사라진 것과 같았다. 후유, 어디서 뭘 하고 있는지.

허구한 날 사진을 들여다보며 눈물짓는 엄마를 보다 못해 정희가 그것을 몰래 치운 적이 있었다. 하지만 그녀는 미친 듯이 가슴을 쥐어뜯는 엄마를 보고 결국 그것을 내놓고 말았다. 그 뒤로 정희와 민우는 엄마의 행동을 말리지 않았다.

전화벨은 빨리 받으라는 듯 연거푸 울어댔다. 마지못해 묵호댁이 수화기를 들자 딸의 목소리가 흘러나왔다.

"엄마, 뭐해?"

묵호댁은 자기도 모르게 흘러내린 눈물을 닦으며 애써 예사로운 목소리를 지었다.

"뭐하긴? 테레비 본다."

"테레비만 보지 말고 마당이라도 걸어."

"시방 걷다 들어왔다. 방울이도 잘 있나?"

묵호댁은 은경이라는 본명을 두고도 외손녀를 늘 어릴 때의 별명으로 불렀다. 정희가 딸을 낳자 엄마에게 양육을 부탁한 것은 그녀가 동생의 사진만 붙들고 있지 못하도록 하려는 마음에서였다. 묵호댁은 딸의 제안을 흔쾌히 받아들였다.

묵호댁은 뱃사람의 딸로 태어나서 뱃사람의 아내가 된 것을 늘 한탄했다. 그러나 그보다 더 한이 된 것은 배우지 못한 것이다. 그녀의 아버지는, 여자가 글을 익히면 되바라져 못쓴다며 딸을 가르치지 않았다. 묵호댁은 생선 이름을 모르는 것이 없으나 그것을 글자로 적어 놓으면 읽을 줄 몰랐다. 그녀는 오징어를 다듬으며 푸념하곤 했다. 내 인생이 이노무 먹물 같으야. 울 아부지도 숭허지. 딸이라고 으찌 그리 차별을 했을꼬. 그것이 한이 되어 딸만은 어떡해서라도 잘 가르치려 했으나 어쩔 수 없이 학교를 중퇴시켰고, 그 미안함이 외손녀에 대한 무조건적인 사랑으로 이어졌다.

"그러엄, 잘 지내지."

"보고 싶네."

"다음 휴가에 데리고 갈게. 근데 엄마."

정희는 엄마를 불러놓고 다음 말을 잊지 못했다. 전화를 걸기 전에 마음속으로 몇 번이나 말을 준비했지만 막상 통화가 되고 보니 다시 망설여졌다.

"왜?"

"다음 달이 엄마 칠순이잖우. 은경 아빠랑 상의했는데, 조촐하게라도."

"필요 읎다."

묵호댁이 딸의 말을 잘라 버리고 전화기를 내려놓았다.

묵호댁도 딸의 마음을 모르지 않으나 칠순 잔치는 받아들일 수 없었다. 남편과 자식의 생사를 모르는 판에 잔치가 당키나 한 일인가. 그녀는 살고 싶어 사는 것이 아니었다. 그런데 남편 일보다 더 기가 막히는 것이 아들 일이다. 그녀는 다시 아들의 얼굴을 들여다보며 중얼거렸다. 이제 니도 쉰이구나. 그녀는 아들이 어딘가에 살아 있다고 믿었다. 용하다는 무당은 다 찾아다니며 그들이 가르쳐 주는 비방을 다 사용해 보았건만 아들이 있는 곳을 알아낼 수 없었다. 역시 가장 의심이 가는 곳이 경찰이었다. 경찰서를 찾아가 악다구니질도 해 보았으나 소용없었다. 한 해 한 해 지날수록 몸보다 마음이 더 약해졌다.

그런 묵호댁을 변하게 한 사람이 정희였다. 건강하게 살아남아야 아빠도 만날 거 아냐? 아빠 안 기다리고 죽을 거야? 그렇다. 남편을 만나기 전엔 죽을 수 없다. 남편은 물고기에만 관심이 있을 뿐 신문도 읽지 않는 사람이었다. 그런 남편이 김일성 만세를 부른 것이 사실이라면 저들의 강요에 의한 것일 테고, 그렇다면 쉽게 죽이지는 않을 것이다. 남편은 뱃사람답게 몸이 튼튼했다. 어지간한 육체적 고통은 견뎌 낼 체력과 의지가 있는 사람이다. 언젠가 통일이 되면 만날 수 있을 것이다. 묵호댁은 남편을 만날 희망으로 하루하루 살았다. 하지만 기다림처럼 사람을 지치게 하는 것이 없었다.

죽지 못한 죄

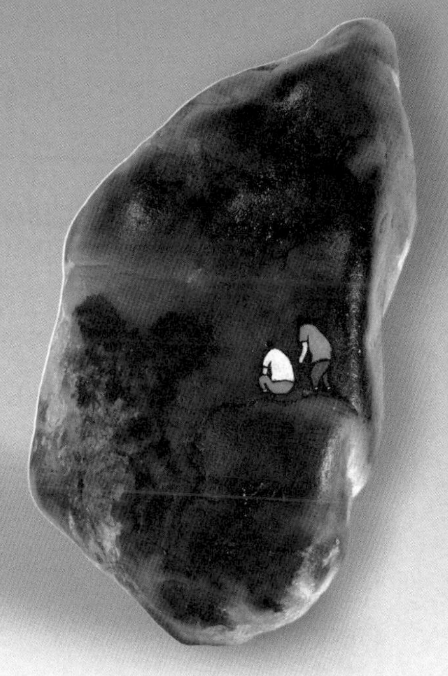

　리형준은 몽롱한 의식 속에서 바람 소리를 듣고 있었다. 바람과 무성한 댓잎이 어우러져 만들어 내는 소리, 그것은 고향의 소리였다. 고향을 생각하면 뒤꼍의 대나무숲을 스쳐오는 그 소리가 귓가에 맴돌았다. 바람 소리가 멀어짐과 동시에 희미하게 감각이 돌아왔다. 통증 때문에 의식을 잃었다가 그 통증 때문에 의식을 되찾는 것이다. 온몸을 쥐어짜는 듯한 극심한 고통이었다. 쥐어짠 빨래에서 물이 흐르듯 끈적한 땀이 배어 나와 바닥을 적셨다. 그는 신음조차 내지 못하고 가쁜 숨을 헐떡였다.

　"명이 긴 건지 독한 건지…… 하여튼 대단한 아바이야."

　"질긴 걸로 말하믄야 사람 목숨 같은 것도 없지비."

　죄수들이 쑤군대는 소리가 리형준의 귓가를 맴돌았다.

　리형준은 몸안의 기운이 물 새듯 빠져나가는 것을 느끼고 있었다. 이제 이 질긴 목숨도 곧 끝날 것이다. 결국 세 번째 탈출도 실패로 끝나고 말았다.

　탈북자가 중국 변방대에 붙잡히면 조·중 접경 지역의 수용소에 구금돼 있다가 조선 국경 관할 국가보위부로 송환되었다. 리형준은 허룽 시에서 변방대에 붙잡힐 때부터 북송되면 살아남을 수 없음을 알고 있었다. 북한 형법은 탈북 행위를 비법국경출입죄와 조국반역죄로 구분하여 처벌했다. 비법국경출입자에게는 5년 이하의 노동교화형을 부과했다. 조국을 배반하고 다른 나라로 도망쳤거나 투항, 변절하였거나 비밀을 넘겨준 조국반역행위자는 최고 무기 노동교화형 또는 사형에 처했다. 괴뢰군 포로 출신의 전과자라는 것이 밝혀지는 즉시 즉결처분당할 것이다. 처형보다 두려운 것은 사람의 영혼과 육체를 갈기갈기 찢어놓는 고문이었다.

한 사람의 탈북자도 없게 하라. 장군님의 엄명이 무색하게 해마다 탈북자는 늘었고, 독이 오른 보위부는 탈북자가 잡히면 조국반역죄를 적용해 엄하게 다루었다. 탈북자를 인솔하러 온 보위부원은 중국 변방대로부터 탈북자를 인수할 때까지는 난폭한 행동을 하지 않았다. 일단 인수해서 두만강을 건너면 그때부터 본색을 드러냈다.

그들은 탈북자를 사람 취급하지 않았다. 조국을 배신한 악질 반동은 공화국의 인민이 아니라는 것이다. 탈북자들을 포승줄로 굴비 두름 엮듯 묶어서 끌고 갔다. 조금이라도 반항하면 사정없이 몽둥이질했고, 심할 때는 손바닥을 맞대게 하고 구멍을 뚫어 포승줄로 묶어서 끌고 갔다. 탈북 전과가 있는 사람은 소코뚜레 끼듯 코청에 철사로 구멍을 뚫어 소처럼 끌고 가기도 했다. 탈북하다 걸리면 이렇게 된다는 것을 인민에게 보여 주려는 의도였다. 그들은 분이 풀릴 때까지 탈북자에게 고통을 준 다음 간신히 목숨만 남은 상태에서 처형했다. 처형은 공개로 했는데 총살은 그래도 나은 편이고 몽둥이로 때려죽이는 경우도 흔했다.

리형준이 중국 변방대에서 신분을 속인 것은 함께 수감되어 있던 한 젊은이의 조언 덕이다. 그는 조선 경비대에 뇌물을 먹이고 두만강을 넘나들며 장사를 한다고 했다. 그가 리형준의 처지를 딱하게 보았는지 살 방법을 가르쳐 주었다.

"중국에서는 조선 사람 신원 확인할 방법이 없어요. 그리고 북조선, 알잖아요. 걔네들이 일 제대로 안 하는 거. 끝까지 우기면 돼요."

젊은이가 그의 눈을 들여다보며 말을 이었다.

"중국에 있는 친척 집에 쌀 구하러 갔다고 둘러대세요. 그리고 이거."

젊은이가 눈을 깜박이며 차고 있던 시계를 풀어 리형준의 손목에 채워주었다.

"요긴할 때 쓰세요."

리형준이 이름이라도 알고자 했으나 그는 집게손가락을 입에 대고 가볍게 고개를 저었다.

리형준은 아오지탄광에서 일할 때 알게 된 작업반장의 이름을 도용했다. 그 이름이 생각난 것은 그자에 대한 원한 때문인지도 모른다. 어쨌거나 리형준은 자신을 못 잡아먹어 안달하던 자의 이름을 도용해서 즉결처분을 면할 수 있었다. 젊은이가 준 시계도 도움이 되었다. 리형준은 당원인 리성룡이 되어, 3년 형을 선고받고 교화소로 넘겨졌다. 재판은 형식일 뿐이다. 교화소로 넘기면 형기 따위는 별 의미가 없다는 것을 그들도 잘 알고 있기 때문이었다.

전거리12호교화소, 반역자들만 수용한다는 요덕정치범수용소보다도 악명 높은 곳이다. 사람들은 전거리교화소를 인간 지옥이라고 불렀다. 그곳에서 형기를 다 채우는 사람은 드물었다. 수감자의 3, 40퍼센트가 6개월을 못 버티고 죽는다고 알려졌다. 대부분 맞아 죽거나 굶어 죽었고, 그렇지 않으면 스스로 목숨을 끊었다. 리형준 같은 고령자는 특히 그랬다. 전거리교화소에 떨어지는 순간, 이미 산목숨이 아니라는 것을 죄수들은 알고 있었다. 하루 14시간의 노역에 먹을 것이라고는 통감자 두 개나 강냉이 한 줌뿐이었다. 소똥에 박힌 강냉이알까지 빼 먹는 지경이다 보니 굶주린 죄수들은 개구리, 뱀, 쥐 들을 서로 잡아먹으려고 싸웠다. 왜정 시대에도 이렇지는 않았어. 강제 징용당해 북해도에서 일했다는 어느 죄수가 탄식했다. 영양실조와 강제 노동, 구타와 전염병, 고문과 강간이 일상으로 행해져 죄수들은 죽을 날만 기다렸다.

교화소의 수감자는 남자가 2천 명, 여자가 6백 명 정도라고 알려졌지만 탈북자가 늘어남에 따라 그 숫자조차 불분명했다. 교화소 보안원들은 사람에게 고통을 가하는 재미로 사는 자들이었다. 심심해서, 아니면 공연히 기분이 나빠서 죄수를 불러내어 몽둥이찜질을 해 댔다. 더 캐낼 정보가 없으면서도 매일 자술서를 쓰게 했다. 자술서는 수감자의 영혼을 파괴하고 때리기 위한 명분이었다. 그들은 자술서를 읽어 보지도 않고 지난번 쓴 것과 내용이 다르다며 몽둥이를 휘둘렀다. 비명 지를 힘도 없이 널브러진 사람을 끌어다 감방에 집어넣고 다른 죄수를 끌고 나갔다. 고문당하는 사람의 처절한 비명이 듣는 사람에게도 간접 고문의 효과가 있음을 이용하는 것이다.

보안원들은 사람을 괴롭히는 방법만 궁리하는 듯했다. 그들은 감방의 죄수가 움직이지 않으면 쇠꼬챙이를 창살로 집어넣어 사정없이 찔렀다. 죄수가 고통을 못 이겨 몸부림치면 욕을 하고는 돌아갔다. 종간나새끼, 안죽도 안 뒈졌구만. 여자에 대한 가혹 행위는 더해서 젊은 여자는 돌아가며 강간했다. 되놈의 씨를 배 왔다고 임신한 여자 배를 발로 차서 낙태시키거나, 그래도 유산이 안 되어 아이가 태어나면 산 채로 거적에 둘둘 말아 갖다 버리기도 했다. 교화소에서는 매일같이 죄수들이 죽어 나갔다. 남자 죄수가 사흘에 열 구 정도의 시신을 모아 인근 불망산으로 싣고 가 태웠는데 뒤처리를 제대로 하지 않아서 타다 남은 시체들이 그득했다.

✳　　✳　　✳

고난의 행군 시기를 지나며 평양을 제외한 전국에 거지가 넘쳐났다. 아이 거지는 꽃제비, 늙은 거지는 노제비라고 불렀다. 제비들은 얻어먹거나 훔쳐먹다가 그도 저도 안 되면 굶어 죽거나 얼어죽었다. 인민, 인민……. 입만 열면 인민을 내세우는 당의 높은 자들도 대책이 없었다. 길거리의 참혹한 쓰레기를 치우는 일이 새로운 일거리가 되었다. 그 일을 맡은 일꾼 중에 리형준의 고향 친구인 박덕배가 있었다. 젊은이들은 강냉이 한 됫박에 그 일을 하려고 하지 않았기에 그에게 차례가 돌아올 수 있었다. 그나마 인민반장에게 잘 보인 덕이었다. 그는 인민반장의 지시로 시체를 치우다가 눈더미 속에서 리형준을 발견했다.

리형준이 형기를 반이나 남기고 교화소에서 풀려난 것은 이틀 전이다. 정확하게 말하면 풀려난 것이 아니라 내버려진 것이다. 교화소 안에서 워낙 많은 사람이 죽어 나가자 당에서 보안원에게 책임을 묻겠다는 지시가 떨어졌다. 교화소 측에서는 사망자 수를 줄이기 위해 죽기 직전의 죄수들을 몰래 내다 버리고 가석방으로 처리했다. 처음에는 후미진 들판이나 산골짜기에 버렸으나 그 숫자가 늘어나자 먼 곳까지 가기 귀찮아진 보안원들은 밤에 길거리에 버렸다. 겨울철에 특히 그랬는데, 시체 위에 눈이 쌓이면 해동할 때까지 발견이 안 되는 수도 있었다.

"헹준아, 이놈아."

박덕배가 울먹이며 리형준을 안고 흔들었다.

"이놈아, 헹준아, 이기 뭐꼬? 우짜다 이리 됐노?"

고향 친구를 보자 사용하지 않은 지 수십 년 되는, 꿈속에서도 조심한 고향 사투리가 저도 모르게 튀어나왔다.

리형준은 사지를 늘어뜨린 채 눈을 뜨지 못했다. 박덕배가 손가락으로 리형준의 눈꺼풀을 뒤집어 보고 코에 귀를 갖다 대 보더니 그를 둘러업으려고 했다. 그러나 혼자 힘으로는 역부족이었다. 길 가던 사람이 리형준을 부축해서 그의 등에 업혀 주었다. 그는 리형준을 업은 채 비틀거리며 집으로 향했다. 기가 막혔다. 다시는 못 볼 줄 알았던 고향 친구를 이렇게 만나다니. 이기 니와 나의 운명이구나. 그의 얼굴이 눈물과 콧물로 얼룩졌다.

그는 걸으면서, 듣지도 못하는 친구에게 악을 썼다.

"이놈아, 약속을 지켜야지. 약속을 지키기로 안 했나?"

약속, 그 내용은 가족에게도 비밀로 해야 하는 것이다. 함께 고향에 돌아가자. 두 사람은 아오지탄광의 막장에서 그렇게 맹세했다. 그 약속의 힘으로 혹독한 고통을 견뎌 낼 수 있었다. 그에게 고향은 곧 어머니였다. 홀어머니를 두고 입대한 박덕배는 어머니 생각을 한시도 잊은 적이 없었다.

어머니에게 한끼라도 따뜻한 밥을 지어드리는 것이 소원이었다. 그는 친구에 대한 연민과 울분으로 까부라지는 몸을 지탱하며 걸음을 옮겼다.

박덕배가 리형준을 업고 들어가자 그의 아내가 펄쩍 뛰었다.

"산 송장만 둘 있는 집에 또 송장을 데려오면……."

그녀의 말도 틀린 말이 아니었다. 그도 리형준을 집까지 업어 왔지만 별다른 방도가 있는 것은 아니었다. 약은커녕 식량 한 톨 없었다. 이제는 캐다 먹을 풀뿌리, 나무껍질도 없었다. 그도 머지않아 리형준처럼 될 것을 예감하고 있었다. 박덕배는 친구 입에 물을 떠먹이며 그가 깨어나서 맑은 정신으로 자신을 한 번 쳐다봐 주기를 바랐다.

리형준은 복부에 극심한 통증을 느끼고 소스라쳐 깼다. 교화소에서 늘 꾸던 그 꿈이다. 수류탄이 터져 자기 내장이 쏟아져 나오는 꿈. 양손으로 내장을 집어넣으려 해도 그것은 손가락 사이로 흘러내렸다. 미끈거리는 감촉, 시뻘건 핏덩이, 거위침이 고이는 피비린내, 기막히게도 그 모든 것을 자신의 눈으로 생생히 보고 느끼는 것이다. 잠을 깨도 손가락 사이로 흘러내리던 핏덩이와 내장의 감촉이 선명해 두 손을 들어 확인하곤 했다. 리형준은 진저리쳐지는 꿈에서 깨어나면 늘 같은 생각을 하게 되는 것이다. 죽지 못한 죄로구나. 차라리 그때 죽어 버렸더라면…….

✳　　✳　　✳

1953년 7월 13일.

이형준 일병이 속한 2중대 3소대가 406고지를 탈환한 것은 이틀 전 새벽 무렵이었다. 아군의 엄청난 화력 때문인지 적은 변변히 저항도 못 한 채 고지를 포기하고 물러났다. 그런데 이제 생각해 보니 그것은 그들의 작전이었다. 아군은 고지 위에 꼼짝없이 포위되고 말았다.

406고지는 경제적으로는 아무 가치도 없는 야트막한 야산이다. 하지만 평야 지대에 솟아 있어서 남북으로 약 10킬로미터를 감제할 수 있기 때문에 전술적으로 중요한 지역이다. 고지는 오뚜기처럼 북쪽으로 돌출해 있어서 양쪽 허리 부분이 뚫리면 속절없이 포위될 수밖에 없었다. 양쪽은 고지를 차지하기 위해 산의 높이가 5미터나 낮아질 정도로 포탄을 쏟아부었다. 일주일 사이에 고지의 주인이 세 번이나 바뀌었다. 오늘은 아군이 점령하고 있지만 내일은 알 수 없다.

이형준 일병은 위장망을 들치고 밖을 내다보았다. 살육이 휩쓸고 간 고지는 멈춰 버린 화면처럼 비현실적이었다. 귀청에 달라붙던 매미 소리도 끊긴 지 오래였다. 바스러질 것처럼 말라 버린 풀과 나뭇잎에 흙먼지만 수북했다. 장마철이건만 비는 오지 않고 무더위가 기승을 부렸다. 해가 져도 더위는 여전했다.

그는 심호흡하다 악취에 이맛살을 찌푸렸다. 포격으로 패인 구덩이 위에 파리가 들끓었다. 그 안에 필시 시체가 있을 것이다. 하룻밤 사이에 고지의 주인이 바뀌는 판이라 피아간에 전사자를 처리할 시간이 없었다. 제대로 묻지 못해 흙만 슬쩍 덮어 둔 시체는 한나절도 못 되어 악취를 풍겼다. 냄새 중에 가장 고약한 냄새가 시체 썩는 냄새였다. 그 냄새는 개미떼처럼 스멀스멀 참호 안으로 스며들었다. 위장망을 씌워 놓아 안 그래도 찜통 같은 참호 안은 시체 썩는 냄새로 숨도 못 쉴 지경이었다. 냄새는 옷이며 피부며 총에까지 달라붙었다.

"이 새끼들아, 뒈지고 싶어? 일어나."

선임하사가 교통호를 뛰어다니며 잠든 병사의 엉덩이를 사정없이 걷어찼다. 엉덩이를 차인 병사는 화들짝 놀라 총을 지팡이처럼 잡고 참호 벽에 붙어 섰다. 하지만 어느새 고개를 끄덕이다 철모를 떨어뜨리기 일쑤였다. 선임하사의 발길질도 더위와 배고픔과 졸음에 지친 병사들을 어떻게 할 수 없었다. 소대는 이틀 동안 보급을 받지 못하고 있었다. 사망한 소대장 대신 소대를 지휘하고 있는 선임하사도 지쳐 있기는 마찬가지였다.

"오늘 밤만 견디면 내일 아침에는 교대다."

선임하사 자신도 믿지 못하는 그 말을 믿을 사람은 없었다. 내일 아침까지 살아 있을지 누구도 확신할 수 없었다. 중대장은 사수 명령만 내린 채 연결이 되지 않았다. 사수 명령은 작전상 적의 진격을 늦추거나 속이기 위해 너희가 희생하라는 뜻이다. 엄청난 희생을 치르고 지킨 고지를 아무 이유 없이 적에게 넘기고 후퇴하라는 명령이 떨어지기도 했다. 사수가 상급 지휘관에게는 전술상 의미가 있는지 몰라도 각개 병사에게는 말 그대로 죽음을 의미했다. 소대는 버려진 자식처럼 고지에 갇혀 있었다. 소대는 고지를 지키는 것이 아니라 포위된 것이다. 보급보다 통신이 끊긴 것이 더 문제였다.

"새꺄, 뭐해? 빨리 중대 본부 연결해."

선임하사는 애꿎은 무전병만 닦달했다. 무전병은 땀을 뻘뻘 흘리며 수화기에 악을 쓰고 있으나 상대편이 나오지 않았다.

"씨발, 냄새 때문에 미치겠네."

박덕배 일병이 이형준 일병 곁으로 다가섰다.

"씨발, 담배라도 한 모금 빨믄 살겠구만."

그 말은 담배가 있으면 하나 달라는 소리였다. 이형준이 담뱃갑을 통째로 건네자 박덕배가 한 개비를 꺼내고 다시 돌려주었다. 이형준이 그냥 가지라는 뜻으로 고개를 저어도 그는 굳이 이형준의 주머니에 쑤셔 넣었다.

이형준이 박덕배를 만난 것은 적의 춘계 공세 후였다. 이형준의 중대는 중대장이 전사할 정도로 궤멸하였다. 20킬로미터나 후퇴한 뒤에 새로 편성된 부대에서 박덕배를 만났다. 두 사람은 누가 먼저랄 것도 없이 얼싸안았다. 씨발, 살아 있었구나. 두 사람은 울음을 참기 위해 눈을 껌벅이며 그 말만 반복했다. 욕설부터 내뱉은 것은 살아남았음에 대한 감격의 표현이기도 했다. 1분 후의 일을 알 수 없는 전장에서 만난 고향 친구는 혈육이나 다름없었다. 그 뒤 둘은 항상 붙어 다녔다.

"오늘이 며칠이고?"

박덕배가 양 볼이 오목해질 정도로 담배를 빨았다가 연기를 내뱉으며 말했다.

날짜가 중요한 것은 아니다. 이날까지 살아 있음을 확인하고 싶은 것뿐이다. 입대 전부터 곧 휴전이 될 거라는 소문이 돌았으나 전투는 더 치열해지고 있었다. 전쟁이 끝나기는 할까? 그때까지 살아남을 수 있을까? 막막하기는 마찬가지였다. 이형준은 속으로 날짜를 세어 보았다. 기억력이 틀리지 않는다면 오늘은 7월 13일일 것이다. 자신의 생일이며, 입대한 지 5개월이 되는 날이기도 했다.

어머니는 가족의 생일을 중요시했다. 이형준 남매가 어릴 때도 생일이면 꼭 독상을 차려 주었다. 찰밥을 수북이 담은 밥그릇에 숟가락을 꽂고 비손을 시작했다. 천지신명님 일월성신님, 비나이다 비나이다, 우리 이형준 군 자방신 명일랑 동박삭이 명을 받고, 복일랑 석숭이 복을 받아……. 그는 침을 삼키며 어머니의 비손이 끝나기를 기다렸다. 오늘도 어머니는 아들을 생각하며 눈물짓고 계실 것이다. 소식이라도 전할 수 있으면 좋으련만. 그의 입영일은 구정 나흘 전이었다. 아이고, 설이나 쇠고 가면 좋을낀데. 어머니가 옷고름으로 눈물을 찍어 내며 말했다. 설을 쇠고 입영한다고 해서 뭐가 달라질 것인가. 어머니의 애타는 마음일 뿐이다. 그는 아버지 어머니에게 큰절을 하고 일어섰다. 아내 유영실이 애끓는 눈빛으로 그를 바라보았다. 반드시 살아서 돌아올게. 그는 아내를 끌어안으며 말했다. 나는 약속을 지킬 것이다. 그는 어금니를 깨물며 소총을 움켜쥐었다.

이형준의 대꾸가 없자, 박덕배가 피우던 담배를 군홧발로 짓이기며 중얼거렸다.

"차라리 한번 붙어 버렸으면 좋겠구만."

이형준은 그의 마음을 짐작했다. 두려움 때문이다. 이형준도 그랬다. 2주 훈련받고 배치된 첫 전투에서는 소대장이 쏘라는 방향을 향해 무조건 방아쇠를 당겼다. 나중에 보니 오줌을 싸서 바짓가랑이가 젖어 있었다. 그만 그런 것이 아니었다. 쏟아지는 포탄 속으로 돌격할 때면 그것에 맞아 고통 없이 죽고 싶은 생각이 들었다. 그렇게라도 두려움에서 벗어나고 싶었다.

7월의 긴 해도 떨어지고 서서히 어둠이 내리기 시작했다. 전날 아침 퇴각한 적은 아직 별다른 움직임이 없었다. 그것이 병사들을 더 불안하게 했다. 밤이 깊어질수록 병사들의 불안감은 커졌다.

그때였다. 가느다란 피리 소리가 깃털처럼 귀를 간지럽혔다. 이형준은 긴장해서 귀를 기울였으나 소리는 더 들리지 않았다. 환청이었나 하고 자기 귀를 의심할 즈음 미풍이 스쳐 가듯 피리 소리가 다시 들렸다. 그러기를 몇 번 반복하더니 이윽고 피리 소리는 본격적으로 들렸다. 그 소리는 흐느끼는 것 같기도 하고 하소연하는 것 같기도 했다. 피리 소리를 들으면 이상하게 마음이 울적해지고 의욕이 없어지는 것이다.

때맞추어, 선임하사의 명령이 날아왔다.

"소대원은 동요하지 말고 각자 위치에서 대기하라. 내 명령이 있기 전까지 절대 발포하면 안 된다."

이형준은 오른손 검지를 방아쇠에 건 채 전방을 주시했다. 전방은 검은 장막을 두른 듯했다. 밤이면 쏘아 올리던 아군의 조명탄도 어제오늘은 없었다. 뭔가 큰 사건이 일어날 것 같은 밤이다.

이형준은 왼쪽 가슴을 만져 보았다. 그것은 위급한 상황에 하는 그의 버릇이다. 왼쪽 상의 주머니에 병역수첩이 있고, 그 갈피에 아내 사진이 있었다. 영실아, 영실아. 그는 아내의 이름을 주문처럼 불렀다.

그때, 갑자기 산을 무너뜨릴 듯한 폭탄 터지는 소리가 들려왔다. 무수한 섬광이 밤하늘을 가르며 어지럽게 춤추었다.

"사격 개시."

선임하사의 명령이 떨어졌다. 조준 사격은 불가능했다. 전방의 움직이는 물체를 향해 무조건 방아쇠를 당겼다. 뒤로 나자빠지는 물체들이 섬광 속으로 보였다.

총탄이 날아오기 시작했다. 총탄이 참호 앞에 떨어지자 흙이 튀어 철모 위로 우박처럼 쏟아졌다. 고개를 들 수 없었다.

"수류탄 투척."

선임하사의 명령에 따라 병사들은 수류탄을 까서 집어 던졌다. 그러는 가운데에도 적은 개미떼처럼 올라왔다. 죽여도 죽여도 그 숫자는 줄지 않았다.

갑자기 호 뒤에서 기관총 소리가 들렸다. 적이 후방에 나타났다는 것은 이미 퇴로가 끊겼다는 뜻이다. 참호 주변에 수류탄이 떨어졌다. 포탄에 벌거숭이가 된 산은 엄폐물이 없었다. 고작 쓰러진 고목을 엄폐물로 이용할 뿐이다.

"착검."

그 명령을 끝으로 더는 선임하사의 소리가 들리지 않았다.

이형준은 참호 안으로 뛰어 들어오는 적의 가슴을 찔렀다. 대검이 쇠붙이에 걸렸는지 쇳소리를 내며 미끄러졌다. 적은 다시 일어나지 않았다. 그때 참호 안으로 수류탄이 굴러들어오는 것이 보였다. 그는 참호를 튀어나오는 순간, 강한 충격을 받고 나동그라졌다.

＊　　＊　　＊

이형준은 극심한 통증에 눈을 떴다. 그러나 눈에 회색 막이 덮인 듯 사물이 분명히 보이지 않았다. 머릿속에서 탱크의 무한궤도가 굴러가는 굉음이 울렸다. 몸의 감각 기관이 따로 노는 것 같았다. 몸을 움직일 수도 없었다. 상황 파악이 안 되는 가운데에도 자신이 살아 있음을 깨닫게 해 주는 것은 오로지 지독한 통증이었다. 창자를 예리한 칼로 저미는 것 같은 통증에 전기 충격을 받은 개구리처럼 사지를 펄떡였다. 입에 재갈을 물려 놓아 비명조차 지를 수 없었다. 그는 침대에 묶인 팔다리를 뒤틀다가 다시 까무러쳤다.

이형준은 단속적 통증으로 토막토막 끊어지는 의식 속에서도 아내를 생각했다. 영실아, 영실아. 무신론자인 그에게는 아내가 신불(神佛)을 대신했다. 기뻐도 슬퍼도 아내뿐이었다. 살려 줘, 살려 줘, 영실아. 하지만 아내의 얼굴이 그려지지 않았다. 몸도 마음도 깊이를 알 수 없는 바닷속으로 가라앉고 있었다.

이형준이 40도가 넘는 고열에서 깨어난 것은 사흘 만이었다.

"무울."

이형준이 입을 우물거렸지만 소리가 되어 나오지 않았다.

젖은 수건이 입에 물렸다. 그는 그것을 씹어서 수분을 취하려 했으나 이가 들떠 씹을 수 없었다. 미지근한 수건을 물고 숨을 들이마시자 소독약 냄새가 났다. 병원이구나. 그 생각이 다시 통증을 불러일으켰다.

"천행입네다. 파편이 다섯 개나 배에 박혔는데도."

뜻밖에도 한국말이었다. 그렇다면 아군 병원인가? 그 희망을 깨부수듯 좀 전의 사람이 말을 이었다.

"여기는 중국인민지원군 야전 병원입네다."

중국인민지원군? 이형준은 그제야 마지막 전투 장면이 떠올랐다. 참호에서 뛰쳐나가는 순간, 몸을 강타하던 그 충격. 그런데 어떻게 이곳에 있는 것일까. 여기는 어딜까. 대체 얼마나 다친 것일까. 병신이 되어 살면 뭐 하나. 혼란스럽고 두려웠다. 부상한 채 포로가 되었으니 살아도 산 것이 아니다. 앞으로 어떤 일을 겪을지 모르지만 당장은 극심한 통증만이라도 멎게 해 주면 싶었다.

"참으시라요. 마취제가 없어서 그냥 수술했습네다."

그는 조선족 출신 간호병이라고 했다. 하루에 한 차례씩 와서 복부의 붕대를 풀고 소독을 해 주었다. 그가 할 수 있는 치료는 그것밖에 없는 듯했다.

이형준은 그가 한두 마디씩 던지는 말을 종합해 몇 가지 사실—어떤 중공군 병사가 자신을 구해 주었다는 것, 사흘이 되어도 그가 깨어나지 않아서 포기하려 했다는 것, 야전 병원에 세 명의 한국군이 입원해 있는 것 등——을 알게 되었다. 그러면서 언제나 하는 말을 덧붙였다.

"중화인민공화국은 모든 인민을 다 같이 중히 여깁네다."

이형준은 통증 속에서도 한 생각이 머릿속을 떠나지 않았다. 합법적인 살육이 자행되는 전쟁터에서 아군이든 적군이든 악에 받친 병사는 바스락 소리만 나도 발작적으로 총질을 해댔다. 한바탕 격전을 치르고 나면 이긴 쪽에서 전쟁터를 정리했다. 중상자는 물론 경상자도 확인 사살하기 일쑤였다. 사람이 버러지와 다를 바 없었다. 꿈틀거리는 버러지를 신발로 꾹 밟아 버리듯 아무런 죄책감 없이 사람의 머리통을 향해 방아쇠를 당겼다. 그런 판에 마주 보고 총질한, 부상한 적병을 구해 준 중공군 병사는 어떤 사람일까. 이형준은 그런 기적이 일어난 것은 어머니와 아내의 기도 덕분이라고 생각했다. 어머니와 아내는 매일 새벽 정화수를 떠 놓고 천지신명께 기도했다. 어떡해서든지 살아 돌아가야 한다. 그는 고통을 참으려고 이를 깨물었다.

폭격 맞은 학교 건물을 대충 수리한 중공군 야전 병원은 병원이라기보다 부상병 임시 수용소였다. 부상병은 피아를 가릴 것 없이 대부분 중상이었다. 팔다리가 떨어져 나간 것은 중상으로 볼 수도 없었다. 얼굴의 반쪽이 달아났거나 복부가 훤히 뚫린 경우도 적지 않았다. 하지만 그들을 치료할 의료진이나 의약품은 절대 부족했다. 군의관의 일이라고는 부상자 몸속의 총탄을 제거하거나 부러진 팔다리를 부목으로 묶는 것이 고작이었다. 항생제만 있어도 살 수 있는 환자가 맥없이 죽어 나갔다. 포성은 멎지 않았고 하루에도 몇십 명의 부상병이 실려 오고 또 죽어 나갔다. 이형준은 전투 중에는 상상도 하지 못했던 참상에 진저리를 쳤다.

1953년 7월 27일.

간호병이 상기된 얼굴로 병실에 들어와 말했다. 전쟁이 끝났다고. 중국인민지원군이 위대한 승리를 거두었다고. 이형준이 놀라 몸을 일으키다 비명을 삼키며 다시 누웠다. 기가 막혔다. 2주일만 일찍 정전이 되었어도, 마지막 전투에서 그렇게 패하지만 않았어도 전쟁 포로가 되지 않았을 것이다. 문득 어머니의 말이 떠올랐다. 내가 너를 1년만 늦게 낳았더라면. 아들 낳기를 소원했다던 어머니가 그의 영장을 받고는 그렇게 탄식했다. 운명이 그러한 것을 어쩌겠는가.

그는 전쟁터에 뛰어든 뒤 개인의 능력이 얼마나 보잘것없는 것인지를 뼈저리게 깨닫고 있었다. 개인은 역사의 강물에 휩쓸린 나뭇잎 같은 존재라는 생각을 지울 수 없었다. 어쨌거나 전쟁이 끝났다면 포로는 송환될 것이다. 그는 부상했어도 살아 있음에 감사하자고 마음먹었다. 고향에 돌아갈 수 있다. 부모님과 아내를 만날 수 있다. 불안 속에서도 희망이 솟았다. 그러나 그 희망은 오래가지 않았다.

＊　　＊　　＊

두 달 뒤, 이형준은 퇴원과 동시에 인민군에 인계되었다. 그를 호송하러 온 인민군 하사는 다짜고짜로 그의 소지품을 압수하고 포승으로 묶었다. 하사가 병역수첩에서 떨어진 유영실의 사진을 보고 히죽이 웃더니 주머니에 집어 넣으려 했다. 이형준이 달려들어 그것을 빼앗으려 했으나 돌아온 것은 무지막지한 발길질이었다. 하사가 사진을 갈기갈기 찢어 땅바닥에 버리고는 발로 짓밟았다.

이형준은 인민군에 넘겨지고 나서야 포로가 되었음을 실감했다. 야전 병원에서도 포로 신분이기는 하지만 환자로서의 대접을 받았으나 인민군에 넘겨지고 나서는 모든 것이 바뀌었다.

이형준을 태운 차는 어둠 속을 달려 어느 건물 앞에 섰다. 적병이 문을 열고 총구로 이형준의 등판을 밀었다. 팔이 뒤로 묶여서 균형을 잡지 못한 이형준이 비틀거리다 간신히 몸을 바로 하니 심문관 책상 앞이었다. 그 앞에 국민학생들이 사용했을 법한 나무의자가 한 개 있었는데, 전등에 갓을 씌워 놓아 그곳만 환했다. 그는 병사의 눈짓에 따라 나무 의자에 엉거주춤 엉덩이를 걸쳤다. 심문관으로 보이는 30대 남자는 인민군복을 입고 있으나 계급장과 명찰이 없었다. 책상 위에 권총이 놓여 있었는데, 그것으로 그에게 즉결처분의 권한이 있음을 암시하려는 것 같았다. 전시에 포로 한 명쯤 없애는 것은 아무것도 아니라는 것을 이형준도 잘 알고 있었다.

한동안 그를 쏘아보기만 하던 심문관이 감정이 들어 있지 않은 목소리로 물었다.

"관등 성명은?"

"일등병 이형준."

"소속은?"

"18연대 1대대."

"나이와 입대 일자는?"

"스물, 단기 4286년 2월 13일."

심문관 옆의 병사가 이형준의 대답을 받아 적었다. 그 밖에도 심문관은 학력, 고향, 가족 관계, 입대 후의 참여 전투 등을 물었고 이형준은 사실대로 대답했다.

심문관이 따발총을 메고 있는 문 앞의 병사에게 턱짓하자 병사가 총을 내려 이형준의 옆구리를 가볍게 찌르며 일어나라는 신호를 했다. 그가 비틀거리며 일어나자 다시 총구로 등판을 찔렀다. 총구에 떠밀려 창고 같은 건물 앞에 이르렀다. 붉은 벽돌로 된 건물에는 칠이 벗겨진 철문이 있었고 거기에 쇠불알만 한 자물통이 달려 있었다. 철문 양쪽에는 자동 소총을 든 병사 두 명이 서 있었다.

적병이 이형준의 포승을 풀고는 엉덩이를 걷어찼다. 그는 앞으로 고꾸라지며 누군가와 부딪쳤고, 그 사람의 욕지거리를 들었다. 창고 안은 깜깜했지만 많은 사람이 갇혀 있음을 금방 알 수 있었다. 그의 눈이 어둠에 익숙해졌을 때 놀라지 않을 수 없었다. 창고에는 아군이 가득 앉아 있었다. 아군의 숫자보다 놀라운 것은 그들의 체념한 표정이었다. 소나기처럼 쏟아지는 총탄 속에서도 용감하게 돌진하던 군인의 모습은 어디에도 없었다.

얼마나 오래 갇혀 있었던 것일까. 얼마나 많은 수모를 당한 것일까. 낮 동안 뙤약볕에 달구어진 벽돌에서 뿜어져 나오는 열기에다 수십 명의 체온이 합쳐져 창고 안은 찜통이었다. 거기다 포로들의 배설물에서 나오는 악취로 숨쉬기도 힘들었다. 파리떼가 얼굴에 달라붙었지만 손을 뺄 수 없어서 쫓을 수도 없었다. 이형준은 진저리를 치며 눈을 감았다. 그런 가운데에도 때때로 철문이 열리며 포로가 더 들어왔다.

다음 날 오후, 철문이 열렸다. 이형준은 다른 포로와 함께 운동장에 끌려 나갔다. 40여 명의 포로는 머리에 손을 얹은 채 병든 닭처럼 운동장에 쪼그려 앉았다. 어디선가 날아온 고추잠자리가 포로들 머리 위로 날아다녔다. 인민군이 따발총을 겨눈 채 에워싸고 있었다.

그때, 상위 계급장을 단 군관이 나타나 열 지어 앉은 포로 앞에 나섰다. 키는 작아도 몸매가 다부졌고 눈초리가 날카로웠다. 그는 오른손을 허리에 찬 권총에 얹고 사람들을 둘러보았다.

"잘 들으시오. 이제 전쟁은 끝났소. 용맹한 우리 인민군 용사들이 잔악한 괴뢰도당을 무찔렀소. 조선민주주의인민공화국에서는 위대하신 수령님의 뜻을 받들어 귀관들에게 선택의 기회를 주기로 했소. 이 중에서 남측으로 가고 싶은 사람은 열 왼편으로 나오시오."

그가 받은 교육, 그가 살아온 방법이 그의 말투에 고스란히 드러났다. 군관은 말을 멈추고 사람들을 천천히 살폈다.

"망설일 것 없소. 귀관들이 어떠한 선택을 하던 존중할 것이오."

그의 얼굴에 부드러운 미소가 흘렀다. 운동장에는 침묵이 흘렀다. 전쟁이 끝났으면 포로는 돌려보내는 것이 당연하다. 그런데 선택의 기회를 준다는 것은 무슨 뜻일까. 고향으로 돌아가고 싶지 않은 사람이 어디 있을까. 포로들은 혼란스러웠으나 물어볼 엄두를 내지 못했다.

이윽고 포로 중에서 장교 복장을 한 사람이 일어나 다리를 절며 대열의 왼편으로 걸어나갔다. 그것이 신호이기라도 한 듯 열 가운데에서 한두 사람씩 일어나 모두 다섯 명의 포로가 왼편으로 나갔다. 장교가 두 명이었고 나머지는 하사관과 사병이었다.

"좋소, 더 없소? 귀관들의 의사에 맡길 테니 다른 사람 눈치 보지 말고 나서시오."

그는 말을 마치고 다시 한번 좌중을 둘러보았다.

그러자 머리에 붕대를 감은 병사 한 명이 일어나 왼쪽으로 나갔다. 왼쪽에는 처음 나갔던 장교를 포함해서 모두 일곱 명이 서 있었다.

"더 없소?"

상위가 다시 물었다.

포로들은 불안한 눈빛을 교환할 뿐 감히 일어서는 사람이 없었다. 일곱 명 중 이형준이 아는 사람은 없었다.

"좋소. 우리는 귀관들의 뜻을 존중하오."

상위가 말을 마치고, 주위에 서 있던 병사에게 손짓했다. 따발총을 겨누고 있던 병사들이 국군 일곱 명을 향해 총을 발사했다. 일곱 명이 비명을 지르며 쓰러졌다. 적병이 피를 흘리는 국군포로를 질질 끌고 갔다. 모든 일이 순식간에 일어났다.

상위가 질려 있는 포로들을 향해 다시 입을 열었다.

"여러분의 귀순을 렬렬히 환영하오. 여러분은 이제 포로가 아니오. 조선민주주의인민공화국으로 귀순한 해방 전사를 렬렬히 환영합네다."

상위가 말을 멈추자 주위에 있던 병사들이 양손을 어깨높이로 들어 그의 말처럼 열렬히 손뼉을 쳐 댔다.

조선민주주의인민공화국 만세, 만세, 만세!

조선인민군 만세, 만세, 만세!

상위가 양팔을 하늘로 올리며 소리치자 포로를 에워싸고 있던 병사들이 함께 만세를 외쳤다. 두 번째 만세를 외칠 때 쪼그리고 앉은 포로 중 몇 명이 따라 했고, 세 번째 만세를 외칠 때는 대부분이 따라 했다. 이형준도 주위 사람의 눈치를 살피며 손을 들었다. 그러나 만세 소리가 입 밖으로 나오지는 않았다.

총살당한 일곱 명을 제외한 나머지 사람들은 그날 저녁 열차에 태워졌다. 열차는 무개화차였는데 석탄 운반용이었는지 온통 탄가루투성이였다. 가장자리 윗부분에는 포로들의 탈출을 막기 위해 널빤지를 덧대고 위에 그물망을 씌워 놓았다. 열차 칸마다 사람을 더 태울 수 없을 정도로 만원이었지만 경비병은 총구로 포로 등을 쑤셔댔다. 여기저기에서 비명과 욕설이 쏟아졌다. 경비병은 쓰레기통에 쓰레기를 쑤셔 넣듯 포로들 태우고는 출입구를 잠갔다.

이형준은 가까스로 자리를 잡고 주저앉았다. 열차 안은 숨이 막힐 듯 더웠고 악취가 진동했다. 포로들은 조금이라도 공간을 더 확보하기 위해 얼마 전까지 전우였던 사람들을 밀어붙였다. 열차는 실내의 혼란스러움을 묻어 버리려는 듯 기적을 몇 번 울리고 천천히 움직였다.

세상을 잘못 만나서

백민우는 국방부를 나서며 하늘을 쳐다보았다. 잔뜩 찌푸린 날씨가 더 마음을 답답하게 했다. 담배라도 한 대 피우면 좀 나을 것 같은데 마땅한 장소가 눈에 띄지 않았다. 답답한 심정이 날씨 때문만은 아님을 본인도 느끼고 있었다. 국방부에서 이형준의 병적을 확인할 때부터 그런 느낌이 들기 시작한 것이다.

이형준 일등병은 전사자로 처리되어 있었다.

"6·25 전쟁 때 실종된 장병들을 1970년대 들어서 일괄적으로 전사자 처리한 것으로 압니다만."

국방부의 담당자가 말끝을 흐렸다.

실종자 중 상당수가 포로가 되었을 것이 상식적인 판단인데도 정부는 모두 전사자로 처리해 버렸다. 그들을 포로로 인정하는 것보다 그것이 더 편했을 것이다. 하지만 인제 와서 그 문제를 제기한들 무슨 소용이 있을 것인가. 아무도 귀기울여 주지 않을 것이다.

"유해도 유품도 목격자도 없는데 전사자로 처리한 것은 문제가 있는 것 아닌가요? 혹시 포로가 되었을 수도 있지 않을까요?"

"글쎄요, 제 소관이 아니라서."

이제 갓 공무원 생활을 시작한 듯한, 그러나 그들의 안일한 습관만은 재빨리 익힌 듯한 담당자가 성의 없이 대답했다.

백민우는 전쟁이 얼마나 참혹한 것인지에 대해 한 번도 생각해 보지 않은 듯한 젊은이와 더 이야기하고 싶지 않았다.

이형준 일등병은 금성 전투에서 실종된 것으로 기록에 나와 있었다. 금성 전투는 정전 협정이 조인되기 불과 2주 전에 치러진, 한국전쟁의 마지막 전투였다.

1952년 10월 초 유엔군과 공산 측 사이의 휴전 회담이 포로 교환 방법에 대한 이견으로 결렬되자 전선은 치열한 고지 쟁탈전으로 전개되었다. 10월 6일부터 15일까지 치러진 백마고지 전투, 10월 14일부터 11월 25일까지 치러진 저격능선 전투 등이 대표적이다. 1953년 들어 전선은 잠시 소강 국면으로 접어들었다.

그러던 중 1953년 3월 5일 스탈린 사망으로 한국전쟁에 결정적인 변화가 나타났으니 약 6개월간 중단되었던 휴전 회담의 재개가 그것이다. 한국 정부의 강력한 반대에도 불구하고 유엔군과 공산 측 사이의 휴전 회담은 급속도로 진행되어 6월 8일 합의서에 서명하기에 이르렀다. 그러자 이승만 대통령은 정전에 반대하기 위해 6월 18일 새벽 0시에 기습적으로 반공 포로를 석방했다. 한국 정부의 예상치 못한 행동에 세계는 경악했다. 판문점에서의 휴전 회담은 중단되고 전선은 다시 초긴장 상태에 돌입했다.

반공 포로 석방이 이루어진 다음 날 마오쩌둥은, 한국군 1만 5천 명을 섬멸하라고 중공군 총사령관 펑더화이에게 명령했다. 타격 목표를 대한민국 국군으로 삼은 것이다. 이에 펑더화이는 국군이 단독으로 담당하고 있

는 금성 지역을 공격 목표로 선정했다. 중공군 지휘부가 그렇게 정한 이유
는 금성 지역이 북쪽으로 돌출해 있어서 공격하기에 유리하고 여러 차례
전초전을 치르면서 지형에 익숙한 데다 국군 방어선의 특징 또한 파악하고
있었기 때문이다.

7월 13일 21시, 중공군 주력 부대가 금성 돌출부를 포위하고 공격해 왔
다. 7월 19일까지 계속된 이 전투로 전선은 당초의 전선보다 4킬로미터
나 물러났으며, 국군은 전사 2,689명, 부상 7,548명, 실종 4,136명, 도합
14,373명의 인명 손실을 보았다. 실종자 대부분이 포로가 되었으나 휴전
회담에서 논의된 포로와는 별도로 취급되어 포로 교환 당시에도 돌아오지
못했다.

백민우는 전사자로 처리된 이형준 일등병이 북한에 살아 있다는 이야기
를 꺼내지 않았다. 그의 존재를 증명하는 것은 쉬운 일이 아니다. 우선은
이형준의 생사를 알아내는 것이 급선무인데 그 방법이 막막했다. 이래저래
답답한 심경이 조진만을 찾게 했다.

✳　　　✳　　　✳

"왜 바쁜 사람을 오라 가라야?"

조진만이 땀을 닦으며 털썩 주저앉았다.

"살을 빼라구. 살이 많아 더 더운 거야."

"나 살찌는 데 보태 준 거 있나?"

"같이 먹어 준 술이 얼만데."

두 사람은 농담을 주고받다가 그런 말이 이 판국에 얼마나 객쩍은지 피차 모르지 않는 터라 곧 입을 다물었다.

백민우가 병적증명서를 꺼내 조진만 앞으로 밀어 놓았다. 조진만이 서류를 훑어보고는 백민우를 넘겨다 보았다.

"전투에서 실종됐다면 둘 중 하나 아닌가. 전사했거나 적의 포로가 되었거나. 전사했다는 증언이나 증거물이 없으면 포로가 되었다고 보는 것이 상식적인 추론 아닌가. 그런데 국가는 전쟁이 끝난 이후 지금까지 아무런 행동도 취하지 않았어. 국군포로 송환이나 국군 장병 유해 발굴에 대해."

"유해 발굴을 전혀 안 한 것은 아니지."

"흥, 누가 공무원 아니랄까 봐. 2000년에 6·25 전쟁 50주년 기념사업이랍시고 한시적으로 한 걸 말하는가 본데, 그게 일회성 사업으로 할 일이냐구? 미국 좀 봐. 해외 전쟁터에서 죽은 미군의 유해를 성조기에 싸서 웰링턴 국립묘지에 안장할 때 대통령이 거수경례로 예를 표하는 거 못 봐? 모든 걸 미국 따라 하려고 하면서 왜 그런 것은 못 보지? 그리고 일본도 납치된 자국민 송환을 위해 얼마나 애쓰냐고."

백민우가 들고 있던 술잔을 입에 털어 넣고 말을 이었다.

"인권을 신주처럼 모시는 정부가 왜 국군포로를 노예 취급하는 북한의 인권 상황에 대해서는 입을 다무느냐 이거야. 현재도 북한에 국군포로가 수백 명이 살아 있다는 증언이 있는데 그걸 모른 체하는 게 말이 되냐구."

"이거 참, 술 한 잔 얻어먹으려다 오늘 또 고생하게 생겼네."

"너 같은 공무원이 정신 안 차려서 나라가 이 모양 이 꼴이라구. 하나원에서 탈북자 교통카드 사용법이나 가르쳐 주고 앉았으면 통일이 되나?"

"왜 나한테 이러나?"

"니가 하는 일이 뭐야? 탈북자만 해도 그래. 목숨 걸고 탈북한 그들이 왜 자살하고, 해외 이주하고, 재입북하는지 알아? 세금 도둑 같으니라구."

"기자는 조금 아는 걸 가지고 많이 아는 척하는 게 병통이지."

"조금 안다고? 나 북한 문제 다룬 지 십 년이 넘어. 정보기관에서 주는 자료만 가지고 그들 입맛에 맞는 소리만 하는 어용학자들과는 다르다구."

"인류 역사상 전쟁 후 가장 큰 문제가 포로 문제였어. 예전에 승전국은 패전국의 백성을 잡아다 노예로 썼지. 남자는 일꾼으로 부렸고 여자는 성적 노리개로 삼았어. 그 법칙은 문명사회가 되어도 크게 달라지지 않았어. 포로를 자국군 증강의 수단으로 삼거나 전후 복구 사업에 투입하려고 송환하지 않았어. 전쟁이란 것이 원래 이성적 판단으로 이해되지 않는 것이기 때문에 전후 처리에 있어서 포로의 대우도 마찬가지야. 제2차 세계 대전이 끝난 뒤 소련은 유럽과 극동에서 많은 포로를 억류하여 전후 복구 작업과 시베리아 개척 사업에 투입했어. 그래서 1949년에 개정된 제네바 협정 118항은 '포로들은 적대 행위가 끝난 뒤 조속한 시일 내에 본국으로 송환되어야 한다.'라고 명시했지. 하지만 지켜지지 않았어."

"그러니까 국가가 나서야 하는 게 아니냐구. 조창호 소위가 대한민국에 돌아온 지 십 년이 넘어. 그동안 귀환한 국군포로만 수십 명이 되고. 그런데 달라진 것이 무엇인가? 대통령이 몇 번 바뀌었어도 국군포로 송환을 언급한 사람은 없어. 조국을 지키기 위해 목숨 걸고 싸우다 포로가 된 분들이 평생을 지옥 같은 곳에서 남쪽 하늘만 바라보다 생을 마감했을 것을 생각해 봤냐구. 무엇보다도."

백민우가 소주잔을 탁, 소리가 나게 식탁에 내려놓았다.

"제일 안타까운 것은 금성 전투에서 희생된 군인들이야. 이승만이 반공 포로만 석방하지 않았어도."

"반공 포로 문제도 간단히 보아서는 안 되지. 휴전 회담이 지연된 가장 큰 이유가 포로 송환 문젠데, 쌍방간에 그만큼 중요했다는 얘기지. 당시 거제도 포로수용소에서 친공 포로와 반공 포로의 반목이 어느 정도였는지 알아? 반공 포로를 다 돌려보냈을 때 그들이 당할 보복을 염려한 거지."

"그래서 2만 7천 명의 반공 포로를 석방한 대가로 수천 명이 죽거나 포로가 되고, 2백 평방킬로미터나 되는 영토를 잃어야 했나?"

"사실, 한국전쟁의 경우 포로의 정의부터 쉽지 않았어. 인민군이 서울을 점령했을 때 학생들과 청년들을 의용군이라는 이름으로 강제로 끌고 가 인민군에 편입시켰지. 그뿐만 아니라 전쟁 초기에 많은 한국군이 포로가 되었는데 이들도 강제로 인민군에 편입되었어. 그런데 그들이 전투 중 다시 유엔군의 포로가 된 거야. 법적으로는 대한민국 국민인데 말이야."

"처음부터 유엔군과 한국 정부는 국군포로 문제에 소극적이었어. 법적으로 따지면 대한민국 국군은 유엔군 지휘 아래 있었기 때문에 포로 문제는 정전 협정에 서명한 유엔군 사령관에게 있다고 볼 수 있어. 그런데도 미국은 전쟁을 끝내는 데 급급해 포로 문제를 등한히 한 거지."

"그 점은 정말 유감이야. 제2차 세계 대전 후 소련과 지리적으로 가까운 동유럽 나라들이 급속히 공산화되어가는 것을 보고 미국은 마음이 급했어. 전통적으로 미국 정책은 유럽 위주였으니까. 더군다나 미국 내에도 한국전이 장기화함에 따라 반전 분위기가 급속도로 팽창했지. 결국 한국전을 조속히 끝내겠다는 공약으로 당선된 아이젠하워는 극동사령부와 미8군에게 조속한 정전을 명령했던 거지. 한국으로서는 정말 안타까운 일이지만."

"저들은 남의 나라 사람들이니 그렇다고 쳐. 참을 수 없는 것은 한국 정부와 군의 태도야. 한국전쟁의 정전과 포로 송환에 관한 어떤 자료에도 정전 회담 한국 측 대표가 포로 송환에 대해 발언했다는 기록을 찾아볼 수 없어. 국가의 운명이 바람 앞의 등불 같았던 전쟁 초기 젊은이에게 조국을 지키라고 애원하던 정부가 그들에게 무엇을 해 주었냐구. 만약 또다시 그와 같은 국가의 위기가 닥치면 국민들이 국가에 충성심을 발휘할지 의문이야."

"그건 지나친 비약인데."

"비약이라구? 전쟁 후에도 소위 사회 지도층 인사의 자녀들은 대부분 병역을 기피했어. 오죽하면 국회의원, 장·차관, 장성 아들은 다 병신이라는 얘기가 만들어졌을까."

"지도층이 잘해야 하는 건 맞아. 우리 백 기자를 국회로 보내야 하는데……"

조진만이 농담으로 분위기를 누그러뜨리려 했으나 백민우는 그 점이 더 못마땅했다.

"당시 이승만이 가능하지도 않은 북진 통일만 부르짖지 말고 좀 더 전략적 판단을 했더라면 국군포로를 더 많이 송환할 수 있었어. 하기는 서울 시민에게는 안심하라는 거짓 방송을 내보내고 혼자 도망간 대통령한테 기대하는 것 자체가 무리지만. 그러고는 한강 다리를 끊었어.”

“갑자기 한강 다리는 왜 나오나? 그건 이 대통령의 지시가 아니었어. 물론 국군통수권자의 책임이 없는 것은 아니지만.”

“내 말은 위정자가 백성의 목숨을 소중히 여기지 않았다는 거야. 한강 다리 폭파로 백만이 넘는 서울시민이 피난도 못 가고 적 치하에 떨어졌고, 10만이 넘는 시민이 학살당하거나 납치됐어. 그러고서는 수복 후 부역자 처벌한다고 50만이 넘는 시민을 마구잡이로 감옥에 가두거나 사형시켰지. 국민이 국가와 위정자를 불신하도록 만드는 데 일조했지.”

“이 대통령의 공과는 따져 봐야 해. 대통령인들 우리가 단독으로 북진할 수 없다는 것을 몰랐겠어? 미국을 압박해서 휴전 후 한미동맹 체결과 전후 재건을 위한 경제 원조를 받아 내기 위한 방편이었던 거지.”

“공산 측은 처음부터 국군포로를 가능한 한 많이 잡아 두겠다는 심산이었어. 그런데도 미국은 말할 것도 없고, 대한민국 정부와 국민 모두가 이 문제를 남의 일 보듯 했어. 인도주의에 입각한, ‘자발적인 의사에 맡긴다’라는 유엔군 측의 원칙이 오히려 적에게 역이용당하는 결과를 초래했어. 공산 측에 억류된 유엔군 포로 9만 3천여 명 중 포로 교환으로 돌아온 1만 3천여 명을 제하면 최소 8만여 명이 되는데 대부분이 국군포로들이야. 10만 명이 넘는다는 설도 있어. 이들이 ‘송환을 원치 않는다’라는 구실로 북녘땅에 억류된 거야. 그런데도 대통령은 조국을 위해 싸우다가 불법으로 억류된 국군포로에 대해 한마디도 하지 않았어.”

“이승만 대통령은 전쟁 초기에 국군통수권을 유엔군에 넘겨 간신히 전쟁 이전의 영토를 되찾았어. 남북 관계는 극도의 증오와 긴장감이 충만할 때야. 포로 송환 문제를 꺼낼 형편이 못 됐어.”

“그 후로도 역대 정권이 국군포로 송환에는 관심이 없었어. 6·15남북공동선언 제3항 기억해? 흩어진 가족, 친척 방문단을 교환하며, 비전향 장기수 문제 등 인도적 문제를 조속히 해결한다. 이렇게 되어 있어. 여기에 왜 국군포로와 납북자가 빠져 있느냐 이거야. 대통령의 가장 중요한 책무, 자국민 보호 의무를 저버린 것이지. 그러고는 그해 9월, 비전향 장기수 63명 전원을 북으로 돌려보냈어. 이게 말이 돼?”

“그 점에 대해서는 나도 안타깝게 생각해.”

“그뿐인 줄 알아? 국군포로의 유해 송환에 대해서는 무관심한 정부가 중공군 유해는 왜 그렇게 정성스럽게 발굴해서 보내지? 그들 때문에 국군포로가 그렇게 많이 생겼는데.”

한 차례 입씨름을 한 두 사람은 스스로 머쓱해져 술잔만 입에 털어 부었다. 서로 상대편의 잔에 술을 따르고는 잠시 묵묵히 있었다. 침묵을 깬 것은 조진만이었다.

“이미화에겐 연락했나?”

백민우가 말없이 고개를 저었다. 그러고는 이내 입을 열었다.

“일단 이형준의 본적지를 찾아가 볼까 해. 그런데 그게 영……”

조진만이 고개를 끄덕였다. 그는 친구의 마음을 이해했다. 이번 일이 백민우의 묵은 상처를 도지게 한 것이다. 그가 입 밖에 꺼내지 않아도 국군 포로뿐만 아니라 전후 납북자와 그 가족의 고통에 대해 무관심한 역대 정부의 처사에 대해 분노하고 있다는 것을 모르지 않았다. 국군포로와 납북자 모두 역사의 조난자들이다. 조난자를 구조할 임무가 국가에 있지만, 그 책임을 회피하고 있다는 것을 인정하지 않을 수 없었다.

"내키지 않으면 그만두어도 돼."

그것은 조진만의 진심이었다. 이미화를 그에게 소개해 준 것이 후회되었다.

＊　　　＊　　　＊

백민우는 차창 밖을 바라보고 있어도 풍경이 눈에 들어오지 않았다. 내키지 않으면 그만두어도 된다는 친구 말에 반감이 생겨 다음 날 일찍 고속버스에 올라탔다. 하지만 막상 버스가 출발하니 중간에 내리고 싶은 마음이 자꾸 들었다. 그는 이미 외우고 있음에도 이미화가 준 쪽지를 다시 한번 펼쳐 보았다.

지금 그곳을 가는 것이 잘하는 짓인가? 이형준의 가족을 만날 수 있을지도 불분명할뿐더러 만난다 해도 공연히 평지풍파를 일으키는 것은 아닐까? 백민우는 마음이 착잡했다. 그는 비로소 이미화가 이형준의 고향 집 주소를 알려준 이유가 짐작되었다. 그녀도 같은 생각이었을 것이다. 혼자서 아버지의 고향을 찾아가기가 막막하고 두려웠을 것이다. 지푸라기라도 잡는 심정으로 찾아온 것인지 모른다. 물론 자신에게 어떤 의무가 있는 것은 아니다. 그래도 외면하지 못한 것은 자기 가족사에 대한 상처가 이미화에 대한 연민으로 이어졌기 때문이다.

백민우는 서상 터미널에 도착하자마자 면사무소를 찾았다. 면사무소 직원의 도움으로 대남리 이장을 소개받을 수 있었다.

백민우가 찾아온 이유를 간단히 설명했다.

"이형준 씨? 저는 나이가 어려서 잘 모르겠고요."

오십 대 후반으로 보이는 이장이 자신을 어리다고 말하는 것이 우스웠다. 이장도 그것을 눈치챘는지 멋쩍게 웃으며 말을 이었다.

"우리 마을에 황 노인이라고 아흔 넘은 어르신이 있는데 그분께 물어보는 것이 좋겠네요. 연세가 많아도 기억력이 좋아요."

이장이 말을 멈추고 백민우를 쳐다보았다.

"그런데 뭘 좀 사 가는 게……."

백민우는 이장의 말을 이해했다. 그도 빈손으로 갈 생각은 아니었다. 그는 가게에서 산 술과 담배, 그리고 과일 봉지를 양손에 들고 이장을 따라 황 노인 집으로 향했다.

노인의 집은 옹기종기 모여 있는 몇 채의 집과 떨어져 마을 끝부분에 있었다. 밖에서 보아도 집은 오래도록 손보지 않은 표가 났다. 대문도 없고 마당에는 잡초가 나 있었다.

이장이 마당으로 들어가며 큰 목소리로 말했다.

"어르신, 계세요? 이장입니다."

그러고는 자신의 귀를 가리켰다.

"어르신이 귀가 좀 어두워요."

까까머리 노인이 마루에 누워 있다가 두 사람을 보고는 몸을 일으켰다. 그런데 노인의 오른쪽 소매가 덜렁거렸다.

"어르신, 안녕하세요?"

노인은 대답 대신 두 사람을 훑어보았다.

"이분이, 서울에서 온, 기잔데요."

이장이 한 어절씩 띄어서 큰 소리로 말했다.

"백민우라고 합니다."

백민우가 사 온 물건을 얼른 마루에 내려놓고 명함을 건넸다. 노인은 명함은 제대로 보지도 않고 엉뚱한 말을 꺼냈다.

"내가 왜정 시대에 징용을 갔더랬소. 거기서 팔을 잃었어. 세상을 잘못 만나서."

그것이 노인의 인사말인 듯했다. 이미 수없이 그 말을 들었을 이장이 고개를 끄덕였다.

"그런데 지금도 날이 흐리면 이쪽 팔이 저려."

노인이 왼손으로 덜렁거리는 오른쪽 소매를 가리키며 말했다.

노인이 두리번거리자 백민우가 얼른 담배를 권하고 불을 붙여 주었다. 노인이 길게 한 모금 내뱉고는 그제야 그와 눈을 맞추었다.

"나가사키 탄광이었는데, 팔이 안 잘렸으면 원자탄 귀신이 되었을 거야. 그러니까 팔하고 목숨을 바꾼 거지."

“네에.”

백민우가 고개를 주억였다.

“기자라고?”

“네에, 어르신께 여쭈어보고 싶은 게 있어서 왔습니다.”

“내가 뭘 안다구?”

“6·25 전에 이 마을에 살던 이형준 씨라고 아시는지요?”

“이 누구?”

“이, 형, 준,이요. 이형준. 전쟁 때 행방불명이 되었다고 하던데요.”

“이헹주이? 이헹주이, 이헹주이라.”

몇 번 이름을 되뇌던 노인의 주름살이 펴졌다.

“아, 남대마을에서 훈장 하던 이동림 씨 아들?”

“기억나세요?”

“그러엄, 이 훈장과는 호형호제하는 사이였는데. 그 양반이 자식 잃고 속병 들어서 일찍 죽었어. 무자식이 상팔자야.”

“이형준 씨가 사망한 소식을 들었나요?”

“그때 우리 마을에서 군에 간 젊은이가 세 명이었는데, 다 죽었어. 쯧쯧.”

“다 죽어요?”

“죽었으니까 안 돌아오지. 살았으면 왜 안 돌아오겠노? 젊은이들이 불쌍해. 세상을 잘못 만나서.”

이형준과 함께 입대한 사람이 두 명 더 있다는 것은 중요한 정보였다. 어쩌면 그들도 포로가 되었을지 모른다. 백민우는 노인에게 더 많은 이야기를 듣고 싶었으나 상념에 잠긴 그에게 자꾸 묻기가 민망해서 잠자코 있었다.

"오래 살아서 볼 것 못 볼 것 많이 봤어."

노인이 허공을 향해 담배 연기를 내뿜으며 중얼거렸다. 노인의 주름진 얼굴을 보자 아버지가 떠올랐다. 살아 계실까? 막내라고 끔찍이 귀여워해 주셨는데. 백민우는 노인의 얼굴만 물끄러미 바라보았다.

이장이 백민우의 귀에 대고 작은 소리로 말했다.

"어르신 아들이 경찰이었는데 전쟁 때 인민군에게 학살당했어요. 그래서 혼자 사시는 거예요. 인제 그만 가는 게……."

백민우가 이장을 향해 고개를 끄덕이고는, 노인에게 물었다.

"어르신, 이형준 씨 다른 가족은 없나요?"

"이 훈장한테 딸이랑 메누리가 있었는데."

그것은 뜻밖의 사실이었다. 그는 이형준이 으레 미혼일 것으로 생각한 것이다. 그런데 아내가 있다면? 이형준은 아내를 두고 북한에서 재혼한 것이 된다. 백민우의 머릿속에 이미화가 스쳐 지나갔다. 서상에 올 때까지 내내 머릿속에서 떠나지 않던 생각, 예상치 않은 일이 생기지 않을까 하는 우려가 들어맞은 것이다.

"이형준 씨가 결혼을 일찍 했군요."

"이 훈장이 2대 독자야. 손자 보고 싶어서 아들을 일찍 장가보냈어. 그런데 결혼한 지 한 달 만에 전쟁터에 끌려갔으니. 세상을 잘못 만나서, 쯧쯧."

백민우는 자기도 모르게 담뱃갑에 손이 가는 걸 참고 있었다.

"그 메누리 이름이 유 뭐였는데…… 아이구 오래돼서 기억이 가물가물하네. 그 아버지와도 친구처럼 지냈거든."

그러고는 이장을 향해 말했다.

"자네도 알 텐데? 뒷골에 살던 유 영감 딸."

"아, 유영실 할머니 말씀이군요?"

"그래, 유영시리. 이 훈장이 효부라고 칭찬을 많이 했었지."

노인이 담배를 끄고는 백민우가 들고 온 봉지를 손가락으로 가리켰다.

"아, 그만 묻고 거기 술이나 따."

백민우는 황 노인 집을 나와 이장과 헤어졌다.

그는 이형준과 함께 입대했다는 박덕배와 오명식의 이름을 수첩에 적고
는 담배를 피워 물었다. 담배를 두 대나 피울 동안에도 마음을 정하지 못
하고 있었다.

이장이 들려준 이야기—유영실이 마을에서 효부상을 받았고, 지금까지
남편이 돌아오기를 기다리며 혼자 살고 있다는—가 머릿속에 어지럽게 떠
다녔다. 이장이 가르쳐 준 유영실의 집은 멀지 않았으나 백민우는 선뜻 발
걸음을 옮기지 못했다. 여기까지 온 이상 유영실을 만나야겠지만 자신이 서
지 않았다. 그녀를 만나서 무슨 말을 해야 하나? 이형준이 북한에 가서 재
혼해 낳은 딸이 탈북해서 남한에 있다고 하면 평생을 홀로 산 그녀에게 상
처가 되지 않을까? 황 노인을 만나러 갈 때까지만 해도 마음이 이렇게까지
무겁지는 않았는데, 이형준의 아내가 수절하고 있다는 말을 듣는 순간 가
슴에 돌덩이를 매단 것 같은 느낌이 들었다.

감꽃 목걸이

입추도 지났건만 늦더위는 식을 줄 몰랐다. 마당 가의 감나무도 무더위에 삶겨 이파리가 늘어져 있었다. 수챗구멍으로 생쥐 한 마리가 고개를 내밀다가 들어갔다. 그 위로 쉬파리 두어 마리가 앵앵거리며 날아다녔다.

유영실은 점심도 거른 채 망연히 앉아 있었다. 시누이가 끼니를 거르지 말라고 당부하지만, 혼자 차려 먹기가 싫어 점심은 건너뛰기 일쑤였다. 눈은 대문께를 향하고 있어도 시선에 초점이 잡혀 있지 않았다. 우두커니 밖을 내다보는 버릇은 나이 들며 생겼다. 젊을 때는 마루에 앉을 짬이 없었다. 종일 종종걸음을 치다 보면 하루가 어떻게 지나가는지 몰랐다. 마음 둘데가 없어서 더 일에 매달렸는지 모른다. 하기는 손발 재게 놀리지 않으면 입에 풀칠하기도 어려운 시대를 살았다. 이제 할 일도, 하고 싶은 마음도 없었다. 그녀는 들고 있던 부채로 두어 번 바람을 일으켜 보고는 힘없이 내려놓았다. 마루 아래에 누워 자던 누렁이가 주인의 기척을 느꼈음인지 꼬리를 두어 번 흔들었다.

8월의 낮은 길고 할 일은 없었다. 70년이란 세월은 금세 지나간 것 같은데, 하루해는 너무 길었다. 유영실은 무료함을 이기지 못해 슬리퍼에 발을 꿰고 마당으로 내려섰다. 그녀가 일어나자 누렁이도 기지개를 길게 한 번 켜고는 주인 뒤에 붙어섰다. 주인이 문밖으로 나가면 따라나설 셈이지만 주인은 밖으로 나갈 생각이 없었다. 감나무에 다가가 땅에 떨어져 말라 버린 꽃잎 하나를 주워 들여다보았다. 나무도 늙는가. 그녀는 거칠어진 감나무 수피를 오래도록 바라보았다. 누렁이도 주인의 의도를 알았음인지 원래의 자리로 되돌아가 앞발에 턱을 얹고 엎드렸다.

"너도 사는 게 지루한 모양이구나."

유영실이 누렁이를 보고 중얼거렸다.

그녀는 짐승을 별로 좋아하지 않았는데, 어느 날 시누이가 강아지 한 마리를 막무가내로 두고 갔다. 종이 상자에 넣어 마루 아래 두었더니 밤새 낑낑거려 하는 수 없이 방에 들여놓자 꼬물꼬물 이불 안으로 파고들었다. 차마 밀어내지 못해 내버려 두니 밤마다 품 안으로 기어들었다. 말귀 못 알아듣는 짐승과 실랑이를 하다 어느새 정이 들었다. 조카가 개도 복이 많아야 한다고 복실이라고 이름을 지어 주었다. 복실이, 복실이. 하하, 외숙모랑 실자(字) 돌림이네. 조카가 너스레를 떤 것이 12년 전 일이다. 이젠 사람도 늙고 개도 늙었다. 둘 다 백내장과 관절염에 시달리고 있다. 두 늙은이 중 누가 먼저 세상을 떠날지 모른다. 유영실은 반려견의 목을 한 번 쓸어 주고는 마루에 다시 주저앉았다.

그녀는 새삼스레 집 여기저기를 둘러보았다. 마루를 가운데 두고 안방과 건넌방이 있고, 건넌방과 좀 떨어진 곳에 사랑채가 있었다. 시집와서 50년을 넘게 산 집이다. 어느 한군데 그녀의 손이 닿지 않은 곳이 없었다. 살뜰하게 관리한 집이지만 주인처럼 나이를 먹어 성한 곳이 없었다. 처마는 비가 샜고 마루는 밟으면 늙은이 뼈마디처럼 삐거덕댔다. 부엌문은 돌쩌귀가 어긋나 닫히지도 않았다. 큰 집을 여자 혼자 관리하기가 쉽지 않았다. 시누이가 집을 팔고 작은 집으로 옮기라고 수없이 권했으나 그녀는 희미하게 웃을 뿐 대꾸하지 않았다. 집을 옮기지 않는 이유를 말할 필요는 없었다. 설명한들 아무도 이해하지 못할 것이다.

유영실은 언젠가는 남편이 돌아올 것을 믿었다. 남편이 돌아왔을 때 그녀가 없거나 집이 달라져 있으면 얼마나 당황할 것인가. 그 생각에 이사할 수 없었다. 남편은 물건을 보관하는 습관이 있었다. 그가 쓰던 물건을 50여 년 전 그대로 간수해 온 것도 그 때문이다.

시아버지와 시어머니가 환갑도 못 넘기고 앞서거니 뒤서거니 세상을 떠났을 때는 탁발 온 비구니 따라 절에 들어갈까도 생각해 보았다. 하지만 그러지 못한 것은 남편을 기다려야 한다는 일념 때문이다. 영실아, 반드시 살아 돌아올게. 건강하게 있어야 해. 남편이 입대하던 날 그녀를 힘껏 끌어안으며 말했다. 그녀는 남편의 품속에서 고개를 끄덕였다. 남편은 약속을 어긴 일이 없었다. 그래서 자기도 약속을 지켜야 한다고 생각했다.

유영실은 하루도 빼먹지 않고 새벽에 일어나면 정화수 한 대접을 장독대에 얹어 놓고 천지신명께 남편의 생환을 빌었다. 아침에 밥을 풀 때면 꼭 남편의 밥 한 공기를 따로 퍼서 부뚜막에 놓았다. 그 밥은 그녀의 점심이나 저녁이 되었다. 계절이 바뀌면 가장 먼저 남편의 옷을 손질했다. 외출복은 물론 내의며 양말들을 언제 찾아도 바로 내놓을 수 있게 세탁해 두었다.

그런데 물건도 나이를 먹는 것인가. 입지 않은 옷도 색이 바랬고 신지 않은 구두도 가죽이 삭았다. 남편이 잘 불던 하모니카는 정성스럽게 손질해도 처음처럼 소리가 나지 않았다. 유영실은 그것이 가장 마음 아팠다. 물건이 더 못 쓰게 되기 전에 남편이 돌아와야 할 텐데. 그럴 때마다 책상에 놓인 남편의 사진을 물끄러미 바라보았다. 고등학교를 졸업할 때 찍은 그 얼굴에는 젊음과 희망이 넘쳐났다. 남편의 사진을 끌어안고 눈물지은 밤이 그 얼마이던가.

유영실과 이형준은 동갑인 데다 두 집의 부모도 사이가 좋아서 어렸을 때는 친척처럼 지냈다. 20여 호 되는 작은 마을에서 이웃해 살다 보니 서로에 대해 모르는 것이 없었다. 당시만 해도 딸아이를 학교에 보내는 집이 드물었으나, 그녀의 아버지는 딸 덕에 부원군 할 거냐는 비아냥을 무릅쓰고 영실을 20리나 떨어진 면내 국민학교에 보냈다.

마을에서 학교까지는 호젓한 산 고개를 하나 넘고 큰 내를 두 개 건너야 했다. 여자아이가 그 길을 통학한다는 것은 쉬운 일이 아니었다. 이형준은 그녀의 책가방을 매일 들어 준 것은 물론 사람이 없는 길에는 그녀를 업고 다녔다. 물론 그것은 둘만의 비밀이다. 유영실이 고학년이 되어서는 업히는 것을 부끄러워하면서도 그가 등을 내밀면 못 이기는 척 업히곤 했다. 업은 사람이나 업힌 사람이나 영원히 떨어지지 않을 것을 가슴에 새기고 있었다. 몸이 약했던 유영실이 학교를 무사히 졸업할 수 있었던 것은 순전히 이형준 덕분이다. 이형준이 그녀를 위해 짓궂은 동네 아이들과 싸운 일, 코피 터진 그를 유영실이 무릎에 눕혀 지혈해 준 일, 그리고 몰래 집에서 가져나온 간식을 나누어 먹던 일은 영원히 잊을 수 없는 추억이었다. 동무들이 두 사람을 신랑 각시라고 놀려 댔는데 그것이 싫지 않았다. 남녀 간의 독특한 감정, 그것이 무엇인지 몰랐지만 그냥 좋았다. 어떤 가식도 이기심도 없었다. 유영실은 지금도 그때가 자신의 황금기였다고 회상했다. 그리고 그것이 그녀를 지탱해 주는 힘이 되었다.

이형준은 국민학교를 졸업하고 중학교에 진학했으나 유영실은 그러지 못했다. 아버지가 일찍 세상을 떠났기 때문이다. 그것을 안타깝게 여긴 이형준은 중학교에서 배운 것들을 그녀에게 들려주었다. 유영실이 알파벳을 익힌 것도 그의 덕이다. 이형준이 고등학교를 마치자 그의 아버지는 아들의 결혼을 서둘렀다. 2대 독자인 그의 아버지는 손자를 빨리 보는 것이 소원이었다. 이형준은 공부를 더 하고 싶었지만 아버지의 뜻을 거스를 수 없었다. 그렇다 해도 결혼 상대가 유영실이 아니었으면 어떡해서라도 버텼을 것이다. 이형준과 유영실은 말은 하지 않아도 서로의 운명이 하나의 끈에 묶여 있다는 것을 받아들이고 있었다. 두 사람은 1953년 1월에 혼례를 치렀다. 그리고 한 달 뒤 이형준은 입대했다.

유영실은 말라비틀어진 꽃잎을 들여다보고 한숨을 내쉬었다. 시아버지가 심었다는 감나무에는 단감이 많이도 열었다. 마을 사람이 나누어 먹고도 남아서 시어머니는 곶감도 만들고 감식초도 담갔다. 가을에는 그것이 큰일이었다. 유영실에게는 감나무에 대한 추억이 있었다.

해마다 이형준은 가장 먼저 핀 감꽃으로 목걸이를 만들어 유영실 목에 걸어 주었는데, 그것은 둘만의 성스러운 의식이었다. 목걸이를 걸어 주는 사람이나 받는 사람이나 엄숙하고 진지했다. 그녀는 그것을 이듬해까지 책상 안에 고이 간직했다. 그녀는 여름이 다가오면 감꽃이 피는지 살피는 것이 남모르는 일과였다. 초록 잎사귀 사이에 노오란 감꽃이 피면 가슴이 두 근거렸다. 남편이 입대한 뒤로 감꽃이 피고 질 때마다 그녀의 마음은 더 슬펐다.

무심한 유영실의 시선이 벽에 걸린 달력에 멎었다. 달력에 동그라미가 쳐져 있었다. 시어머니 제삿날이다. 시어머니는 제사를 지내지 말라고 유언했지만 그럴 수는 없었다. 시어머니는 속 깊은 사람이었으나 한 가지 일은 예외였다. 그녀는 며느리가 임신하지 않은 것을 며느리 탓으로 여기고 불만했다. 물론 그녀도 아들 부부의 결혼 생활이 너무 짧았음을, 그리고 임신이 마음대로 되는 것이 아님을 모르지 않았다. 유영실도 시어머니의 손자 타령이 아들에 대한 그리움의 다른 표현임을 알기에 섭섭하게 여기지 않았다. 실상 임신이 안 된 것을 애석하게 여기는 마음은 유영실이 더했다. 아들이건 딸이건 자식이 있었으면 인생이 이렇게 고적하지는 않을 것이다.

시어머니는 시아버지가 세상을 떠나자 윗대 제사를 모두 종중으로 올렸다. 그러고는 단호한 어조로 말했다. 너희 시아버지 제사만 지내자. 그것도 내가 살아 있을 때까지만이다. 내가 죽으면 그다음은 시아버지나 나나 제사 지낼 것 없다. 그냥 하는 소리가 아니니 명심해라. 한참이나 묵묵하던 시어머니가 며느리의 얼굴을 뚫어지게 쳐다보더니 한숨을 내쉬고 말을 이었다. 내가 죽거든 너도 여기를 떠나거라. 유영실은 시어머니의 말뜻을 짐작했다. 그녀는 당돌할 정도로 고개를 들고 시어머니를 쳐다보았다. 어머님, 그런 말씀 마세요. 저는 그 사람이 돌아올 때까지 절대 집을 안 떠날 거예요. 시어머니는 며느리의 시선을 이기지 못하고 자리에서 일어났다. 시어머니는 두 번 다시 그 이야기를 끄집어내지 않았고 며느리도 다 잊은 듯이 행동했다. 이제 생각할수록 모든 것이 덧없었다.

유영실의 상념을 깨운 것은 전화벨 소리였다. 그녀가 전화를 받지 않자 누렁이가 마루 아래에서 나와 주인을 쳐다보았다. 5분쯤 지나 다시 벨이 울렸다. 오랫동안 울리는 벨 소리는 이쪽에서 일부러 전화를 받지 않는다는 것을 알고서 빨리 받으라고 재촉하는 것 같았다. 그럴 사람은 시누이밖에 없었다. 유영실이 느릿느릿 방으로 들어가 수화기를 들자 이쪽에서 말하기도 전에 걸걸한 목소리가 날아왔다.

"언니, 저라요."

"아! 아가씨."

"점심 잡쉈어요?"

"네."

두 사람은 인사를 하고 나자 피차 더 할 말이 없었다. 전화는 늘 이형숙이 먼저 걸건만 목소리를 듣기 위함일 뿐 특별한 용건이 있는 것은 아니었다. 고작 하는 이야기가 밥은 먹었느냐, 잠은 잘 잤느냐, 정도였다. 하기는 밥 잘 먹고, 잠 잘 자는, 그런 일상적인 일을 유영실은 잘하지 못했다. 살기 위해 무엇인가를 꼬박꼬박 챙겨 먹는 것이 구차스럽게 느껴질 때가 많았다. 그런 마음을 아는지 시누이는 오빠 올 때까지 건강하게 살아야 한다고 유영실을 위로했다.

유영실과 이형숙은 소꿉동무였다. 나이는 유영실이 한 살 위지만 아이들에게 그런 것은 문제되지 않았다. 이형숙은 어릴 때 오빠보다 유영실을 좋아했다. 짓궂게 놀리고 심부름이나 시키는 오빠보다 무슨 이야기든 나눌 수 있는 친구가 더 좋을 수밖에 없었다. 그런 친구가 올케가 되었다. 처음에는 두 사람 모두 호칭과 높임말이 나오지 않아서 말을 얼버무리기 일쑤였다.

집안에는 법도가 있는 것이다. 올케와 시누이의 예를 갖추도록 해라. 아버지가 두 사람에게 준엄한 훈계를 한 뒤, 그 자리에서 '언니'와 '애기씨'라고 부르라고 명했다. 두 사람은 어른의 분부를 거역할 수 없어서 낯을 붉히고 '언니'와 '애기씨'라고 한 번 부르고는 꽁무니를 감추었다. 호칭은 길들이기 나름이고, 또 호칭이 사람의 의식도 지배했다. 나이는 한 살 차이지만 유영실은 윗사람의 도량으로 손아래 시누이를 챙겼다.

이형숙은 생사조차 모르는 오빠를 일편단심으로 기다리는 올케가 애처로웠다. 전사보다 가혹한 것이 실종이었다. 전사는 차라리 단념이라도 할 수 있지만, 실종은 실낱같은 희망으로 사람을 고문하는 것이다. 이형숙은 친정엄마가 자기에게 몰래 당부한 말을 기억하고 있었다. 어느 날 올케에게 완곡하게 그 뜻을 전했다. 차마 개가하라는 얘기는 할 수 없어서, 집을 팔고 여기를 떠나라고 권했다. 그 순간, 유영실의 얼굴이 주홍빛이 되더니 다시 백지장처럼 창백해졌다. 눈에서 시퍼런 불길이 쏟아지는 것 같았다. 그녀는 수십 년을 가까이 지낸 올케의 얼굴이 그토록 무섭게 변하는 것을 본 적이 없었다. 한 번만 더 그런 말을 꺼내면 의절하겠다고 쏘아붙이는 올케와 시선을 마주치지도 못하고 도망치듯 집으로 돌아오고 말았다. 이형숙은 미안하고 안타까워서 잠을 이루지 못했다. 오빠도 올케도 불쌍했다. 두 사람 사이에 어떤 끈이 작용하고 있는 것일까. 무엇이 올케를 지탱해 주는 것일까.

"언니, 다음 주 엄마 제사는."

이형숙의 말이 끝나기 전에 유영실이 가로채서 단호하게 말했다.

"모셔야지요. 모실 거예요."

"알았어요. 재식이랑 갈 테니 엄마 좋아하는 참외나 올리고 간소하게 지냅시다."

이형숙은 전화를 끊고 혀를 찼다. 어차피 자신이 말려도 올케가 말을 듣지 않을 것을 알고 있었다. 남편도 자식도 없는데 시부모 제사를 모신다는 것이 얼마나 어려운 일인가. 간소하게 하자고 해도 올케는 고인이 좋아하던 약식과 수정과를 만들 것이다. 그녀는 한숨을 내쉬었다.

*　　*　　*

유영실은 어떤 기척에 눈을 떴다. 마음을 놓아 버리면 잠든 것도 깬 것도 아닌 상태로 떨어졌고 그런가 하면 작은 기척에도 화들짝 놀라 깨곤 했다. 버릇된 시선이 대문께로 향했다. 대문에 매달아 둔 작은 종이 댕그랑거렸다.

"계십니까?"

젊은 남자가 대문을 반쯤 열고 얼굴을 디밀었다. 얼핏 보아도 면에서 나온 직원 같지는 않았다. 유영실이 뭐라고 하기 전에 누렁이가 대문께로 달

106

려갔다. 저도 사람이 그리웠는지 모르는 사람이 왔는데도 짓기는커녕 꼬리를 흔들고 있었다.

"저, 유영실 씨 댁 맞지요?"

백민우는 첫눈에 노인이 유영실임을 짐작했으나 조심스레 물었다.

몇 번이나 생각을 가다듬고 대문 안으로 들어섰는데도 막상 그녀를 대하자 다음 말이 나오지 않았다. 입안이 말랐다. 앙상한 손으로 부피감이 거의 느껴지지 않는 앞가슴을 누르며 바라보는 노인을 보자, 오지 말 걸 하는 후회가 다시 솟았다. 작은 몸피에 등마저 굽어 노인의 모습은 만지면 바스러질 것만 같았다. 그가 막연히 짐작했던 것보다 그녀는 더 노쇠해 보였다.

유영실은 멍하니 백민우를 쳐다보았다. 유영실, 그것이 내 이름이던가? 그렇구나. 오랜 세월 들어 본 일이 없다 보니 내 이름 같지가 않구나. 어떤 사람이길래 잊힌, 그래서 처음부터 존재하지도 않은 것 같은 내 이름을 부르는가. 그녀는 이상하게도 자신의 이름을 듣는 순간 가슴이 투닥거렸다. 왜 이러지? 그냥 이름을 들었을 뿐인데. 그녀는 맥박이 빨라지는 것을 느꼈다. 왜 이리 불안하며 왜 이리 가슴이 답답한가.

그녀는 손으로 가슴을 누르며 힘겹게 대답했다.

"그, 그렇소만은."

가슴이 두근거리기는 백민우도 마찬가지였다. 유영실을 만나는 것이 업무적인 일이라면 이렇게 불편하지 않을 것이다. 그는 유영실이 경계심을 느끼지 않도록 최대한 자연스러운 표정으로 명함을 내밀었다.

"서울에서 온 백민우 기자입니다."

기자? 기자가 뭐 하는 사람인가. 남 뒷조사하는 사람 아닌가. 이 시골 구석에 왜 왔지? 유영실은 명함을 받을 염도 못 내고 그의 얼굴만 쳐다보았다.

"할머니, 저 물 좀 먹을 수 있을까요? 먼 길을 왔더니."

목이 말라서라기보다 분위기 전환이 필요했다. 유영실이 부엌에 들어가 물 한 대접을 쟁반에 받쳐들고 나왔다.

"어, 물맛 좋다."

그는 과장되게 소리를 내며 물을 마시고는 소매로 입을 닦았다.

"이런 물을 마시면 병도 안 걸릴 것 같네요. 수돗물은 마음놓고 먹지도 못한답니다."

유영실은 물 마시는 백민우의 모습을 찬찬히 살펴보았다. 40대 초반인 조카와 비슷한 또래로 보였다. 그러는 사이 투닥대던 심장의 박동이 조금 가라앉는 것을 느꼈다.

백민우는 뜸을 들이기보다 차라리 용건을 먼저 밝히는 것이 낫겠다고 생각했다.

"할머니, 나쁜 일로 찾아온 게 아닙니다. 제가 6·25 때 전쟁에 나갔다가 돌아오지 못한 분들에 대해 취재하고 있습니다. 실종자 명단에서 이형준 씨에 대한 자료를 보게 되었거든요. 남편분에 대해서 여쭈어보고 싶은 게 있어서."

이형준, 이름만 들어도, 글자만 보아도 눈물이 나는 남편 이름이다. 전쟁이 끝나고 남편의 소식을 알아내기 위해 얼마나 애를 태웠던가. 하지만 어느 기관도 속 시원히 답변해 주지 않았다. 국방부에서는 모른다는 답변만 반복했다. 남편이 1953년 7월 금성 전투에 참가한 것까지는 확인이 되었으나 그 뒤 기록은 어디에도 없었다. 전사도 아니고 그렇다고 포로로 잡혀갔다는 기록도 없었다. 실종, 막연하고 무책임한 소리만 되돌아왔을 뿐이다.

그녀는 남편의 이름을 듣자, 비로소 가슴이 뛴 이유를 깨달았다. 알 수 없는 불안감, 그것은 남편과 관련된 일인지도 모른다는 예감이었다. 그녀는 백민우를 쳐다보며 생각했다. 이 사람은 뭔가를 알고 있다. 말은 물어보기 위해 왔다지만 가르쳐 주러 왔을지도 모른다. 그녀는 자신도 모르게 백민우의 손을 덥석 잡았다.

백민우는 난감했다. 이런 할머니에게 남편이 북한에 끌려가서 재혼했다는 이야기를 어떻게 꺼낸단 말인가. 그 이야기를 꺼내는 순간 까무러칠지도 모른다. 하지만 이미 엎질러진 물이었다.

"얼마 전에 탈북자 한 사람을 만났는데요, 그 사람이 탈북하기 몇 년 전에 북에서 이형준 씨를 만난 적이 있다고 해서."

백민우는 말을 멈추고 유영실의 얼굴을 조심스럽게 살폈다.

예상과 달리 그녀는 미동도 하지 않았다. 아니 미동도 하지 않은 것이 아니라 그대로 굳어 버린 것 같았다. 마치 밀랍 인형처럼. 잘 만들어진 밀랍 인형을 사람들이 진짜인지 알아보기 위해 손을 대 보는 것처럼 그도 그러고 싶었다. 유영실은 숨을 쉬는 것 같지도 않았다. 갑자기 그녀가 가슴을 잡고 엎어졌다. 당황한 백민우가 그녀를 일으키려 하자 그녀가 손을 저었다. 주머니에서 알약을 꺼내 혀 밑에 넣고는 한참 엎드려 있었다. 그는 우두커니 내려다볼 수밖에 없었다. 이윽고 이마의 땀을 닦으며 유영실이 몸을 일으켰다.

"그래서요?"

백민우가 조심스럽게 다음 말을 이었다.

"그게 5년 전 일입니다. 그때까지는 이형준 씨가 분명히 살아 있었답니다. 지금은 알 수 없지만."

백민우는 다시 말을 끊고 유영실의 표정을 살폈으나 그녀는 역시 움직임이 없었다.

"할머니가 원하시면 그 사람을 직접 만나게 해 드릴 수 있습니다."

백민우는 그 말을 하고 긴 숨을 내쉬었다. 이제 오늘 유영실을 찾아온 목적 중의 하나는 달성한 것이다. 어쨌든 이 말을 하려고 온 것이 아닌가.

그가 고개를 들었을 때 뜻밖에도 유영실은 그럴 줄 알고 있었다는 듯이 입을 열었다.

"누군지 만나 보고 싶소."

백민우는 너무도 침착한 그녀의 태도에 오히려 당황했다. 그녀가 울거나 기절하면 어떻게 하나 하는 걱정이 없어진 것은 다행이지만 그녀의 지나치리만큼 평온함도 불안하기는 마찬가지였다.

"그런데."

그 탈북자가 이형준의 딸이란 사실을 말해야 하는데, 그것은 첫 번째 이야기보다 더 힘들었다. 백민우는 이미화의 해쓱한 얼굴이 떠올랐다. 그녀가 유영실을 만나러 올까? 백민우는 자신이 너무 앞서가는 것이 아닌가 해서 말을 끊었다.

그의 침묵이 길어지자 유영실이 오히려 침착하게 말했다.

"괜찮소. 무슨 말이든 해 보소."

"할머니, 담배 한 대 피워도 되겠습니까?"

"그라소."

백민우는 일부러 천천히 담배를 꺼내 불을 붙였다. 그새에도 머릿속은 분주히 움직였다. 그는 허공으로 담배 연기를 내뿜으며 입을 열었다.

"이형준 씨는 1953년 7월 휴전되기 얼마 전 금성 전투에 참가했습니다. 거기서 부상해 중공군 포로가 되었다가 인민군에 넘겨져서 북한으로 끌려 갔답니다. 정전되고 북한에 끌려간 포로 중 일부가 돌아왔지만, 그 숫자는 십 분의 일도 안 되고 대부분은 북한에 억류되었습니다. 이형준 씨도 마찬 가지고요. 북한은 국군포로들을 전후 복구 사업에 투입했어요. 그런데 국 군포로들이 저항하고 끊임없이 탈출하려고 하자 그 사람들을 묶어 놓기 위 해 강제 결혼을 시켰답니다. 이형준 씨도 그래서…… 어쩔 수 없이…… 결 혼을 했답니다."

백민우는 말을 끊고 다시 유영실의 표정을 살폈지만 그녀는 역시 움직임 이 없었다.

유영실은 눈을 감았다. 내 기도가 헛되지 않았어. 천지신명이 돌본 거야. 꼭 살아서 돌아올게. 그이가 그랬어. 남편이 죽었다고 생각한 적은 한 번 도 없었어. 하늘 아래 어딘가에 살아 있을 것을 믿었지. 아, 그곳이 북한이라니. 세상 어느 곳도 오갈 수 있지만 단 한 군데 그럴 수 없는 데가 그곳인데. 그랬구나, 그래서 돌아오지 못했구나. 그녀는 비로소 가슴이 갈라지는 것 같은 통증을 느꼈다. 그런데 그 탈북자가 남편을 만난 것이 5년 전이라고 했지. '그때까지는'이라고. 그게 무슨 뜻인가. 그렇다면 그 후로 남편이 어떻게 되었는지 모른다는 이야기가 아닌가. 간신히 잡았다고 생각했던 생명줄이 다시 끊어지는 느낌이었다.

백민우는 침묵을 견딜 수 없었다. 마지막 말을 하고 빨리 이 자리를 떠나고 싶었다.

"이형준 씨의 소식을 전해 준 탈북자가 바로 이형준 씨의 딸입니다."

내 남편에게 딸이 있다고? 아, 북에서 강제로 결혼을 시켰다고 했지. 결혼했으면 자식이 생기는 것은 당연하지. 그런데 딸 하나뿐일까? 그게 중요한 것이 아니야. 남편이 살아 있다는 사실이 중요한 거야. 그녀는 남편이 살아 있다는 것에 감사했다. 그런데 왜 이렇게 어지러운가.

"이게 그 여자로부터 받은 겁니다."

백민우는 이미화로부터 받은 쪽지를 꺼내 조심스럽게 유영실 앞에 놓았다. 그녀가 그를 의아한 눈빛으로 쳐다보았다.

"펴 보세요."

유영실이 천천히 그것을 펼쳤다. 순간, 그녀는 석상처럼 굳어 버렸다. 얼마나 시간이 지났을까. 감은 그녀의 눈에서 눈물이 끝없이 흘러내렸다.

백민우가 담배를 두 대나 피웠을 때, 유영실이 고즈넉한 목소리로 물었다.

"그 여자는 지금 어데 있소?"

"서울에 살아요."

"나이는?"

"서른셋입니다."

유영실은 속으로 나이를 계산해 보았다. 조카 재식이보다 열 살이나 어렸다. 그 여자가 서른셋이면 남편이 서른여덟에 낳았다는 이야기가 된다. 유영실은 비로소 남편이 다른 여자와 살았다는 것에 생각이 미쳤다. 그와 결혼한 여자는 어떤 여자일까? 좋은 여자일까? 남편의 딸을 어서 만나 보고 싶었다. 이 남자는 더 많은 것을 알고 있을 것이다. 그것을 듣고 싶었다

"점심때가 지났는데……. 밥은 묵었소?"

백민우는 진작부터 시장기를 느끼고 있었다. 빨리 말을 마치고 어디 가서 요기할 참이었다. 답이 없자 그녀가 말했다.

"아이고, 굶은 모양이네. 찬은 없지만 한술 뜨고 가소."

유영실은 백민우의 대답도 듣지 않고 부엌으로 들어갔다.

그도 유영실 부부에 대해 궁금한 것이 많았다. 그가 쉽게 자리를 일어나지 못한 이유가 또 있었다. 그녀의 얼굴을 처음 보는 순간, 고향의 어머니 얼굴이 떠올랐다. 어머니도 이 여인처럼 아버지를 기다리고 있는 것이다.

"찬이 없어서."

유영실이 부엌에서 개다리소반을 들고나오며 미안한 듯이 말했다. 백민우가 얼른 소반을 받아 마루에 놓았다. 소반에는 밥과 된장국, 풋고추와 상추쌈, 그리고 마늘장아찌와 오이소박이가 있었다. 어릴 때 시골에서 먹

던 반찬이다.

"시장할낀데 한술 뜨소."

"네, 그럼 잘 먹겠습니다.

백민우가 된장국을 한 숟갈 떠먹고 상추에 밥을 얹어 쌈을 싸자 유영실이 마치 외지에서 돌아온 자식이나 보듯 흐뭇한 표정으로 바라보았다. 그역시 고향에나 온 듯한 기분이었다. 밥 한 공기를 다 비우자 배만 부른 것이 아니라 마음도 푸근해졌다.

"찬도 없는데 잘 묵어서 고맙소."

유영실이 잔잔히 웃으며 말했다.

그러고는 건넌방을 가리키며 말했다

"저 방이 남편 방이라오. 군에 가기 전 그대로 놔두었소."

그녀가 가늘게 숨을 내쉬었다.

백민우가 유영실의 집을 나선 것은 얼추 해거름이 되었을 때였다. 그는 길을 나서며 몇 번이나 그녀의 집을 돌아보았다. 그녀의 얼굴이 고속버스 속에서도 내내 잊히지 않았다.

지우고 싶은 기억

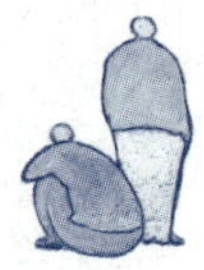

"언니, 우리 냉커피 한잔해요."

임수옥이 커피 가게 앞에서 이미화의 팔을 끌었다.

이미화도 냉커피를 좋아했다. 북한에서는 커피라는 것을 모르고 살았다. 평양에 커피 전문점이 있다는 이야기를 들은 적이 있지만, 평양 밖의 인민들에게는 평양이 먼 나라나 다름없었다. 중국에서 커피믹스를 더러 마셔 보았으나 돈 주고 그것을 왜 마시나 했다. 한데 남한에 와서 제대로 커피 맛을 알게 되었다. 혼자 먹는 밥은 서글퍼도 혼자 마시는 커피는 괜찮았다. 인제는 일 끝내고 집에 들어가 마시는 아메리카노 한 잔이 그녀의 유일한 낙이 되었다.

"아이스 아메리카노 두 잔."

임수옥이 종업원에게 손가락 두 개를 펴 보이며 말했다.

이미화가 빙긋이 웃자 그녀도 그 의미를 짐작했는지 목소리를 낮추어 말을 이었다.

"언니, 서울 말씨랑 완전 똑같죠?"

탈북자는 독특한 억양 때문에 신분이 금방 드러나기 마련이다. 연변에서 왔어요? 그것이 남한 사람들의 첫 번째 질문이었다. 탈북자라고 하면 죽지 못해 탈출한, 인신매매당한, 불쌍한 사람—대개 그렇기는 하지만—취급을 하거나 까닭 없이 적개심을 드러냈다. 그들은 탈북자를 이민족보다 더 불편한 시선으로 바라보았다. 그래서 탈북자 중에는 조선족 행세를 하는 사람도 적지 않았다. 젊은 여자들은 재빨리 북한 말씨를 바꾸었다. 남한 사람의 편견에서 벗어나기 위해서는 그것이 가장 좋은 방법이었다. 그러나 영어를 많이 섞어 쓰는 남한 사람들의 말씨를 짧은 시간에 따라 하기는 무리였다. 임수옥도 마찬가지였다.

이미화가 고개를 끄덕였다. 임수옥은 양키즈 야구 모자 뒤로 나온 노란색 머리카락을 멋을 부려 쓸어내리고는 생긋 웃었다. 가슴골이 보일 정도로 패인 티셔츠와 구제 반바지가 날씬한 몸매와 잘 어울렸다. 청바지 아래로 쭉 뻗은 다리가 희고 고왔다. 말씨뿐만 아니라 외모도 남한 사람과 다름없었다.

두 사람은 커피잔을 들고 가로수 옆의 나무의자에 앉았다.

"처음에는 남한 사람들이 왜 커피를 마시나 했는데……. 이제 중독이 됐나 봐."

임수옥이 볼이 오목해지도록 빨대를 빨고는 웃었다. 학원 수업을 마치고 시원한 냉커피 한 잔 마시는 것이 그들의 작은 행복이었다.

"언니, 내가 남한에 와서 제일 좋은 게 뭔지 알아요?"

"커피를 마음대로 마실 수 있는 거?"

이미화가 농담으로 받았는데 뜻밖에도 임수옥이 진지하게 고개를 끄덕였다. 하기는 자유니, 인권이니 하는 고급스러운 말은 그녀에게 어울리지 않았다. 커피를 마음놓고 마시는 것, 그것이 어떤 관념어보다 이미화의 가

슴에 와닿았다. 차 한 잔 마음 편히 마실 수 없는 세상에서 살면서도 그것
이 당연한 줄 알았다.

"언니, 나 저 아저씨들 봐두 이젠 무섭지 않아."

그녀가 거리에서 교통정리를 하는 경찰을 보며 말했다.

이미화도 공감했다. 북한에서는 제복 입은 사람만 보면 공연히 두려웠
다. 제복공포증은 남한에 와서도 한동안 계속되었는데 언제부터인가 조금
씩 두려움이 사그라들었다. 그런 느낌을 만끽하려는 듯 임수옥이 크게 숨
을 들이켰다.

"언니, 나 있지."

임수옥이 말을 하다 말고 쑥스러운지 제 입을 가렸다. 그러더니 못 참겠
는지 이내 말을 이었다.

"돈 모아서 쌍꺼풀 수술할 거야. 남조선, 아 참, 남한에서는 고저 예쁜 거
이 최고니깐."

임수옥의 입에서 북한 말투가 튀어나온 것은 그녀가 긴장하고 있지 않다
는 뜻이기도 했다. 그런 경험은 이미화도 있었다. 탈북자끼리 대화하다 보
면 자기도 모르게 북한 사투리가 나오기도 했다.

임수옥은 말을 해 놓고 그녀의 반응이 궁금한지 눈을 동그랗게 뜨고 쳐
다보았다.

"수옥인 쌍꺼풀 안 해도 예뻐."

그 말은 사실이다. 오목조목한 얼굴이 귀염성스러웠으나 본인은 그렇게
느끼지 않는 것 같았다. 피부가 희지 않다고 불만했고 쌍꺼풀이 없음을 아

쉬워했다. 그래선지 화장을 진하게 했는데 그것이 도리어 부자연스러웠다. 하지만 화장할 때가 가장 행복하다는, 그리고 그 방면에는 자기보다 한참 고수인 그녀에게 충고할 수는 없었다.

이미화가 임수옥을 만난 것은 하나원에서였다. 오랜 세월 감시 체제에서 살아온 탈북자들은 경계심이 많아서 속내를 잘 드러내지 않는데 임수옥은 솔직하게 자기 이야기를 털어놓았다. 사람을 못 미더워하면서도 또 그리운 게 사람이다. 정에 굶주려 있기 때문이다. 열 살이나 되는 나이 차가 그녀를 편하게 만들었는지도 모른다. 응석 부리듯 반말하는 것이 밉지 않았다. 이미화도 그녀가 국군포로 손녀라는 것을 알고 난 뒤 친동생처럼 정이 갔다. 그녀는 국군포로의 손녀지만 그것을 증명할 방법이 없어서 국군포로가족회에도 들어가지 못했다. 남한의 할아버지 직계 가족을 찾아 그들과 유전자를 대조해 보는 방법이 있는데, 그녀는 할아버지의 신상에 대해 아는 것이 없었다. 할아버지 군번만이라도 알아두었더라면. 그녀가 입버릇처럼 하는 말이다. 뭐든지 다 털어놓는 그녀도 중국에서 지낸 이야기만은 하지 않았다. 어린 나이에 탈북해서 4년을 떠돌았다는 것, 그것만으로도 그녀의 과거를 짐작할 수 있었다. 그녀 역시 그것을 잊고 싶을 것이다.

이미화는 상대의 상처를 건드리기 싫어 본인이 꺼내지 않는 이야기를 묻지 않았다. 묻지 않는 정도가 아니라 가급적 듣지 않으려 했다. 상대의 비밀을 들으면 그에 상응하는 자기 이야기도 해야 하는데 그것이 끔찍이 싫었기 때문이다.

"피이, 언니는 쌍꺼풀이 있으니까 그렇게 말하지?"

"쌍꺼풀이 뭐가 좋니?"

"언니는 몰라서 그래. 남조선 여자들 쌍꺼풀은 기본이야. 할머니들도 해."

이미화는 임수옥의 마음을 짐작했다. 예쁜 얼굴이야 어느 시대 어느 나라에서나 큰 재산이지만 남한에서는 특히 그랬다. 모든 가치의 중심이 외모였다. 심지어는 범죄자도 얼굴이 예쁘면 팬클럽이 생기는 데가 남한이었다. 젊은 탈북 여자들은 자기도 모르는 사이에 그런 분위기에 젖어 들었다.

"언니두 화장 좀 해 봐요. 맨날 그런 옷만 입지 말구."

이미화는 말없이 고개만 끄덕였다. 길게 말하고 싶지 않았다. 누구를 위해 화장을 하고 예쁜 옷을 입겠는가. 이미화는 자기를 쳐다보는 사람의 시선이 불편했다. 더욱이 몸에 달라붙는 남자들의 시선은 끔찍했다. 가급적 자신을 드러내지 않으려고 화장도 하지 않고 옷도 노출이 심한 것을 피했다.

여자에게는 젊음과 아름다움이 큰 자산이지만, 때로는 그것이 불행의 원인이 되기도 하는 것을 그녀는 경험했다. 자신이 여자로 태어난 것을 원망한 적이 한두 번이 아니다. 남자로 태어났으면 적어도 인신매매는 당하지 않았을 것이다. 이 시대에도 사람을 물건처럼 사고파는 나라가 있었다. 물건을 산 사람은 그것이 망가질 때까지 가지고 놀았다. 더는 쓸모가 없어지면 싼값에 내다 팔거나 쥐도 새도 모르게 없애 버렸다. 물건이 된 탈북자는 적(籍)이 없기에 없애 버려도 문제되지 않았다. 이미화는 그런 곳에서 5년을 살았다. 그런 삶에서 벗어나는 방법은 죽음밖에 없었다. 그러나 그것도 뜻대로 되지 않았다.

"내가 괜한 말 했나? 난 언니가 좋아서."

이미화의 침묵이 자기 말 때문이라고 생각한 임수옥이 미안한 표정으로 말했다. 그러고는 화제를 바꾸었다.

"언니, 나 미용 학원 그만둘까 봐."

이미화가 의아한 표정으로 쳐다보자 그녀가 느릿느릿 말했다.

"아무리 생각해도, 미용에, 소질이 없는 것 같애."

이미화에게 미용 학원을 권한 사람이 바로 그녀였다. 배운 것도 기술도 없는 탈북자가 남한에서 할 수 있는 일은 삼디 업종밖에 없었다. 그것을 못 견딘 여자들이 한순간의 잘못된 판단으로 삼류도 못 되는 사류 인생으로 전락하는 것을 알고 있었다. 그렇게 되지 않으려면 기술을 익히는 수밖에 없다고 그녀가 힘주어 말하던 것이 떠올랐다.

"미용 학원 그만두고 바리스타 학원 다닐래. 돈 모아서 커피 가게 차리면 커피두 마음대로 마실 수 있구. 호호."

"멋진 남자 손님과 연애도 하고?"

이미화가 농담으로 대꾸했는데 그녀는 정색했다.

"언니, 나 연애 한 번은 더 할 수 있겠지?"

"그러엄. 남한에서도 수옥이만큼 예쁜 여자는 흔치 않아."

"커피값인 줄 알지만 기분이 나쁘진 않네."

그러고는 자기의 콧날을 손으로 만졌다.

"코는 자신 있는데. 호호."

코는 자신 있다는 그녀의 말이 어쩐지 가엽게 들렸다. 그녀도 무심결에 한 농담이 민망했는지 커피잔의 얼음만 빨대로 뱅뱅 돌리고 있었다.

이미화는 자기에게 어떤 소질이 있는지, 그 일을 어떻게 시작해야 하는지 알지 못했다. 모든 것이 막막하고 겁났다. 북한에서는 무엇을 결정하기 위해 고민할 필요가 없었다. 당에서 다 결정해 주었다. 집도 학교도 직장도. 인민은 그저 당에서 시키는 일만 열심히 하면 되었다. 열심히 한다고 잘 살 수 있는 것은 아니지만 선택의 고민은 없었다. 그러나 남한에서는 다 스스로 결정해야 하는데, 그에 대한 훈련이 되어 있지 않아 모든 것이 두려웠다. 다행히 미용 일은 이미화의 적성에 맞았다. 아직은 기본 가위질도 다 못 익혔지만 손으로 하는 일은 자신 있었다. 훗날 자기 미용실을 갖는 것이 그녀의 꿈이었다. 돈 벌 욕심은 없었다. 먹고 살 수만 있으면 되니까. 주머니가 가벼운 학생이나 어르신에게는 싸게 해 줄 것이다. 그녀가 손질해 준 머리가 마음에 든다며 감사를 표하는 고객에게는 커피를 대접할 것이다. 그 생각만으로도 즐거웠다.

"언니."

임수옥이 떠들며 지나가는 한 떼의 여학생들을 보며 입을 열었다.

"남한에 와서 가장 부러운 게 여학생들이야. 교복 입은 학생을 보면 너무 부러워 눈물이 나오는 거야. 나도 남한에서 태어났으면 저렇게……"

고즈넉한 그녀의 시선이 여학생들의 뒷모습에서 떨어질 줄 몰랐다.

"나, 검정고시 준비해서 대학 갈 거야."

이미화는 그녀의 자그마한 손을 꼬옥 쥐었다.

"그런데, 언니."

임수옥이 좀 전과는 전혀 다른 어조로 말을 꺼냈다.

"자신이 없어요. 이 땅에서 살아갈."

그것이 그녀의 속마음일 것이다. 이미화는 그녀의 말이 너무 애처롭게 들려 아무런 대꾸도 할 수 없었다. 돈 모아 쌍꺼풀 수술하겠다는 이야기는 어쩌면 그런 심리의 반작용으로 나온 허세였을 것이다. 이 땅에서 살아갈 자신이 없는 것, 그것은 그녀만 느끼는 것이 아니었다. 이미화도 불쑥불쑥 그 생각이 머릿속에 떠올랐다. 하지만 어쩌겠는가. 살아갈 수밖에.

"에이, 괜한 얘기 했네. 난 언니만 만나면 왜 이러는지 몰라. 호호."

임수옥이 애써 명랑한 표정을 지으며 휴대폰을 꺼냈다. 이미화도 그제야 생각이 나서 휴대폰을 꺼내 전원을 켰다. 휴대폰 사용에 익숙지 않아서 켜고 끄는 걸 잊을 때가 많았다. 대한민국에서는 휴대폰이 필수라는 말은 하나원에서도 숱하게 들었다. 휴대폰 사용 교육도 받았으나 여전히 서툴렀다. 사용하다 보면 자연히 익숙해집니다. 강사는 그렇게 말했지만 그것을 사용할 일이 많지 않았다.

휴대폰에 문자메시지가 두 개 있었다. 백민우에게서 온 것이다. 임수옥이 이미화의 휴대폰에 뜬 이름을 보고 찡긋 웃었다.

"언니는 좋겠다."

"수옥아, 내일 만나."

이미화는 의자에서 일어나며 임수옥에게 말했다. 그녀가 멀어지는 것을 보고, 이미화는 백민우의 번호를 길게 눌렀다.

　　　　　＊　　　　＊　　　　＊

“일찍 오셨네요. 오늘은 내가 먼저 와서 기다리려고 했는데.”

백민우가 손수건으로 이마의 땀을 닦으며 말했다.

“아녜요, 바쁘실 텐데 저 때문에.”

이미화가 몸을 반쯤 일으켰다가 앉으며 작은 목소리로 대답했다.

“전혀 바쁘지 않습니다. 아이구, 시원하다. 하하.”

백민우가 셔츠 자락을 펄럭이며 웃었다. 이미화는 그가 조금 수선스럽게 말하는 것이 좋았다. 그간 몇 번 통화해서인지 처음보다는 한결 편한 느낌이었다.

“남한에서의 여름은 처음이지요? 이렇게까지 덥지는 않았는데, 올해는 유난히 덥네요.”

백민우가 날씨가 마치 자기 탓이기라도 한 듯 미안한 표정을 지었다.

이미화가 고개를 가볍게 끄덕였다. 그녀가 살던 은덕은 여름이 짧았고 한여름에도 25도를 넘지 않았다. 서울의 무더위보다 견디기 힘든 것은 외롭고 답답한 심정이다. 뭔가가 목구멍을 막고 있는 듯한 느낌, 누우면 바윗덩어리가 가슴에 얹힌 느낌을 어떻게 할 수 없었다. 아버지에 대한 걱정 때문이다. 변경대에 무자비하게 얻어맞고 축 늘어져 끌려가던 아버지. 그 모습을 생각하면 숨이 막혔다. 탈북자가 북송되면 어떻게 되는지는 수없이 들었다. 거기다 아버지는 국군포로가 아닌가. 신분이 밝혀지면 즉결처분을 면치 못할 것이다. 이미화는 온몸에서 열이 나고 진땀이 솟았다.

백민우가 날씨 이야기를 한 것은 유영실을 만나고 온 이야기의 실마리를 찾지 못해서였다. 그는 커피를 한 모금 마시고 이미화를 주시했다. 이야기해야 한다. 그러려고 만난 것이 아닌가. 사실 중심으로 분명하게 말하는 것이 나을 것 같았다.

그는 가볍게 심호흡하고 말을 꺼냈다.

"이미화 씨, 아버님이 남한에서 결혼하신 것은 알고 있지요?"

이미화가 고개를 끄덕였다. 아버지가 남쪽의 가족에 대해 처음 이야기한 것은 무산의 산막에서였다. 그 이야기를 꺼낸 것은 어쩌면 당신의 마지막을 예감했기 때문인지도 모른다. 그전에는 한 번도 남쪽의 가족 이야기를 한 적이 없었다. 아버지는 말이 적고 침착한 사람이었다. 아픈 데가 있어도 여간해서는 내색하지 않았다. 감정을 잘 통제해서 가족도 아버지의 속내를 알지 못하는 경우가 많았다. 그런 아버지가 고향의 가족에 관해 이야기했다. 결혼 한 달 만에 이별한 아내, 부모님과 여동생, 그리고 감이 많이 열리는 마당 가의 감나무에 대해 이야기했다. 눈을 지그시 감고 조용조용 이야기하는 아버지의 눈가로 눈물이 흘러내렸다. 죽어서라도 고향땅에 묻히고 싶다. 아버지는 그 말을 끝으로 입을 다물었다.

"지난 주말에 아버님의 부인을 만났습니다."

백민우는 이미화의 눈꺼풀이 가늘게 떨리고 있음을 보았다. 말하는 사람이나 듣는 사람이나 쉬운 일이 아니었다. 그는 자기도 모르게 담뱃갑을 꺼냈다 다시 집어넣었다.

"유영실이라는 분인데 아직도 예전 집에 살고 계시더라구요. 언젠가는 아버님이 돌아오실 거라고 믿고 이사하지 않았다는군요.”

이미화는 갑자기 머릿속이 벌집이 된 것 같았다. 수많은 벌떼의 윙윙거림 속에 백민우의 목소리가 아득히 먼 데서 들려왔다. 아버지의 부인? 엄마가 있는데, 아버지의 부인이라니. 그녀는 그 말이 도무지 실감 나지 않았다. 아버지로부터 고향에 아내가 있다는 이야기를 들었을 때는 아버지 생각에 골똘해서 그 ‘아내’에 대해 실감하지 못했다. 그런데 지금 그 ‘아내’가 아직도 아버지를 기다리고 있다는 이야기를 들으니 비로소 그 존재감이 부각된 것이다.

“다 이야기했습니다. 아버님이 탈북했다가 북송되어 현재 생사를 모른다는 이야기며, 이미화 씨가 남한에 와 있다는 이야기까지.”

백민우가 남은 커피를 후루룩 들이켜고는 얼음을 우두둑우두둑 깨물었다. 이미화도 그러고 싶었으나 손이 움직여지지 않았다.

“그분이 이미화 씨를 만나보고 싶다고 했어요.”

백민우가 그녀의 눈치를 살피며 조심스럽게 다음 말을 이었다.

“내 생각에는, 이미화 씨가 한번 찾아뵙는 게……:”

이미화가 고개를 끄덕였다. 보고 싶겠지. 확인하고 싶겠지. 그녀도 결혼 한 달 만에 헤어진 남편을 기다리며 50여 년을 혼자 살아온 분을 보고 싶었다. 그분에게 기다린 세월이 헛수고가 아님을 들려주어야 한다. 아버지의 삶을 증언해야 한다. 그런데 왜 이렇게 마음이 쓸쓸한가. 그녀는 비로소 그 이유를 알아차렸다. 돌아가신 엄마 때문이다. 불쌍한 엄마. 불쌍한 아버지의 부인. 그녀는 눈물이 쏟아지려는 것을 억지로 참느라 이를 악물었다.

"다른 가족은 없으신가요?"

백민우는 이미화의 마음을 짐작했다.

"아버님이 삼대독자셨답니다. 부모님은 진작 돌아가셨고요. 누이동생네 가족이 가까이 산답니다."

아버지의 혈육이 한 명이라도 있다는 것이 얼마나 다행인가. 아버지의 혈육이 있어야만 자신의 존재를 증명할 수 있는 것이다. 자신의 존재가, 곧 이형준 일병이 북한에서 생존했음을 증명하는 것이 된다. 아버지가 고향 주소를 적어 준 것도 그래서였을 것이다. 그녀는 가느다랗게 숨을 내쉬었다.

대부분의 국군포로처럼 아버지는 모든 것을 자기 탓으로 돌렸다. 자기 때문에 가족이 불행해졌다고, 정말 미안하다고 했다. 이미화는 아버지가 북한에서 결혼한 사정을 알지 못했다. 그녀가 아는 한, 아버지와 엄마는 다정한 부부가 아니었다. 그 사이에서 태어난 3남매 모두 아버지에게는 애물이었을 뿐이다. 위로 두 오빠는 말할 것도 없고 자신도 착한 딸은 아니었다. 딸은 시집가서 잘 사는 게 효도다. 아버지는 늘 그렇게 말했다. 그런 면에서 자신은 불효막심한 딸이다. 저 땅에서의 일은 모두 잊고 싶은, 지우고 싶은 것뿐이다.

＊　　＊　　＊

리미화는 방석호로부터 43호라는 말을 들은 뒤 한동안 충격에서 헤어나지 못했다. 그날 어떻게 집에 들어왔는지도 기억나지 않았다. 집에 도착하자마자 쓰러졌고 곧바로 몸져누웠다. 분하고 억울했다. 어찌 이리 어리석었던가. 나이가 열여덟이 되도록 자신의 토대도 모르고 술덤벙물덤벙 산 것이 기막혔다. 43호, 괴뢰군 포로, 악질 반동 가족. 방석호의 말이 고열에 들뜬 그녀의 머릿속을 마구 헤집고 다녔다. 그녀는 갑자기 몇 살쯤 나이를 더 먹어 버린 기분이었다. 그간 집안에서 일어났던 끔찍한 일들의 원인이 비로소 짐작되었다. 자신이 이제 겪은 일을 오빠들은 훨씬 전에 겪었을 것이다.

리형준의 장남인 동필은 체격이 크고 공부도 잘해서 인민학교 시절부터 선동원으로 활동했다. 차남인 동수는 내성적이어서 혼자 있는 것을 좋아했다. 그는 몸이 약해 학교를 결석하는 일이 많았는데, 그런 날은 혼자서 그림을 그리거나 나무토막을 깎아 동물 모형을 만들었다. 미화가 보고 있으면 싱긋 웃으며 그것을 손에 쥐여 주었다. 미화는 우락부락한 큰오빠보다 자상한 작은오빠가 좋았다.

동필과 동수는 리형준을 따라 탄광에 다녔다. 국군포로 자녀라서 대학 진학도 안 되고 군대도 갈 수 없었다. 아버지처럼 평생 탄광 노동자로 살 수밖에 없는 것이 43호의 운명이었다. 동필은 당원이 되기 위해 죽기 살기로 일했으나 당원이 되지 못했다. 당원 심사에서 떨어진 날, 술에 취해 들어온 동필이 리형준을 두들겨 패기 시작했다. 리형준은 저항 한 번 하지 않고 아들의 매를 고스란히 맞았다. 동필은 말리는 허말순까지 발로 걷어차고 집을 나가 버렸다. 학교에서 돌아와 그 모습을 목격한 미화는 얼이 빠져 엄마를 붙잡고 같이 울었다.

그런데 그것은 시작에 불과했다. 동필은 술만 취하면 살림을 때려 부수었고, 집을 불살라 버리겠다고 방에 기름을 뿌리고 설쳐댔다. 동수는 그 모습을 차가운 표정으로 바라보기만 했다. 어느 추운 겨울날, 나무하러 산에 갔던 동네 사람이 목을 맨 동수를 발견했다. 동태처럼 얼어붙은 동수의 시신을 리형준이 홑이불로 감아 지게 위에 얹고 산으로 갔다. 허말순은 마당에 널브러져 어깨만 들썩였다.

리미화는 방석호로부터 버림받은 후 의식적으로 남자를 멀리했다. 기업소의 총각 사원들이 그녀에게 접근해 왔으나 그녀는 눈길조차 주지 않았다. 한 남자는 그녀에게 매일같이 구애 편지를 보냈고, 또 다른 남자는 그녀의 냉정함에 적의를 품고 해코지하려고 들었다. 그녀에 대해 소문도 여러 가지였다. 얼굴만 반반하지 실은 배냇병신이라는 말도 있었고, 군당 고위 간부의 곁마누라라는 말도 있었다. 그런데 그런 소문을 잠재운 사건이 생겼다.

어느 날, 동필이 인민학교 동창인 최철구를 집에 데리고 왔다. 그는 리미화를 보자 입이 벌어졌다. 대단한 미인이네. 그날부터 최철구는 친구를 만나러 온다는 핑계로 사흘 들이 찾아왔다. 올 적마다 그녀의 가족이 평소 먹을 수 없었던 육고기랑 비싼 과일을 사 들고 왔다. 그는 아버지가 중앙당 간부이며 자신은 인민군 군관으로서 곧 당원이 될 거라고 했다. 그는 리미화의 거절에도 불구하고 그녀가 일하는 기업소로 찾아왔다. 최철구가 번쩍이는 별을 단 군관복을 입고 기업소에 찾아오자 그녀에 대한 그간의 소문이 사라졌다. 그녀에게 편지를 보내던 사람도, 해코지하던 사람도 꼬리를 감추었다.

　얼마 뒤 그는 리미화에게 정식으로 청혼했다. 그녀가 없이는 하루도 살 수 없다고, 남자의 진정을 알아달라고 하소연했다. 리미화는 아내 될 자격이 없다고 완곡하게 거절했다. 자신이 43호라는 말은 차마 하지 못했다. 최철구는 그녀의 부모를 졸랐다. 처부모를 친부모처럼 섬기겠다고 머리를 조아렸다. 리형준은 가타부타 말이 없었고 허말순은 은근히 결혼에 찬성했다.

　"니가 좋아하는 사람보다 너를 좋아하는 사람과 결혼하는 게 나아."

　그러고는 혼잣말처럼 중얼거렸다.

　"토대가 좋은 집안이라니 그 덕에."

　그녀의 결혼에 가장 적극적인 사람은 동필이었다. 처음부터 토대 좋은 친구를 매부로 삼으려는 계획이었다.

　"그런 사람 다시 못 만난다. 이제 니 인생 핀 거야."

　그는 회유가 안 통하자 나중에는 대놓고 협박했다.

　"이년이 굴러온 복을 발로 차? 뙤놈한테 팔려 가야 정신 차릴래?"

　리미화는 지나치게 조건이 좋은 최철구가 어쩐지 불안했다. 사랑이니 진정이니 하는 말은 믿지 않았다. 하지만 스물다섯 살, 어차피 혼자 살 수는 없는 일이다. 당에서도 젊은 남녀의 결혼을 권유하고 있었다. 엄마 말처럼 토대 좋은 집안의 덕을 볼 생각은 없었으나 그렇다고 다른 상대자가 있는 것도 아니었다. 결국 그녀는 최철구의 청혼을 받아들였다.

　결혼한 지 일 년 만에 아들을 낳자 최철구는 동료를 불러 잔치까지 열었다. 그녀의 행복은 거기까지였다.

최철구는 당연한 것으로 여겼던 진급에서 떨어졌고 당원도 되지 못했다. 가시아버지가 괴뢰군 포로이기 때문이라고 했다. 그날부터 그는 다른 사람이 되었다.

"씨팔년아, 너 땜에 내 신세가 좆됐다."

그는 술만 마시면 리미화를 두들겨 팼고, 그래도 분이 안 풀리면 그녀의 친정으로 달려가 살림을 때려 부수었다. 곁마누라를 얻는 것만으로도 부족해 그 여자를 집에 데려다 놓고 리미화에게 시중들게 했다. 어떡해서든지 그녀에게 고통을 주려 함이었다.

어느 날, 최철구가 집으로 상관을 데려왔다. 그의 손에 비싼 들쭉술이 들려 있었다. 그녀는 남편이 시키는 대로 술상을 차렸고 옆에서 시중을 들었다. 남편은 온갖 봉사적 언어로 상관의 비위를 맞추었다. 술판이 무르익자 남편이 슬그머니 일어나 밖으로 나갔다. 뒷간에 간 줄 알았던 남편이 돌아오지 않았다. 상관이 리미화의 손목을 덥석 잡았다. 기겁하는 그녀에게 그가 뜨거운 입김을 풍기며 말했다.

"왜 그래? 철구가 부탁한 거이야. 우리 한번 놀아 보자구."

그는 다짜고짜로 옷을 벗기려 들었다. 그녀는 남자의 완력을 당할 수 없었다. 상의가 다 벗겨지고 하의마저 반쯤 벗겨졌을 때 그녀는 상관의 팔뚝을 물어뜯었다. 상관은 피가 흐르는 팔뚝을 수건으로 감고는 그녀의 배를 걷어찼다.

"씨팔년이, 두고 보라."

상관이 침을 뱉고 가 버렸다.

다음 날 새벽, 남편이 돌아왔다.

"니깟 년이 뭐이 잘났다고."

그는 신발도 안 벗고 방으로 들어와 그녀의 머리끄덩이를 잡아당겼다. 몸에서 술 냄새가 진동했다. 그는 발버둥치는 그녀를 발가벗겨 놓고 혁띠를 풀어서 휘둘렀다. 웅크리고 있는 그녀를 발로 몇 번 건드려 보더니 갑자기 옷을 벗어 던졌다. 그녀 위에 올라타서 눈을 뜨라며 뺨을 후려쳤다. 그는 야욕을 채운 후, 죽은 듯이 누워 있는 그녀에게 오줌을 내갈겼다. 그러고는 담배를 한 대 피우고 노그라떨어졌다.

그녀는 지금도 그때 부엌칼로 그를 찌르지 못한 것이 한이었다. 젖먹이만 안 딸렸으면 그를 죽이고 자기도 죽었을 것이다. 남편을 죽이지도, 자신이 죽지도 못한 그녀가 택할 수 있는 길은 한 가지뿐이었다.

버려진 존재

리형준이 박덕배의 집에 머문 지 두 달이 지났다. 이제 혼자 걸을 수 있을 정도로 건강이 회복되었다. 그간 가장 고생한 사람은 박덕배의 아내였다. 그녀도 리형준이 남편에게 어떤 친구인가를 잘 알기에 그를 가족처럼 보살폈다.

"자네 아내 참 훌륭한 사람이네. 이 은혜를 어떻게 갚아야 할지."

리형준이 박덕배의 손을 잡으며 말했다.

"별말을 다 하네."

박덕배가 덤덤하게 대꾸했다. 그러고는 마음속에 묻어 두었던 말을 꺼냈다.

"내 품에서 너를 죽이는 줄 알았다."

"그랬으면 좋았을 텐데."

진심이었다. 삶에 대한 미련이 없었다. 빨리 고통에서 벗어나고 싶었다. 임종을 지켜 줄 자식이 있는 것도 아니니 형제 같은 친구 품에 안겨 숨을 거둔다면 그나마 다행 아니겠는가.

"나쁜 놈 같으니라구. 그러면 나는 어쩌라구?"

"형님 보고 놈이라니?"

"니가 우째 헹님이고? 내가 헹님이지."

두 사람은 모처럼 농담을 하며 웃었다. 어릴 때는 나이 많은 것이 무슨 자랑이라고, 생일 몇 달 빠른 것 가지고 서로 형이라고 우겼다. 생일도 양력이니 음력이니 해 가며 다투었는데, 이제 그것이 눈물 나게 그리운 추억이 되었다.

"와 니만 보믄 고향 사투리가 나오는지 모르긋다."

고향 사투리를 쓰는 것은 곧 출신 지역을 드러내는 것이 되므로 남한 출신들은 늘 말조심했다. 가장 좋은 방법은 말수를 줄이는 것이다. 그래서 보고도 못 본 척, 듣고도 못 들은 척 자기 일만 했는데, 그것이 또 미움을 받았다.

아오지탄광에서 일할 때였다. 함경도 출신인 작업반장은 남한 출신, 특히 국군포로만 보면 무슨 꼬투리라도 잡아서 괴롭혔다. 총화 시간 단골 비판의 대상이 되는 것은 언제나 국군포로였다. 자아비판은 인성을 파괴하는, 교활하고도 잔인한 방법이었다. 변명은 용납되지 않았다. 종일 노동에 지친 몸으로 몇 시간씩 비판의 화살을 받다 보면 나중에는 온몸이 마비되었다. 그러자 국군포로 사이에도 자기가 안 당하기 위해서 남을 먼저 몰아붙이는 자가 나오기 시작했는데, 그들이 노리는 것이 그것이었다. 서로를 불신함으로써 단결하지 못하게 하려는 그들의 전략은 백 퍼센트 효과를 발휘했다.

"하기사 이제 고향 말도 다 잊어뿟다."

박덕배가 씁쓸하게 웃었다.

리형준은 고개를 끄덕였다. 잊어버린 게 어찌 고향 말뿐이겠는가. 오래된 옷이 색이 바래듯 기억도 그랬다. 모든 것이 흐릿하고 가물가물했다. 그래도 절대로 잊어서는 안 되는 것이 있다. 군번이다. 통일이 되어도 군번을 기억하지 못하면 어떻게 '나'를 증명할 것인가. 그는 중공군 야전병원에서 정신이 들었을 때 인식표가 사라진 것을 알아차렸다. 전쟁통에서 자신을 증명해 줄 신분증이 없어진 것이다. 그 순간의 절망감은 포탄에 복부를 관통당한 이상이었다. 리형준은 군번과 주소를 잊지 않으려고 잠들기 전 주문처럼 그것을 되뇌었다. 그런데 나이를 먹으며 건망증이 생겼다. 고심 끝에 군번을 허벅지 안쪽에 문신했다. 9201501. 바늘로 찌르고 먹물을 발랐다. 마음이 놓였다. 그런데 탈북을 결정하고는 언제 어떻게 될지 몰라 관등성명과 주소를 딸에게 적어 주었다. 아, 그 애는 어찌 되었을까? 그 생각만 하면 불덩이를 삼킨 것처럼 고통스러웠다.

두 사람은 각자 상념에 잠겨 창밖만 내다보았다. 이윽고 리형준이 먼저 말문을 열었다.

"내일은 떠나겠네."

"어데로?"

갈 데가 있을 리 없다. 하지만 강냉이죽으로 연명하는 친구 집에 무턱대고 있을 수도 없다. 식량이 목숨이다. 남의 집 식량을 축내는 것은 목숨을 단축시키는 것과 다름없었다.

"산막으로."

산막이 지금까지 온전히 있을 가능성은 거의 없었다. 다른 사람이 차지했거나 아니면 땔감으로 쓰기 위해 헐어 버렸을지도 모른다. 하지만 친구를 안심시키기 위해 그렇게 대답했다.

"담배 말아 피우는 데는 이기 제일이라."

박덕배가 로동신문 속지를 찢으며 엉뚱한 소리를 했다. 로동신문 속지는 얇아 담배 말아 피우는 데 십상이었다. 그는 신문지를 손바닥 반만 한 크기로 자른 다음 담배쌈지에서 담뱃잎을 꺼내 정성스럽게 말았다. 다 만 다음 종이 끝에 침을 묻혀서 궐련을 완성했다. 리형준은 담배를 마는 친구의 느린 손동작을 물끄러미 바라보았다. 그는 지금 깊은 생각에 잠겨 있는 것이다.

리형준은 친구에게 그런 고민을 안긴 것이 미안했으나 모르는 체 그의 말에 대꾸했다.

"그것을 어디서 구했나?"

아오지탄광에서 일할 때였다. 로동신문 속지에 국제 뉴스가 실리는 것을 알고 담배 말아 피운다는 핑계로 그것을 얻으러 다녔다. 신문은 당원인 작업반장에게만 배달되므로 그것을 구하기가 싶지 않았다. 몇 달 지난 신문 속지를 담배를 마는 척하며 들여다보았다. 그만큼 바깥세상에 목말라 있었다. 하지만 그가 기대했던, 한국전쟁이나 포로 관련 기사는 찾을 수 없었다.

박덕배가 담배 연기를 길게 내뱉고는 천천히 말했다.

"그 산막이 지금까지 있긋나? 또 있다 한들……."

박덕배도 친구의 말이 실없음을 모르지 않았다. 안전원에게 잘못 걸리면 다시 붙잡혀 갈 수도 있다. 뇌물로 먹고사는 안전원들인지라 작은 꼬투리라도 잡으려고 눈이 뻘겠다.

"그라지 말고 겨울만이라도 여서 지내자. 봄이 되어 부대기농사라도 지으면 풀칠은 안 하긋나? 우리가 살믄 얼마나 더 살긋노? 살아도 같이 살고 죽어도 같이 죽자."

리형준은 박덕배가 눈물 나게 고마웠으나 그 말조차 허례 같아서 가만있을 수밖에 없었다. 그도 덕배와 함께 있는 게 좋지만 그의 아내에게 미안했다. 그것을 눈치챘는지 박덕배가 말했다.

"걱정 말그라. 저 에미네가 무던하다."

박덕배는 담배 연기를 천장으로 내뿜었다.

"헹준아, 딴생각 말그래이. 우리는 우째도 살아야 한다. 그래야 우리를 증명할 수 안 있나?"

리형준이 막장에서 자살을 시도한 적이 있음을 박덕배도 알고 있었다. 지금 친구와 헤어지면 다시는 만날 수 없을지 모른다. 그러면 서로의 존재를 증명해 줄 사람이 없게 된다. 그것이 두려웠다.

"내게 생각이 있다."

리형준은 더 묻지 않았다. 그 '생각'이 나쁜 것이 아니기만을 바랄 뿐이다. 먹고살 양식이 없다 보니 모든 것이 극단으로 치닫고 있는 형편이었다. 사람들은 먹거리를 구하기 위해 대낮에도 거리낌 없이 남의 것을 훔치거나 빼앗았다.

박덕배가 리형준의 마음을 눈치챘는지 싱긋 웃으며 말했다.

"나중에 이바구해 주꾸마."

리형준은 그의 됨됨이를 잘 알고 있었다. 그는 소 같은 사람이다. 남의 일에 관여하지 않고 미련스럽게 자기 일만 했다. 탄광의 악랄한 작업반장도 박덕배만은 인정해 줄 정도였다. 그런 처신은 타고난 것에 그의 노력이 더해진 것이다.

"나는 안 있나, 평생 몸땅이 하나만 믿고 살았다. 어려서부터 머슴 일을 해서인지 탄광 일도 견딜 만했다. 헹준이 니는 공부를 많이 해서 어땠을랑가 모르긋다만 나야 남조선에 산다고 뭐가 달랐겠노? 땅 파묵고 사는 거밖에는."

그가 부엌 쪽을 쳐다보며 말했다.

"난 저 에미네가 참 고맙대이. 아까도 말했지만 내 주제에 남조선에 산다고 더 나은 여자 만났긋나?"

"……."

"난 고향 가는 거 포기한 지 오래다. 한 가지 한이 되는 것은."

그가 담배 연기가 들어갔는지 눈을 비비고는 말을 이었다.

"울 엄니를 못 봐서."

박덕배에게 영장이 나왔을 때 그의 홀어머니가 낫을 들고 면사무소로 달려갔다. 내가 왜놈들한테 서방 잃고 눈물로 키운 자숙이다. 느그가 뭔데 내 새끼를 사지로 내몰라카노? 그가 어머니를 집으로 데려오며 달랬다. 무신 일이 있어도 살아 돌아올끼요. 뒷골 큰무당이 안 그랬소? 내가 아흔까지 산다고. 그는 그것을 증명이라도 하듯 자신의 긴 인중을 어머니 눈앞에 들이밀었다. 그가 입대할 때, 어머니가 내의 안쪽에 부적을 넣어 주며 말했다. 이것만 지니믄 총알이 피해 간다 카더라. 그는 그것을 애지중지했으나 어느 결엔가 종이가 삭아서 없어졌다고 했다.

"인제 꿈에도 엄니가 안 보인다."

그가 한숨을 토했다.

"다 돌아가셨긋제? 우리 부모님들."

"우리가 이렇게 늙었으니……."

두 사람은 약속이나 한 듯 마주보았다. 상대방의 허연 머리카락, 벗어진 이마, 주름살 가득한 얼굴에서 자기의 늙음을 확인할 수 있었다.

"입대해서 머리카락이랑 손톱 잘라 봉투에 담은 거 기억나나? 그기 집에 도착했으믄……."

훈련소를 퇴소하고 자대 배치를 받은 때였다. 전쟁터에 나갈 것을 알면서도 아직은 죽음에 대해 심각하게 생각하지 않았던 병사들은 머리카락을 가위로 자를 때 비로소 죽음이 눈앞에 있음을 실감했다. 그 순간, 내무반에 정적이 감돌고 모두 숙연했다. 병사들은 묵묵히 봉투에 집주소를 적어서 소대장에게 제출했다.

"기가 맥힌다."

그가 담배 연기를 내뿜고는 말을 이었다.

"나는 죽기 전에 통일이 될 줄 알았다. 2000년에 남조선 대통령 온다고 할 때, 우리가 얼마나 들떴었노? 그런데 국군포로에 대해서는 한마디도 없고."

리형준도 기억하고 있었다. 2000년 6월 13일이었다.

남조선 대통령이 장군님을 만나러 온다는 소문이 떠돈 것은 한 달 전부터였으나 믿을 수 없었다. 그런 소문은 봄바람처럼 다가와서 사람의 마음을 쑤석거리다가 슬그머니 사라지기 일쑤였다. 소문으로만 떠돌던 남조선 대통령의 방문이 공식적으로 발표된 것은 6월 초였다. 남조선의 김대중 대통령이 경애하는 최고 령도자 김정일 장군님을 만나기 위해 공화국을 방문한다는 기사가 로동신문 1면에 큼직하게 실렸다. 장군님이 위대하기 때문에 남조선 대통령이 찾아오는 것이라는 해설 기사도 있었다. 공식적인 발표와 동시에 인민을 대상으로 여러 가지 정치 교양 사업과 강연 사업이 시작되었다. 교양 내용은 남조선 대통령이 온다고 어떤 환상이나 기대를 하지 말라는 것, 더욱 경각심을 가지고 행동하라는 것이었다. 하지만 어찌 가슴이 뛰지 않겠는가.

그날 오전 10시 27분, 텔레비전에 김정일 국방위원장이 남조선의 김대중 대통령을 맞이하는 장면이 나왔다. 온 얼굴에 웃음을 띤 두 정상이 손을 맞잡고 있는 화면이 확대되었다. 인민반장 집에서 텔레비전을 보던 리형준은 눈시울이 뜨거워져 슬그머니 사람들 틈에서 물러 나왔다. 살다 보면 꿈같은 일이 일어나기도 한다. 탄광에서 일하던 국군포로들도 이제는 고향에 돌아갈 날이 왔다고, 갖은 고통을 참고 견딘 보람이 있다고 환호했다. 사흘 뒤, 그는 로동신문에 실린 '6·15 북남공동선언문'을 보았다.

조국의 평화적 통일을 념원하는 온 겨레의 숭고한 뜻에 따라 조선민주주의인민공화국 김정일 국방위원장과 대한민국 김대중 대통령은 2000년 6월 13일부터 6월 15일까지 평양에서 력사적인 상봉을 하였으며 정상회담을 가졌다. 북남 정상은 분단 이래 최초로 열린 정상 간 상봉과 회담이 북남 화해 및 평화 통일을 앞당기는 데 큰 의의를 갖는다고 하면서 선언문을 채택하였다.

선언문의 다섯 개 항 중 세 번째 항의 내용은 다음과 같았다. 북과 남은 올해 8·15에 즈음하여 흩어진 가족, 친척 방문단을 교환하며 비전향 장기수 문제를 해결하는 등 인도적 문제를 조속히 풀어 나가기로 하였다.

리형준은 기가 막혔다. 실낱같은 희망이 사라져 버렸다. 대한민국 대통령은 북한에 있는 8만여 명의 국군포로를 철저하게 외면해 버린 것이었다. 비전향 장기수 문제는 언급하면서 왜 국군포로에 대한 언급은 없는가. 기다림이 물거품이 되어 버렸다. 조국을 지키기 위해 전쟁터에 나갔다가 어쩔 수 없이 포로가 되었는데 이렇게 무심할 수 있단 말인가. 천 번 만 번을 생각해도 용납되지 않았다.

"그때 비로소 알았다. 아무도 우리를 기억하지 않는다는 것을."

"우리는 버려진 존재야. 유령이나 다름없어."

"인제 말이다마는, 아오지탄광에서 니를 보았을 때 내 마음이 어땠는지 아나?"

"……."

"우리 중대가 중공군에 포위되어 있을 때, 중대장이 한 말 생각나나?"

리형준은 친구가 무엇을 말하고자 하는지 짐작했다.

마지막 전투를 앞두고 중대장이 비장하게 말했다. 제군들 잘 들어라. 우리 중대는 48시간 동안 이 고지를 사수해야 한다. 만약 포로로 잡힐 것 같으면 총으로 자결하고, 전우가 포로가 될 것 같으면 사랑하는 마음으로 쏴

쥐라. 그 중대장은 어찌 되었을까? 자기 말대로 행동했을까?

박덕배가 갑자기 그를 와락 껴안았다.

"그때 총만 있었으믄 너를 쏴 삐리고 싶었다, 이 자슥아. 거기가 어데라고 오노 말이다."

리형준은 그의 마음을 이해했다. 친구를 쏴 버리고 싶은 심정, 포로 생활의 한을, 친구에 대한 뜨거운 우정을 그답게 표현한 것이다. 리형준은 눈물이 흐르는 것을 참으려고 천정을 바라보았다.

금성 전투에서 헤어진 박덕배를 다시 만난 곳은 아오지탄광이었다. 석 달 먼저 와서 일한 그가 얼마나 힘들었으면 그렇게 말했을까. 두 사람 모두 그곳에서 반평생을 보내리라고는 짐작조차 못 했다. 50여 년 전 그때는.

＊　　　＊　　　＊

국군포로를 태운 열차는 북쪽으로 가고 있었다. 널빤지 틈 사이로 보이는 바깥 풍경이 남쪽에서 보던 것과는 완연히 달랐다. 텅 빈 시가지에 시커멓게 불탄 건물, 폭격에 파인 구덩이와 잡초만 무성한 논밭, 눈에 보이는 모든 것이 거칠고 쓸쓸했다. 그것을 바라보는 포로들의 얼굴에 불안과 절망의 빛이 스쳤다.

이형준은 열차에 탈 때부터 기회를 노리고 있었다. 그것은 그 나름의 판단이 있었기 때문이다. 전쟁이 끝났다면서 포로들을 북쪽으로 데려가는 것은 당장은 포로 교환 계획이 없음을 뜻하는 것이다. 그렇다면 어디엔가 포로들을 집단 수용할 텐데 그곳은 거제도처럼 일반인이 접근하기 어려운 곳일 것이다. 열차가 목적지에 도착하기 전에 탈출하지 못하면 그 후로는 기회가 없을 수도 있다. 설령 탈출한다 해도 열차가 달린 먼 길을 되돌아오는 것은 불가능하다. 그는 열차의 속도와 지형지물, 그리고 경비병의 감시 등을 유심히 살폈다. 그러고 보니 탈출을 벼르고 있는 포로가 여러 명 눈에 띄었다. 말은 안 해도 그들의 눈빛으로 그것을 알 수 있었다.

열차는 철로 사정이 안 좋은지 북쪽으로 갈수록 느렸고 요동이 심했다. 이형준은 어두워지기를 기다렸다. 하지만 해는 길었고 열차는 빠르지 않아도 쉬지 않고 달리고 있었다. 초조했다. 이윽고 땅거미가 지고 서서히 어둠이 내렸다. 머뭇거릴 시간이 없었다. 열차의 속도가 느려지는 언덕이나 커브 지점을 노렸다. 가슴이 세차게 두근거렸다. 이윽고 언덕 구간에 들어섰는지 열차가 속도를 줄이는 것이 느껴졌다. 탈출하려는 포로들의 눈빛이 빛났다. 한 사람이 그물망을 젖히고 열차에서 뛰어내렸다. 그것이 신호이기라도 하듯 몇 사람이 뛰어내렸고 이형준도 그 뒤를 따랐다. 열차에서 뛰어내리는 순간 기찻길 옆으로 몸을 굴렸다. 발목과 무릎이 몹시 아팠다. 그는 잡초 사이에 몸을 숨기고 가쁜 숨을 몰아쉬었다. 사람들이 어둠 속으로 달려가는 것이 보였다. 열차가 속도를 줄이더니 멈췄다. 탕, 타당, 총소리가 단속적으로 울렸다. 이형준은 기찻길을 기준 삼아 남쪽이라고 짐작되는 방향으로 걷다가 발목과 무릎이 아파 땅바닥에 주저앉았다. 멀리서 개 짖는 소리와 함께 손전등 불빛이 이리저리 움직이는 것이 보였다. 개 짖는 소리가 점점 다가오고 있었다. 그는 풀밭에 납작 엎드렸다. 그때였다. 손전등 불빛이 눈을 찔렀다. 동시에 군홧발이 그의 머리를 짓눌렀다.

이형준이 포승에 묶여 열차로 돌아오자 따발총을 든 경비병이 욕설과 함께 개머리판으로 머리를 내리쳤다. 종간나새끼, 뒈져라. 경비병들이 우르르 달려들어 발로 차고 몽둥이로 사정없이 내리쳤다. 그가 신음조차 내지 못하고 까무러쳐 버리자 그제야 매질이 멈췄다. 경비병 한 명이 그에게 찬물을 뿌렸다. 이형준이 정신을 차려 주변을 둘러보니 옆에 다른 도망자 네 명이 피투성이가 된 채 쓰러져 있었다. 경비병이 초주검이 된 포로 다섯 명을 질질 끌고 가 기관차 옆의 화장실에 쓰레기 버리듯 집어넣고 문을 잠갔다. 열차가 다시 출발했다.

밤새 달린 열차는 먼동이 틀 무렵 기적을 몇 번 울리고 천천히 속도를 줄였다. 열차는 역에 도착해서도 긴 거리를 달려온 티를 내듯 가쁜 숨을 헐떡였다. 포로들은 전과 다른 느낌을 받고 다투어 널빤지 틈새에 눈을 갖다 댔다. 바깥 풍경이 이곳까지 오는 동안 중간중간에 멈추었던 간이역과는 확연히 달랐다. 종착역이구나. 그 생각이 기진맥진한 포로들의 머릿속을 스치고 지나갔다. 아무도 입을 열지 않았으나 모두 같은 생각을 하고 있음이 얼굴에 드러났다. 그들은 낙망한 표정으로 틈새에서 눈을 뗐다.

화물칸 문이 열려도 포로들은 내릴 엄두를 내지 못했다. 정체를 알 수 없는 두려움이 몸을 감쌌다. 이윽고 문 가까이 있던 사람이 내리자 다른 사람들도 따라 내렸다. 죽음을 무릅쓰고 전쟁터를 누비던 군인의 기백은 어디에도 없었다.

이형준과 함께 도망자들도 화장실에서 풀려났다. 한 번만 더 허튼짓하면

대가리를 날려 버릴 거이야. 소리만 크게 질러도 쓰러질 것 같은 그들에게 경비병이 따발총을 겨누고 있었다.

열차에서 내린 포로들의 눈에 가장 먼저 들어온 것은 초라한 역사 건물에 비하면 턱없이 큰 남자 사진이었다. 그것이 김일성 사진임을 직감했다. 사진의 얼굴을 자세히 볼 겨를도 없이 양편에 걸려 있는 붉은 구호가 눈을 찔렀다. 위대하신 김일성 수령님 만세! 영광스러운 조선로동당 만세! 포로들은 신음 같은 탄식을 흘렸다.

이형준은 열차에 내려 사방을 둘러보고 눈을 의심했다. 세상에 이런 곳이 있었던가. 하늘이건 땅이건 건물이건 눈에 보이는 것은 회색 아니면 검은색이었다. 흑백사진을 보는 듯했다. 눈앞을 막은 검은 산을 자세히 보니 석탄 더미였다. 그것을 보는 것만으로도 가슴이 답답했다. 암울한 자신의 미래를 보는 것 같았다.

그때, 군복에 붉은 완장을 찬 남자가 계단 위에 올라서서 거만스럽게 포로들을 둘러보았다. 웅성거리던 포로들이 그의 사나운 눈매를 보고 입을 다물었다. 그가 오른손으로 허리에 찬 권총을 만지며 입을 열었다.

"동무들, 우리 조선민주주의인민공화국에 귀순한 것을 렬렬히 환영합네다. 이제 동무들은 포로가 아닙네다. 위대하신 어버이 수령님께서 여러분에게 조선민주주의인민공화국에 봉사할 기회를 주셨습네다. 우리 아오지 탄광은 조선민주주의인민공화국 내에서도 가장 우수한 석탄을 생산하는 탄광으로서……"

쨍쨍 울릴 정도로 야무지고 날카로운 목소리가 귓속을 파고들었다. 붉은 완장은 자신의 연설에 도취한 듯 주먹을 올렸다 내렸다 하며 열변을 토했으나 포로들은 외국어를 듣는 듯한 표정이었다. 수없이 반복해서 말하는, 조선민주주의인민공화국과 위대하신 수령님이란 말이 너무 낯설어서 오래도록 이형준의 기억에 남았다. 생경한 단어가 주는 이질감, 그것은 곧 앞으로 부닥쳐야 할 미래에 대한 두려움이었다.

국군포로에게 포로란 말 대신 내무성건설대란 호칭이 붙여졌다. 위대한 공화국의 일꾼이라고 미화했지만, 전쟁에서 노획한 포로를 부려먹기 위한 말장난에 불과했다. 그들이 원하는 것은 노동력이었다. 노예, 그것이 가장 적합한 표현일 것이다.

＊　　　＊　　　＊

박덕배는 동이 트기 전에 집을 떠났다. 무산에서 부령까지 백 리가 넘으니 부지런히 걸어야 오늘 안에 다녀올 수 있을 것이다. 기차는 애초에 단념했다. 전력난으로 가다 서기를 반복하는 기차는 믿을 수도 없을뿐더러 역마다 안전원이 지키고 있을 테니 려행증이 없는 그로서는 위험한 일이었다. 춥고 힘들더라도 걷는 것이 안전했다.

그러나 막상 길을 나서니 생각만큼 걸어지지 않았다. 그는 숨이 차서 허리를 펴고 고개를 들었다. 매서운 바람을 조금이라도 피해 보려고 턱을 가슴에 박고 걸었더니 목덜미와 어깨가 굳어 펴지지 않았다. 입마개를 했는데도 콧속이 얼어붙는 것 같은 느낌에 숨쉬기가 힘들었다. 우라지게도 춥네.

그는 언 입으로 우물거렸다. 한반도의 남쪽에 살던 그가 북녘땅에 끌려와서 배고픈 것 다음으로 고통스러운 것이 추위였다. 추석이 지나면 벌써 동복을 껴입어야 하는 함경도 추위는 수십 년의 세월이 흘러도 적응되지 않았다. 그래서 겨울이면 더 고향이 그리웠다.

전날 밤, 박덕배는 아내에게 사실대로 털어놓았다. 한 번만 더 오명식에게 사정해 보겠다고. 오명식에 대해 잘 아는 아내는 가타부타 말이 없었다. 아내의 침묵이 반대를 뜻함을 모르지 않으나 다른 방법이 없었다. 그가 아내에게 이야기한 것은 동의를 구해서라기보다 그냥 알고 있으라는 뜻이었다. 아내는 말없이 새벽에 주먹밥을 싸서 물통과 함께 챙겨 주었다. 그는 아내를 보며 집게손가락을 입술에 댔다. 리형준에게는 말하지 말라는 뜻이다.

리형준에게 사실대로 이야기하면 그는 필시 말릴 것이다. 오명식은 국군 포로 사이에서 독사로 불렸다. 그는 포로 출신으로는 드물게 당원이 되었는데, 기업소의 검열그루빠(감독관)가 되고 나서는 당의 신임을 얻기 위해 포로들을 가혹하게 다루었다. 리형준과 박덕배도 예외가 아니었다. 하지만 지금 그것을 따질 처지가 아니었다. 오명식을 마지막으로 만난 것은 5년 전이었다. 그때는 저도 살려고 모질게 굴었지만, 이제 저나 나나 얼마나 더 살겠는가. 그리고 불알친구 아닌가. 옛 우정에 기대 볼 심산이었다.

박덕배는 오명식의 집에 다다르자 올 때까지의 호기가 사그라들고 마음이 자꾸만 졸아들었다. 끼니때를 맞추어 온 것 같아서 자격지심이 들었으나 염치를 차릴 상황이 아니었다. 추위와 배고픔에 다리가 후들거렸다. 그는 초인종을 눌렀다.

그가 철 대문으로 들어서자 풍산개 한 마리가 목줄에 매인 채 앞발을 들고 사납게 짖어 댔다. 그가 현관 쪽으로 다가가지 못하고 주춤거리는데 오명식이 문을 열었다. 그는 무릎까지 내려오는 털로 된 덧옷을 걸치고 역시 털로 된 덧신을 신고 있었다.

"오랜만이네. 잘 지내셨는가?"

박덕배가 인사를 건네며 오른손을 내밀었으나 그의 오른손에는 텔레비전 조정기가 들려 있었다. 그는 박덕배에게 들어오라는 듯 조금 옆으로 비켜서며 왼손으로 개의 머리를 쓰다듬었다. 개가 제 일은 다 했다는 듯이 크르릉 소리를 내며 집으로 들어갔다.

김일성이 생전에, 인민들에게 이밥과 고깃국을 먹이고 기와집에 살게 하고 싶다고 했다는데, 오명식이야말로 그렇게 사는 것 같았다. 거실에는 양담요가 깔려 있었고 장식장 위에는 색텔레비전이 놓여 있었다. 오명식이 박덕배와 화면을 갈마보며 말했다.

"어쩐 일인가?"

5년 만에 만난 옛 친구에게 물을 말은 아니었다.

박덕배는 자기도 모르게 비굴한 미소가 지어지려는 것을 깨달으며 그의 집에 올 때까지 속다짐한 말을 다시 한번 곱씹었다. 기죽지 말자. 그런데도 자꾸만 위축되는 것은 어쩔 수 없었다. 그래 좋다. 길게 말할 것도 없다. 용건부터 말하는 것이 나을 것 같았다.

"돈 좀 빌리러 왔다. 장마당에 나가서 장사해 보려고 하는데, 밑천이 없어서."

"지금이 어떤 시국인지는 아나?"

"아니까 너한테 왔지. 살기가 힘들다."

오명식이 박덕배의 말을 중간에 끊고 나섰다.

"지금 공화국에서 배불리 먹고 사는 사람이 어디 있나? 이게 다 미제와 남조선 괴뢰도당 때문이야. 우리 모두 고난의 행군 정신으로 이 어려움을 극복해야 해. 위대하신 령도자 김정일 장군님께서 한 특별 선언을 잊었나? 전체 당원들과 인민군 장병들과 인민들은 사회주의 3대 진지를 튼튼히 다지며 백두 밀림에서 창조된 고난의 행군 정신으로 살며 싸워 나가야 한다는 것 말이야."

그는 자기 말에 감동하고 고무되었는지 목소리가 더 커졌다.

"위대한 공화국에서 살기 힘드니 죽겠느니 하는 것은 게으른 자의 푸념일 뿐이야. 그런 자는 로동단련대에 가서 가열찬 단련을 받아야 해."

박덕배는 기가 막혀 혼잣말처럼 나직이 말했다.

"니 참 많이 변했구나."

"변했다고? 변해야 사는 거야."

"……."

"말이 나왔으니 말인데, 나는 너나 형준이 같은 사고방식이 제일 싫어. 너는 기업소에서도 인정받을 정도로 착실한 일꾼이지만 형준이 그 자식은 뭐야? 그 자식은 아직도 썩어 빠진 자본주의 사상을 못 버리고 있어. 공화국에 왔으면 수령님 품안에서 감사히 살 생각을 해야 할 것 아냐? 위대한 조국의 발전에 동참할 생각은 안 하고 도망갈 궁리나 하고 있으니, 그런 자식은 죽어도 싸."

"우리가 어떤 친군데, 그렇게 말하면 안 되지."

"안 되기는 뭐가 안 돼. 내 말이 틀렸어?"

갑자기 그가 언성을 높였다.

"나 발버둥쳤다. 살아 보려고, 당원되려고. 그게 잘못됐나? 보름에 한 번 쉬는 날도 쉬지 않고 일했다. 주린 배를 움켜쥐고 양식을 아껴서 당에 바쳤다. 정치 학습도 열심히 했다. 사상 교양 받으면서 내 사상을 근본적으로 개조했다. 당과 수령님을 위해 충성을 다짐했다. 그게 잘못됐나?"

"잘못됐다는 게 아니라……."

"나는 너희랑 처지가 달랐어."

"처지?"

"그래, 내 처지가 됐으면 너라고 별수 있었겠어?"

"너를 탓하려는 게 아니라."

박덕배는 오늘의 목적을 위해서는 참아야 한다고 생각하며 오명식을 누그러뜨리려 했으나 그가 말을 끊고 나섰다.

"나는 첫 전투에서 포로가 됐어. 우리 중대 전체가 전멸하다시피 했다. 높은 놈들은 다 도망가고 포로로 잡힌 것은 모두 갓 입대한 신병들이었어. 그때 소대장만 있었어도 우리 소대가 그렇게 박살나지는 않았을 거야. 신병들은 전투에 대해 아는 게 없었어. 무서워서 고개도 못 들고 적이 어느 방향으로 오는지도 모른 채 총질만 하다가 실탄이 떨어지고 모두 포로가 되고 말았지. 우리가 수용소에 있을 때, 인민군 군관이 와서 물었어. 인민군에 입대해서 인민을 위해 싸우겠는가, 아니면……. 그다음은 말 안 하더라. 너라면 그때 인민군에 입대 안 했겠나? 포로가 이백 명쯤 되었는데 대여섯 놈 빼놓고 그 자리에서 다 입대했다. 입대 안 한 놈들이 어찌 됐을 것 같냐? 우린들 어제까지 함께하던 전우를 향해 총부리를 들이대고 싶었는 줄 아나?"

"……."

"남조선에 있다고 무슨 희망이 있었겠어? 내가 배운 게 있나, 땅이 있나, 도와줄 친인척이 있나? 나를 왜 비난해? 돈 있고 빽 있는 놈들은 다 군대를 기피했는데. 너도 알다시피 우리 집은 삼 형제였어. 위로 두 형은 국방군에 들어가서 전사했어. 그 정도면 대한민국에 충성한 거 아닌가? 그리고 나는 자의는 아니지만 인민군에 들어갔어. 나 하나는 조선민주주의인민공화국에 충성해도 되잖아?"

오명식이 말을 마치고는 고양이담배를 꺼내 물었다.

그들은 악수도 하지 않고 헤어졌다.

"독사 새끼. 호박당원(뇌물을 주고 입당한 당원) 주제에."

박덕배는 대문을 나서며 카악, 가래를 끌어올려 담벼락에다 내뱉었다. 가슴속에서 불길이 일었다.

언제나 그리운 곳

“차가 지저분해서.”

백민우가 승용차 뒷문을 열며 말했다.

이미화가 미안한 표정으로 주춤거리다 말없이 뒷좌석에 올라앉았다. 세차를 할걸. 백민우는 잠깐 그 생각을 했다. 그는 자기 외모에 대해 그렇듯 차에 대해서도 무관심했다. 그래서 이혼 전에도 딸은 아빠 차보다 엄마 차 타기를 좋아했다. 동료나 친구가 백민우의 차를 타면 홀아비 냄새가 난다고 투덜댔다. 자기 관리에 무심한 그에 대해 조진만은 늘 타박했다. 저러니 어느 여자가……. 그러고는 친구의 눈치를 보며 입을 다물었다.

보통의 경우라면 동승자를 운전자 옆좌석에 앉혀야겠지만 백민우는 그러고 싶지 않았다. 특별히 할 이야기도 없는데 몇 시간 동안 옆에 앉아 있으면 피차 불편할 것 같아서였다.

“안전띠 매세요. 서상까지는 안 막히면 세 시간 반 정도 걸릴 것 같습니다. 대전쯤 가서 휴게소에 한 번 들르겠습니다.”

백민우가 뒷거울로 이미화를 보며 말했다.

그녀는 무릎을 모은 단정한 자세로 창밖만 보고 있었다. 긴장하고 있음이 온몸에 드러났다. 얼굴은 여전히 민낯이었으나 옷차림은 신경을 쓴 듯 원피스를 입고 있었다. 하지만 흰 바탕에 노란 물방울무늬가 있는, 무릎까지 내려오는 원피스는 요즘도 저런 옷을 파나 싶을 정도로 시대에 뒤떨어진 것이다. 여전히 눈길을 끄는 것은 스카프였다. 이젠 백민우도 그녀의 스카프가 멋을 부리기 위해서가 아니라는 것쯤은 짐작하고 있었다. 저 여자의 목에는 남에게 보이기 싫은 상처가 있을 것이다. 그리고 드러난 상처보다 훨씬 가혹한 상처가 그녀의 내면에 있을 것이다. 백민우는 더운 날씨에도 스카프를 두르고 있는 그녀가 애처로워 에어컨을 좀 세게 틀었다.

"죄송해요. 저 때문에 매번."

"죄송할 것 없습니다. 당연히 해야 할 일인데요."

그 말은 사실이다. 아버지 소식을 몰라 애태우는 그녀의 일이 남 일 같지 않았다. 그리고 유영실에게도 이상하게 마음이 끌렸다. 그녀를 생각하면 어머니가 떠올랐다. 생사를 모르는 남편을 애타게 기다리고 있는 불쌍한 여인들. 그들의 마음을 생각하면 이 정도의 수고로움은 고생이랄 것도 못 되었다. 문제는 앞으로의 일이다. 세상 어느 곳도 갈 수 있지만 그렇지 못한 곳이 북한이다. 그곳의 소식을 알아낸다는 것은 법을 위반하는 일이 될 수도 있음을 그는 잘 알고 있었다.

백민우는 운전하면서 가급적 뒷거울을 보지 않았다. 이미화는 고개가 아플 정도로 창밖만 보고 있었다. 낡은 차의 주행 소음만 차내에 가득했다.

"다행히 길이 안 막히네요. 잠깐 쉬었다 가지요."

백민우는 휴게소에 차를 세우고 이미화에게 물었다.

"음료수라도?"

"제가 커피 살게요."

"그럼 아이스 아메리카노로 부탁합니다."

백민우가 그녀의 부담감을 덜어 주려고 시원스럽게 대답했다.

두 사람은 커피잔을 들고 휴게소의 간이 의자에 엉덩이를 걸쳤다.

"어, 시원하다."

백민우가 커피를 요란스럽게 빨아들이고 입을 열었다. 그의 소탈한 모습에 마음이 놓인 이미화도 한마디했다.

"한국에 와서 제일 좋은 게 커피예요."

제일 좋은 게 고작 커피라니. 그녀의 한국 생활이 짐작되었다.

"커피, 이게 중독성이 있어요. 하루에 이, 삼십 잔씩 마시는 사람도 있대요. 그 정도는 아니지만 나도 많이 마시는 편이라 줄이려고 하는데 잘 안 돼요. 그런데 이미화 씨는 무슨 커피를 좋아하나요?"

"아메리카노."

"실은 내가 커피에 대해 좀 안답니다. 다음에 시간 날 때 커피에 대해 강의해 드리죠. 하하."

커피 한 잔이 두 사람의 대화에 물꼬를 텄다.

"아는 동생이 바리스타 학원에 다니려고 해요. 다음에 함께 들어야겠어요."

"아는 동생이라면 탈북자?"

"네에."

이미화는 아는 동생 이야기는 하면서도 자기 이야기는 꺼내지 않았다.

백민우는 그 마음을 짐작했다. 남모를 고통을 지닌 사람은 가급적 본인 이야기를 꺼내려 하지 않는 것이다. 아는 동생 이야기도 부담 없는 커피 이야기에 마음이 풀려서일 것이다.

"오늘 아침에 유영실…… 어머니와 통화했어요."

백민우가 잠깐 말을 멈춘 것은 유영실의 호칭 때문이다. 어머니뻘 되는 사람에게 '씨'라는 호칭을 붙이기가 아무래도 어색했다. 그렇다고 '어르신'이라고 하기도 거북했다. 막상 '어머니'라고 해 놓고 보니 이번에는 이미화가 어떻게 생각할지 걱정이었다. 자칫 유영실을 어머니라고 부르라고 종용하는 것으로 비칠 수도 있기 때문이다.

"그분 말씀은, 당신이 직접 서울에 와도 되지만 이미화 씨가 아버지 고향을 한번 보는 게 좋을 것 같아서 서상으로 오라고 한 거래요. 사려 깊은 분이죠?"

이미화는 말없이 고개를 끄덕였다. 아버지는 죽어서라도 고향땅에 묻히고 싶다고 했다. 아버지의 고향은 어떤 곳일까. 고향, 듣기만 해도 얼마나 마음이 푸근한 말인가. 고향은 자기가 태어나서 자란 곳이며 조상 대대로 살아온 곳이라고 했다. 그러나 더 중요한 것은 마음속 깊이 새겨진, 언제나 그리운 곳이어야 한다는 게 그녀의 생각이었다.

이미화는 남한에 와서도 고향이 어디냐는 질문을 가끔 받았다. 그때마다 함경북도 은덕군이라고만 대답했다. 아오지, 아버지가 그곳의 탄광에서 일했기 때문에 거기서 태어났으나 한 번도 그곳을 고향이라고 생각해 본 적이 없었다. 언제나 그리운 곳이 아니기 때문이다. 어디를 보나 시커먼 석탄

가루뿐인 곳, 빗물을 받아도 시커먼 물이 고였고 길바닥에도 검은 물이 흘러내렸다. 아이들의 손톱 밑이나 목덜미에는 늘 검은 때가 끼어 있었다. 생각만 해도 끔찍했다. 남한 사람들은 그곳이 어떤 곳인지 짐작도 못 할 것이다.

함경북도 경흥군에 있는 아오지탄광은 일제 강점기부터 탄광 사고가 빈발해서 악명이 높았다. 해방 후에는 북한 당국이 반대파를 숙청해서 그곳으로 보냈기 때문에 안전에는 아예 관심이 없었다. 광부의 목숨이 갱도가 무너지지 않도록 받치는 동발 하나 값만도 못했다. 1967년 6월 13일에 김일성이 현지 지도한 것을 기념해서 6·13탄전으로 공식 명칭을 바꾸었으나 사람들은 여전히 아오지탄광으로 불렀다. 1977년에 김일성이 경흥군을 은덕군으로 명칭을 바꾸었다. 김일성 부자의 큰 은덕으로 나날이 변모해 가는 고장이라 하여 바꾸었으나 은덕을 입은 자는 탄광 사람들이 아니라 김일성 부자에 충성한 소수 당원뿐이다.

"서상은 지난번에 처음 가 봤는데, 동네가 참 오붓하더라구요."

백민우의 말투에 부러운 느낌이 들어 있었다. 그 느낌이 이미화에게 생각하지 않은 말을 하게 했다.

"백 기자님은 고향이 어디세요?"

"내 고향은 주문진입니다. 가 보셨는지 모르겠는데, 조그마한 항구지요. 거기서 고등학생 때까지 살았습니다. 지금은 어머니가 계시지요."

그녀가 고향만 물었을 뿐인데 그는 어머니가 사는 것까지 말했다. 어머니가 계신다는 말은 아버지가 안 계신다는 말과 같았다. 이미화는 괜한 것을 물어본 것 같아서 얼른 말을 돌렸다.

"바다, 생각만 해도 시원하네요. 저는 산속에서만 살아서."

"바닷가에서 안 산 사람은 그렇게들 말하지요. 바다는 보기는 좋아도 무서운 곳이기도 하답니다."

'무서운 곳'이라는 뜻을 그녀는 짐작도 못 할 것이다. 한국전쟁 후 납북자의 대부분이 어부들이다. 그들은 바다를 터전으로 먹고살았는데, 그 바다 때문에 가족이 생이별하는 고통을 겪어야 했다. 어촌에 살지 않았더라면, 아버지가 어부가 아니었더라면, 하는 생각을 얼마나 많이 했던가.

"그래도 탄광보다는 낫겠지요. 탄광은…… 아녜요, 괜히."

"다음에 기회가 되면 바다 구경을 시켜드릴게요."

두 사람의 대화는 거기서 끝났다. 각자의 고향 생각으로 잠시 침묵했다. 하지만 그들이 다시 차에 올랐을 때는 처음보다 훨씬 편해진 느낌이었다.

*　　*　　*

유영실이 기둥에 걸린 벽시계를 바라보자 이형숙의 시선도 그것으로 향했다. 열두 시가 넘었다. 곧 백 기자가 도착할 것이다. 두 사람은 시간이 다가올수록 마음이 혼란스러웠다. 유영실은 혼자서는 이 상황을 감당하기 어려워서, 그리고 어차피 알려야 할 일이기에 며칠 전 시누이에게 모든 것을 털어놓았다.

백 기자가 다녀간 일, 북한에 남편이 살아 있을지 모른다는 사실, 그리고 남편의 딸이라는 여자가 찾아온다는 이야기를 듣는 이형숙의 얼굴색은 순간순간 변했다. 유영실이 말하는 중에 연방 '세상에나'를 반복하던 그녀는 오빠의 딸이 찾아온다는 말에 '아이고, 언니.' 하며 올케를 끌어안았다. 두 사람은 부둥켜안은 채 눈물만 흘렸다. 각자의 머릿속에 50여 년의 세월이 스치고 지나갔다.

이윽고 이형숙이 울먹이는 소리로 말했다.

"언니 기도가 헛되지 않았군요."

"아가씨, 나는 꿈을 꾸고 있는 것 같소."

"와 아니라요? 그런데 그 여자…… 혹시?"

유영실은 시누이가 생략한 말을 짐작했다. 혹시 가짜는 아닐까, 혹시 돈 때문에 오는 것은 아닐까, 혹시 간첩은 아닐까? 그녀도 그런 생각을 안 해 본 것은 아니다. 그 세 가지 중 어느 것이라도, 아니 세 가지 모두라 해도 관계없었다. 남편 소식을 가져오기만 하면. 남편의 딸인지 아닌지는 만나 보면 알 것이다. 얼굴만 봐도 알 것이요, 남편에 대해 몇 가지만 물어봐도 확인할 수 있다. 남편의 딸이라면 결코 사기꾼이거나 간첩은 아닐 것이다. 모든 것을 좋게 생각하고 싶었다.

중요한 것은 현재 남편이 살아 있느냐는 것이다. 그녀는 확신하면서도 마음 한구석의 불안감을 떨쳐 내지 못했다. 불안감에서 벗어나는 방법은 기도밖에 없었다. 매일 아침 정화수를 떠 놓고 천지신명께 빌었다. 부디 내 사람, 이형준을 살려 주시옵소서. 아, 그런데 그 사람을 어떻게 만나나. 어떻게 이곳으로 데려오나. 그녀는 백민우가 다녀간 뒤 한시도 잊지 않고 그 생각만 했다. 어떡해서라도 죽기 전에 남편을 만날 것이다. 그가 못 오면 내가 가서라도 만날 것이다. 그 말은 시누이에게도 안 했지만 이미 확고하게 결심하고 있었다.

유영실은 천천히 일어나서 부엌으로 들어갔다. 다리가 후들거렸고 발이 둥둥 떠 있는 것 같았다. 그 모습을 시누이에게 들키지 않으려고 얼른 기둥을 붙잡았다. 부엌에 들어가서 특별히 할 일이 있는 것은 아니었다. 밥상은 진작 차려놓았다. 그런데도 그녀는 밥상보를 젖히고 반찬을 다시 한번 살폈다.

그러고 보니 요 며칠 일이 많았다. 시부모가 세상을 떠난 후 사용하지 않던 주발과 은수저를 꺼내 닦았다. 부엌에서 오랜만에 도마질 소리가 났고 음식 냄새가 풍겼다. 음식 준비를 하다 보니 자기도 모르게 남편 식성에 맞추고 있었다. 남편이 좋아하는 찰밥과 미역냉국을 준비했고, 냉국에는 식초 대신 매실청을 한 숟갈 넣었다. 오이소박이 소는 부추를 잘게 썰어 새우젓으로 간을 했고, 가지나물은 칼로 썰지 않고 손가락으로 찢었다. 남편의 밥상을 차리는 듯한 기분이 들었다. 음식을 준비하면서도 힘든 줄 몰랐다. 그 여자가 잘 먹어야 할 텐데. 남편의 식성을 닮았으면 잘 먹겠지. 남편은 짠 걸 싫어했는데. 유영실은 몇 번이나 간을 보고도 음식이 짜지나 않을지 걱정했다.

시어머니가 죽은 후 다른 사람을 위해 음식을 준비한 일이 없었다. 먼 데서 온 손님은 물 한 그릇이라도 먹여 보내야 한다. 그것이 시어머니의 지론이었다. 그렇게 후덕한 양반이 명은 어찌 그리 짧았는지. 아들에 대한 그리움 때문이었을 것이다. 그토록 소원하시던 손녀가 온답니다. 유영실은 마치

시어머니가 곁에 있는 것처럼 나지막하게 중얼거렸다.

＊　　　＊　　　＊

유영실은 대문 밖에서 차 소리가 들리자 자신도 모르게 벌떡 일어섰다. 그녀를 따라 이형숙도 일어섰고 마루 밑에서 자던 누렁이도 몸을 일으켰다. 누렁이는 앞다리를 뻗어 길게 기지개를 켜고는 주인보다 먼저 대문께로 달려나갔다.

"안녕하셨어요?"

백민우가 쾌활한 목소리로 인사하며 마당에 들어섰다.

유영실은 백민우보다 그의 뒤를 따라 주뼛주뼛 들어서는 젊은 여자에게 먼저 눈이 갔다. 유영실은 자기도 모르게 속으로 탄성을 질렀다. 그 여자의 얼굴에 남편의 모습이 있었다. 남편은 남자로서는 드물게 보조개가 있고 눈망울이 컸다. 그 모습이 여자의 얼굴에 그대로 있었다. 여자는 잔뜩 긴장한 채 고개를 숙이고 있었다. 사람과 눈을 마주치는 데 자신이 없어 보였다.

"어서 오소."

유영실이 섬돌로 내려서서 이미화의 손을 잡았다. 이미화가 조심스레 고개를 들고 유영실과 눈을 마주쳤다. 따스한 눈빛. 그녀의 느낌이 그랬다. 긴장했던 마음이 누그러짐을 느꼈다.

"이미화예요."

"와 줘서 고맙소. 올라갑시다."

유영실이 이미화의 손을 가볍게 끌었다. 이형숙도 섬돌에서 쫓아 내려와 그녀의 나머지 손을 잡았다. 이미화는 손을 잡은 사람의 얼굴을 보고 이내 아버지와 동기간임을 알았다. 여인의 얼굴에서 아버지의 모습을 볼 수 있었다.

이미화가 일어나 유영실에게 남자처럼 큰절을 했다. 절을 하려고 미리 생각했던 것은 아닌데 이상하게 엎드리자 절을 하게 된 것이다. 엎드린 채 고개를 들지 못하고 있는 이미화의 어깨를 유영실이 안아 일으켰다. 이미화의 얼굴이 눈물로 얼룩져 있었다. 두 사람은 누가 먼저랄 것도 없이 서로 끌어안았다.

백민우는 한쪽 다리만 마루에 걸터앉은 채 그 모습을 물끄러미 바라보았다. 눈시울이 뜨거워지고 목이 간질간질했다. 그는 눈물이 가슴속에 켜켜이 쌓인 한을 녹여 내는 용매라는 것을 알고 있었다.

그는 북한 전문 기자로서 이산가족 상봉 행사를 여러 번 취재했다. 행사장은 언제나 눈물바다였다. 이산가족은 끌어안고 얼굴을 비비면서 끝없이 울었다. 반가워서 울고 원통해서 울고 다시 헤어지기 아쉬워서 울었다. 그렇게 울던 북한 동포가 방송사의 카메라 앞에서는 다른 사람으로 변했다. 마른버짐이 핀 얼굴로 위대하신 수령님 덕분에 이밥에 고깃국을 먹고 잘 산다고, 미제의 압제에 시달려 못 사는 남조선 동포들이 불쌍하다고 생뚱맞은 소리를 했다. 그것이 처음에는 도저히 이해가 안 되었으나 이산가족을 상봉하는 자리에서까지 정치적 발언을 해야 하는 저들의 속사정을 알고 나서는 측은한 마음이 앞섰다. 백민우는 이산가족 상봉 행사를 취재할 때마다 마음이 착잡했다. 왜 이렇게 만나야 하는가. 왜 다시 헤어져야 하는가. 이들을 갈라놓은 사람들, 집단에 대해서 참을 수 없는 분노로 기사를 썼다. 하지만 그런 기사는 데스크에서 삭제되기 일쑤였다.

두 여자의 소리 없는 통곡이 오래 계속되었다. 이윽고 손수건으로 눈물을 찍어 내던 이형숙이 두 사람의 어깨를 가볍게 두드렸다. 그들은 상체를 떼고서도 글썽이는 눈으로 마주 보고 있었다. 눈물이 말을 대신했고 가슴을 열었다. 피 한 방울 섞이지 않았으나 모녀간의 유대감이 생긴 것은 순수한 눈물의 위력이라 할 것이다. 유영실은 새삼 이미화의 얼굴을 요모조모 뜯어보았다. 물어볼 것도 없이 남편의 핏줄이 분명했다. 피는 못 속인다더니 어쩌면 이렇게 남편을 닮았을꼬. 그녀는 이미화가 남편을 빼쏘듯 닮은 것에 대번 정이 갔다.

"아버지 얘기 좀 해 보소."

두 사람이 좀 안정이 된 것을 보고 백민우가 끼어들었다.

"이미화 씨, 아버님에 대한 것을 직접 말씀드리면 좋겠어요."

이미화도 그러려던 참이었다. 유영실과 이형숙은 이미화의 입술을 뚫어지게 바라보았다.

"아버지와 제가 두만강을 건넌 것은 5년 전이었어요. 무사히 강을 건너 난핑의 한 마을에 들어가게 되었는데, 그 집 주인이 중국 변방대에 신고를 해서…… 아버지가 잡혀가셨어요. 저만 이렇게, 저만 이렇게…… ."

이미화는 말을 잇지 못하고 고개를 숙였다. 혼자만 살아 온 죄책감과 그리움에 다시 눈물이 쏟아졌다. 탈북자가 북송되면 어떤 처분을 받는지 남한 사람은 모를 것이다. 아버지가 제발 무사해야 할 텐데. 혼자 힘으로는 아버지의 생사를 확인할 방법이 없어서 이렇게 찾아왔다는 말을 속으로 삼켰다.

네 사람 모두 불길한 상상을 누르려고 마음속으로 안간힘을 썼다.

"이형준 어르신은 연세도 있고 해서 그들도 심하게 다루지는 않을 겁니다."

백민우는 그렇게밖에 말할 수 없었다.

무거운 침묵을 깬 것은 유영실이었다.

"아이고, 내 정신 봐라. 먼 길 오느라 시장할낀데."

유영실이 일어나자 이미화도 따라 일어섰다.

＊　　＊　　＊

"직접 보지 못했어도 자못 감동적인걸."

백민우의 이야기가 끝나자 조진만이 그의 잔에 술을 따르며 말했다. 수고한 친구에 대한 위로의 표시였다.

"이미화가 유영실 씨를 어머니라고 부를 줄은 생각도 못 했어."

"그러게."

"감나무 이야기가 결정적이었어. 그 감나무는 이형준 씨 부친이 심었다는데."

이미화가 마당 가의 감나무를 바라보고 그 이야기를 꺼낸 것이다. 그녀도 무심결에 한 이야기였을 것이다. 그러나 그 효과는 대단했다. 감나무 이야기를 듣는 유영실의 얼굴에 환희의 빛이 감돌았다.

"감나무에 특별한 추억이 있는 것 같았어."

"공유할 수 있는 추억이 유대감을 높여 주니까."

백민우도 그렇게 생각했다. 그날 식사할 때 유영실이 많이 먹으라며 이미화의 밥그릇에 반찬을 놓아 주었는데 그 행동이 무척 자연스러웠다. 유영실이 이미화를 이미 가족으로 받아들이고 있음을 알 수 있었다.

"이형준 씨의 누이동생이 살아 있어서 정말 다행이군. 그분이 기꺼이 유전자 검사를 받겠다는 거지?"

"이미화가 국군 이형준 일병의 친딸임을 법적으로 인정받는 게 중요하다고 말하면서도, 속으로는 조금 걱정했지. 그런데 흔쾌히 승낙했어."

"그런데."

"그런데."

두 사람은 동시에 말을 꺼내다 멈추었다. 조진만이 백민우에게 먼저 이야기하라는 눈짓을 했다.

"그다음이 문제야."

"비정부기구의 도움을 받을 수 없을까?"

백민우도 6·25 관련하여 많은 단체가 있음을 알고 있으나 그다지 신용하지 않았다. 그 단체 중 잡음 없는 곳이 없었다. 외롭고 힘없는 사람끼리 뭉쳐서 잘해 보자고 만든 단체일 텐데 이상하게도 구성원끼리 다투었다.

"그런 단체가 무슨 힘이 있어? 이런 일은 국가가 나서야 하는 거 아냐?"

“또 국가 타령이군.”

“타령이 아니라 실제 그렇지 않냐구. 수십 명이나 되는 국군포로가 돌아올 때 국가가 해 준 게 뭐야?”

“국가도 한 게 있지. 그리고 국가가 직접 나서서 국군포로를 탈북시킨다면 남북 관계에 문제가 되지.”

“왜, 북한이 무서워서? 이건 북한 주민을 탈북시키는 것하고는 다른 차원이야. 이형준은 대한민국 군인이었다구. 포로가 되고 싶어 되었나? 죽지 못한 게 죄야? 나라의 명을 받고 전쟁터에 나간 군인을 국가가 구출해 주지 않으면 누가 국가를 위해 목숨을 바치겠어.”

“알아, 알아, 안다구. ”

“그리고 너도 말조심해. 탈북이 아니라 귀환이야. 북한 주민이 남한에 오는 것은 탈북이지만, 국군포로는 대한민국의 군인이었기 때문에 귀환이라고 해야 해. 지난번에 어떤 교수가 방송에 나와, 국군포로를 귀순 용사라고 하는 것을 듣고 귀를 의심했어. 귀순은 적이 투항해 오는 것이 귀순인데 말이야. 교수라는 것들이.”

백민우는 애꿎은 친구만 타박했다.

“그런데 이형준이 북송돼서.”

조진만이 말을 하다 멈추었다.

말하지 않아도 두 사람이 생각하고 있는 내용은 같았다. 두 사람의 이야기가 계속 겉돈 것도 결국 그가 안전하지 못할 것이라는 사실, 그 걱정 때문임을 부인할 수 없었다.

"일단은 문 목사님을 만나 보려고 해."

"탈북 지원 단체를 운영하는 문재준 목사? 그분이 나서 주기만 하면야."

"그분도 직접 나서기는 어려울 거야. 믿을 만한 사람을 소개해 달라고 해야지."

백민우는 북한 브로커와 중국 브로커, 중국 브로커와 남한 브로커들이 비밀리에 연결되어 있음을 알고 있었다. 위험하고 돈이 많이 드는 일이지만 그 방법밖에는 도리가 없었다.

"그리고."

백민우가 술잔을 입에 털어 붓고 빈 잔을 조진만에게 건네며 말했다.

"자네와 이형준 이야기도 오늘까지만일세."

백민우는 이번 일에 더는 조진만을 끌어들이고 싶지 않았다. 어쩌면 법을 넘어서는 일이 생길지도 모르는데 공무원인 친구에게 부담을 주고 싶지 않았다. 조진만도 그 마음을 아는지라 아무 말이 없었다.

생이별의 아픔

백화점이라는 데를 처음 들어가 본 이미화는 화려한 매장과 엄청난 상품에 눈이 휘둥그레졌다. 추석맞이, 그랜드 세일, 한정 판매 등의 현수막이 여기저기 걸려 있었다. 경기가 좋으니 안 좋으니 해도 명절은 명절이었다. 자본주의 경제란 것이 이런 것이구나. 북한에서 신물나게 받은 교양 중 하나가 자본주의 국가는 곧 망하고 공산주의 세상이 된다는 것이었는데 실제 남한에 와서 본 바에 의하면 정반대였다.

하기는 속은 것이 어디 그뿐이랴. 그녀는 본인 탓도 아닌데, 그간 전혀 다른 세상에서 살았다는 자격지심에 자꾸만 주눅들었다. 얼떨결에 무대에 오른 배우처럼 어색함을 주체하지 못했다. 상품을 자세히 보고 싶어 진열장에 다가가려고 해도 점원이 자기만 쳐다보는 것 같아 주춤거리게 되었다. 상품보다 놀라운 것은 쇼핑객 수였다. 평소에도 이렇게 사람이 많은지 추석이라 그런지 알 수 없었다.

북한에서는 추석을 대단하게 여기지 않았다. 봉건주의의 찌꺼기를 뿌리 뽑아야 한다는 김일성의 교시에 의해 민속 명절은 공식적으로 사라졌다가 1980년대 후반 민족 문화 계승을 명분으로 부활되었다. 하지만 여전히 중요한 것은 사회주의 8대 명절이었다.

그런 경험이 있어서 이미화는 명절에도 무덤덤했다. 무엇보다 가족이 없는 사람에게 명절이 무슨 의미가 있겠는가. 풍년거지가 더 서럽다는 말을 실감하고 있었다. 그런데 뜻밖에 유영실에게서 전화가 온 것이다. 추석에, 특별한 일이 없거든, 서상에 와서 지내면 어떻겠노? 상대방을 염려하는 마음이 느릿한 음성에서 묻어났다. 네에, 어머니. 이미화는 망설이지 않고 대답했다. 처음 유영실을 만난 날 어머니라고 부르고 자신도 놀랐다. 말없이 껴안아 주는 유영실에게서 어머니 같은 푸근함을 느껴 생각지 않은 그 말이 나와 버렸다. 낯없음을 느껴 고개도 들지 못하는 그녀의 어깨를 유영실이 토닥여 주었다. 괜찮다, 괜찮아. 넌 내 딸이다. 그렇게 말하는 것 같았다. 그 생각을 하면 얼굴이 붉어지면서도 마음 한구석에 따뜻한 기운이 퍼져 올라 속으로 몇 번이나 어머니, 어머니라고 불러 보았다.

이미화는 한 시간째 매장을 돌았지만 마음을 정하지 못하고 있었다. 그녀는 이때까지 누군가에게 선물해 본 적도, 받아 본 적도 없었다. 웅크리고만 살아온 터라 상대방에게 마음을 전하는 데 익숙하지 않았다. 그녀는 주저앉고 싶을 정도로 피곤함을 느꼈다. 이럴 줄 알았으면 수옥이를 데려올 걸. 그랬으면 자기 일처럼 신나서 결정해 주었을 것이다. 그녀는 눈요기하러 백화점에 종종 들른다고 했다. 언니, 보기만 해도 즐거운 거 있죠? 돈 벌어서 저거 다 사야지 하고 생각하면. 호호. 그녀는 그랬다. 낙천적이었고 자기 편한 대로 생각했다.

그러고 보니 수옥이 미용 학원을 그만둔 뒤 만나지 못했다. 서상에 다녀온 뒤 유전자 검사를 받았고 백민우와 함께 관계 기관을 찾아다니며 아버지의 존재를 알리느라 계절이 바뀐 지도 몰랐다. 내가 너무 무심했구나. 이미화는 갑자기 그녀의 수다가 듣고 싶어졌다. 그러나 신호음이 오래 울려도 임수옥이 전화를 받지 않았다.

이미화는 유영실과 이형숙의 선물로 목도리를 하나씩 사고도 매장을 한 바퀴 더 돌고는 결국 백민우에게도 선물하기로 마음을 정했다. 그녀는 자신이 고민한 것이 유영실이나 이형숙의 선물이 아니라 실은 백민우의 선물이었음을 깨달았다. 그녀는 그간 애써 준 그에게 감사의 뜻을 표하고 싶었다.

이미화는 조진만으로부터 백민우를 소개받을 때, 그의 직업이 기자라는 말을 듣고 내심 실망했다. 그녀가 만난 남한 기자들은 상대를 취재의 대상물로만 대했다. 그들은 질문을 던져 놓고 듣지는 않았다. 그러고는 자기들 멋대로 기사를 썼다. 북한 기자야 언론인이라기보다 당 선전 요원이니 그렇다 치더라도 남한 기자는 다를 줄 알았다. 하지만 어떤 의도를 가지고 기사를 쓰는 것은 남북이 마찬가지였다. 남한 기자들은 탈북자에 대해 일종의 고정관념을 가지고 있었는데, 그중 하나가 탈북자는 정직하지 않다고 생각하는 것이다. 조진만은 그녀의 우려를 짐작했음인지, 백민우를 '괜찮은 친구'라고 했다. 그가 말한 '괜찮은'의 의미를 깨달은 것은 한참 뒤였다.

이미화는 지푸라기라도 잡는 심정으로 백민우에게 43호였음을 털어놓았는데 그때부터 그의 태도가 달라졌다. 그는 기대 이상으로 도와주었다. 무엇보다 이형숙과 유전자 대조를 통해 자신이 이형준 일병의 친딸임을 확인받은 것과 아버지의 존재를 관계 기관에 알린 것은 그가 없었으면 불가능했다. 그러면서도 그는 생색내지 않았다. 조진만이 말한 '괜찮은'의 뜻이 '좋은'이란 뜻임을 깨달았다. 진정으로 고마웠다. 하지만 그 말을 하는 것 자체가 미안해서 아무 말도 하지 못했다.

작은 선물 하나가 보답이 되지는 않겠지만 그렇게라도 하지 않으면 마음이 너무 불편할 것 같았다. 그런데 막상 선물을 하려니까 혼란스러워졌다. 그가 이상하게 생각하지 않을까? 무엇을 해야 하나? 선물을 마음에 들어 할까? 그녀는 자신의 우유부단함에 속으로 짜증을 부리다가 결국 매장 직원에 이끌려 넥타이 판매대에서 발길을 멈추었다.

여점원의 지나친 친절이 이미화를 난처하게 했다. 넥타이를 맬 사람의 연령대를 묻는 것까지는 이해가 되지만 관계를 묻는 데는 난처해질 수밖에 없었다. 남편분에게 드릴 건가요? 이미화가 망설이자 점원이 생긋 웃으며 말했다. 아, 애인……. 좀 강렬한 게 어떨까요? 요즘 스프라이트가 유행이에요. 이거, 와인색 바탕에 노란색으로 임팩트를 줘서 신사분들이 좋아해요. 이미화는 점원의 설명을 알아들을 수 없었으나 되묻지 않았다. 그래도 자기 눈보다는 그녀의 눈이 나을 것 같아 결국 그것으로 정했다. 그런데 백민우가 넥타이 맨 것을 본 적이 없었다. 넥타이는커녕 후줄근한 윗도리에 주름이 안 선 바지를 입고 다녔다. 포장하면서도 점원의 입은 쉬지 않았다. 마음에 드실 거예요. 그러면서 이미화를 힐끗 보고는 한마디를 덧붙였다. 여기에 은색 넥타이핀을 하면 더 멋질 텐데. 이미화는 서둘러 그 자리를 떠났다.

이미화는 쇼핑백을 들고 커피점으로 들어갔다. 어려운 시험을 끝내기는 했는데 답안지를 내고 나서야 오답을 발견한 것처럼 마음이 개운치 않았다. 선물을 준비하기는 했지만 과연 이것을 그에게 전달할 수 있을까? 자신이 없었다. 그녀는 커피를 홀짝이며 두서없는 생각에 젖어 들었다. 그런데 아까 백화점 점원이 애인이냐고 물었을 때 왜 낯이 화끈했을까. 왜 가슴이 쿵쾅거렸을까. 몸과 마음이 다 망가져 버린 자신에게 아직 감정이 남아 있다는 것이 이상했다.

이미화는 중국에서 5년 동안 떠돌며 믿을 수 없는 것이 사람임을 알았다. 특히 남자는 더했다. 첫사랑이었던 방석호로부터 시작해서 그녀가 만난 남자는 한결같았다. 그들의 관심은 그녀의 몸뚱이나 노동력이었을 뿐이다. 남편도 출세를 위해 아내를 상납하려 했으니 그녀를 물건처럼 사고판 중국 인들에 대해서야 더 말할 것도 없었다. 사람 만나는 것이 두려워서 달팽이 처럼 기어들어 가기만 하는 그녀를 처음으로 안심시켜 준 사람이 백민우였다. 그는 자신을 한 인간으로 대우해 주었다. 섣불리 위로하거나 조언하려고 하지 않고 자신의 말을 들어 주었다. 자기 말에 귀기울여 주는 사람이 있다는 것이 얼마나 마음놓이는 일인지 그녀는 비로소 깨달았다. 고마운 사람이다. 그러나, 그뿐. 그녀는 마음을 정리하듯 남은 커피를 단숨에 비우고 자리에서 일어났다.

＊　　＊　　＊

백민우는 공고문을 읽고 쓸쓸한 웃음을 깨물었다.

경영진에서 구조 조정을 하는 명분은 갖다 붙이기 나름이었고, 해고 대상자 역시 마찬가지였다. 노조에서는 투쟁을 선언하고 나섰으나 그는 동참

할 생각이 없었다. 필경 나약하고 기회주의적인 사람이라고 욕하겠지만 이젠 그런 것에도 신경 쓰고 싶지 않았다. 얼떨결에 시작한 기자 생활이 12년이 되었다. 입사하기 전에는 기자라는 직업에 잠깐 매력을 느낀 것도 사실이지만 그것이 환상이었음을 수습 기간에 이미 깨달았다. 진실, 정의, 균형 감각을 가장 입에 많이 올리면서 실은 가장 거리가 먼 행동을 하는 자들이 기자들이었고, 그들이 속한 조직이었다. 끊임없이 어느 한 편—노(勞)든 사(使)든, 여(與)든 야(野)든, 진보든 보수든—에 서기를 강요받았다. 중간 지대는 없었다. 중간 지대에 머물면 회색분자로 몰리고 도태되기 십상이었다. 그가 해고 통보를 받고, 차라리 시원하다는 생각을 한 것도 그래서였다.

회사보다 어머니 문제가 더 심각했다. 어머니 칠순은 잔치라는 이름을 붙이기 쑥스러울 정도지만 그래도 여느 생일보다는 좀 낫게 치렀다. 온 가족—그래 봐야 누나네 세 식구와 민우지만—이 기념 촬영을 하고 즐겁게 식사했다. 처음에는 칠순 잔치라는 말에 펄쩍 뛰던 어머니가 못 이기는 체하고 내버려 두는 바람에 그렇게나마 행사를 치른 것이다. 그런데 예기치 않은 일이 기념 촬영 때 일어났다.

묵호댁과 가족은 사진사의 주문대로 자세를 취했다. 묵호댁이 애지중지하는 외손녀 방울이가 묵호댁 앞에 앉고 왼편에 정희 내외, 오른편에 민우가 섰다. 사진사가 막 사진을 찍으려 할 때 갑자기 묵호댁이 민우를 끌어당기며 말했다. 정우야, 내 옆에 앉그라. 사람들은 어머니가 아들 이름을 착각한 것으로 생각했다. 자식을 여럿 둔 부모가 흔히 자식 이름을 혼동해 부르듯. 그런데 촬영이 끝나고 식사하는 내내 묵호댁은 민우를 정우로 불렀다. 정우야, 니가 좋아하는 갈비찜이구나. 그러면서 반찬을 집어 민우 밥그릇에 얹어 주었다. 할머니는 외삼촌 이름을 왜 자꾸 틀리게 불러? 방울이가 묵호댁 치맛자락을 잡고 흔들자, 그녀는 갑자기 정신이 확, 드는 눈빛으로 사방을 두리번거렸다. 그때, 민우와 정희의 시선이 마주쳤다. 말은 안 해도 알 수 없는 불길함을 느낀 것이다.

칠순 잔치 때 묵호댁이 보인 이상 행동이 전조였다. 묵호댁이 큰아들을 기다린다며 동구 밖 느티나무 아래에서 밤을 새운다는 마을 사람의 전화가 수시로 정희에게 왔다. 그녀가 달려가 보면 묵호댁은 밥상에 본인 밥그릇 외에 한 그릇을 더 퍼 놓고 정우 것이라고 했다. 야가 왜 이리 늦나? 배고플낀데. 민우 남매가 서둘러 묵호댁을 병원에 데리고 갔다. 치맵니다. 아직은 전두엽의 기능 장애가 심하지 않기 때문에 일상적인 생활은 그런대로 할 수 있지만, 더 진행되면 간단한 일조차도 혼자는 해내기 힘들어집니다. 의사가 딱하다는 표정을 지었다. 묵호댁은 자식들과의 외출이 즐거운지 3남매의 어린 시절 이야기를 늘어놓았다. 그러나 이야기의 선후가 맞지 않는 것이 많았고 여전히 민우와 정우를 혼동하고 있었다.

묵호댁이 '정우'라고 불렀을 때 가장 당황한 사람은 민우였다. 아, 어머니의 머릿속에는 오로지 형밖에 없구나. 아버지가 납북된 뒤, 형은 어머니의 모든 것이었다. 그의 공백을 메울 사람은 어디에도 없었다. 민우는 모든 면에서—그의 어머니가 볼 때는 더욱—형에 미치지 못했다. 어릴 적부터 형은 누나보다도 어머니에게 다정다감했다. 어머니가 일 나가면 어머니의 밥이 식을세라 구들목에 싸 두었고, 어머니 올 때까지 밥을 먹지 않고 기다렸다. 그런 형이 사라졌다. 어머니는 그것을 받아들이지 못하고 있었다. 민우는 어머니의 한(恨) 앞에서 그저 묵묵할 따름이었다. 어머니가 치매에 걸려 그 한에서 벗어날 수만 있다면 차라리 그것이 나을지도 모르겠다고 생각했다.

어머니의 치매 증상이 백민우의 마음을 급하게 했다. 어머니 정신이 더 흐려지기 전에 어머니의 소원을 풀어 드려야 한다. 그는 오래전부터 계획했던 일을 단행하기로 했다. 이혼으로 가족 부양의 의무를 벗어난 데다 회사마저 그만두었으니 더 망설일 이유가 없었다. 거기다 퇴직으로 약간의 목돈이 생긴 것도 다행이었다. 추석 연휴가 끝나는 대로 출발할 생각이었다.

＊　　＊　　＊

이미화는 휴대폰의 시간을 확인했다. 약속 시각에서 30분이 지나 있었다. 이런 적이 없었는데. 평소에는 임수옥이 늘 먼저 와서 기다렸다. 그러면서도 '방금' 왔다고 했다. 그런 임수옥이 약속 시각을 30분이나 어기고 전화도 받지 않았다. 거기다 오늘 약속은 그녀가 먼저 잡은 것이다. 얘가 돈 때문에 그러나? 아니야, 수옥이는 그럴 아이가 아니야. 이미화는 속으로 도리질을 했다. 그녀는 임수옥에게 빌려준 돈을 거의 단념하고 있었다. 돈은 잃어도 사람은 잃고 싶지 않았다. 이미화가 마지막으로 한 번 더 전화해 보고 그래도 안 되면 일어서려고 하는 참에 임수옥이 커피숍에 들어섰다.

"아휴, 차가 막혀서."

임수옥이 하나 마나 한 변명을 하며 의자에 털썩 주저앉았다. 바쁘게 달려왔는지 이마에 땀이 송골송골했다.

"괜찮아. 커피 마실래?"

"아냐, 언니. 금방 가야 해."

임수옥은 뭔가 쫓기는 사람처럼 주위를 흘끔거렸다. 달라진 것은 차림새나 머리카락 색깔뿐이 아니었다. 늘 조잘대던 입을 꼭 다물고 있었다.

"바빠도 커피는 한잔해야지. 내가 아이스 아메리카노 사 줄게."

이미화가 '아이스 아메리카노'를 강조하며 싱긋 웃었다. 그러자 임수옥이 마지못한 듯 가만히 있었다.

이미화가 커피잔을 들고 오자 임수옥이 생각을 하고 있었다는 듯 말을 꺼냈다.

"언니, 돈 빨리 못 갚아서 미안해. 곧 갚을게."

"괜찮아, 생기면 갚아."

이미화가 담담하게 대꾸했다.

"언니, 남한에서 돈 버는 방법은 딴 게 없는 것 같아."

이미화는 얘가 또 무슨 소리를 하려고 그러나 싶어서 그녀의 얼굴만 바라보았다.

"돈 많은 남자 만나는 거."

그러고는 쑥스러웠는지 얼른 말을 이었다.

"농담이야, 호호."

이미화는 그 말이 농담만은 아니란 것을 알고 있었다. 그런 생각 안 해본 여자가 어디 있을까. 그리고 그것이 남자라고 다르겠는가. 돈 많고 권력

쥔 상대를 찾는 것은 어느 시대, 어느 나라에서나 마찬가지일 것이다. 이미화는 그녀를 비난할 마음이 전혀 없었다. 애가 지금 돈에 많이 쪼들리는구나. 그녀가 안쓰러웠다.

"머리를 다시 까맣게 했네. 숏커트하니까 더 어려 보인다아."

이미화가 분위기를 바꾸려고 웃으며 말했으나 그녀는 생각에 잠겨 그 말을 못 듣고 있었다.

"언니, 나 중국에 다시 갈 거야."

임수옥이 갑자기 주위를 살피고는 목소리를 낮추어 말했다.

"엄마가 보고 싶어 미치겠어. 엄마는 오늘도 문 열어 놓고 내가 돌아오기를 기다릴 거야."

검정고시 준비해서 대학 갈 거라더니. 그러나 그 말을 할 수 없었다. 이미화는 임수옥이 중국에 간다는 말의 의미를 짐작했다. 그것은 재입북한다는 뜻이다.

"집을 나설 때, 얼른 다녀오라며 엄마가 강냉이를 싸 주었는데."

그녀의 목소리가 젖어 있었다.

안다, 그 마음을. 이미화는 임수옥의 손을 꼭 잡았다. 가족과의 생이별이 얼마나 고통스러운 것인지는 겪어 본 사람만이 안다. 이미화 역시 북한에 두고 온 아들, 중국에 두고 온 아들이 보고 싶어 잠을 이루지 못했다. 죽기 전에 아들을 볼 수 있을까? 그런 날이 올까? 매일 밤 간절히 기도하지만, 그것이 이루어질 것 같지 않아서 뜬눈으로 밤을 새우곤 했다.

"내가 들어가라고 해도 엄마는 먼 산만 바라보고만 있었어. 엄마는 내가 돌아오지 않을 것을 알고 있었던 거야."

탈북자 가운데에는 북한의 가족을 만나러 간다며 중국을 방문하는 사람들이 있었다. 북한의 탈북자 재입북 공작팀은 그런 사람들을 노렸다. 북한은 탈북자를 재입북시켜 남한을 비방하는 선전 도구로 활용했다. 그래서 탈북자가 중국 동북 3성 지역을 방문하는 것은 상당히 위험한 일이었다. 이미화는 임수옥이 생각을 바꾸어 주기를 바랐다.

"너무 위험하잖아?"

이미화는 고작 그 말밖에 하지 못했다.

"죽기 아니면 까무러치기야."

그녀가 아랫입술을 잘근거리며 말했다.

임수옥은 이미화에게도 말하지 못한 사연이 있었다. 그녀는 가족을 위해 스스로 몸을 팔았다. 아버지는 고난의 행군 시기에 굶어 죽었고 엄마는 영양실조로 앞을 보지 못했다. 눈먼 엄마와 어린 동생을 살리기 위해서는 돈이 필요했고, 이제 막 달거리를 시작한 소녀가 돈을 마련할 방법은 '그짓'밖에 없었다. 밤에 몰래 강 건너 중국 마을에 가서 몸을 파는 여자를 밤꽃녀라고 했다. 그녀는 자신이 밤꽃녀였다는 말만은 이미화에게도 할 수 없었다.

"언니 내가 이래 봬도 이만 오천 위안짜리야."

임수옥이 씁쓸하게 웃었다.

그것은 극단적인 자조의 말이다. 이만 오천 위안이라는 것은 그녀의 몸값을 말하는 것이다. 북한 여자를 중국인에 파는 인신매매 브로커들은 상품의 나이와 외모로 값을 매겼다. 나이가 어릴수록, 얼굴이 예쁠수록 비쌌다. 나이가 스물다섯 미만이면 만 위안을 넘었고, 서른 이상은 삼천 위안이나 오천 위안에 팔렸다. 그녀의 몸값이 이만 오천 위안이었다는 것은 그만큼 어린 나이에 팔렸다는 것을 의미했다. 물건을 비싼 값에 산 인간들이 본전을 뽑기 위해 어떤 짓을 했을지는 물을 것도 없었다.

"그런데 여기서는 내가 오만 원짜리도 안 돼."

오만 원은 그녀가 노래방 도우미를 하며 받는 팁을 말하는 것이다.

임수옥은 정부로부터 받은 정착금을 탈북 사업가에게 사기당해 몽땅 날렸다. 엄마를 데려오려던 꿈도 함께 날아가 버렸다. 그녀는 매달 오백 달러를 엄마에게 송금했는데, 편의점 알바나 노래방 도우미로 그 돈을 마련하기는 무리였다. 그녀는 어쩔 수 없이 술집에 나갔고, 그것으로도 안 되어 '2차'를 나가기 시작했다. 여자의 몸이 상품이 되는 것은 북조선이나 남한이나 마찬가지였다. 그러다 사채를 빌린 것이 화근이었다. 장기 포기 각서를 강요하는 사채업자는 인신매매 브로커와 다를 바 없었다.

임수옥이 갑자기 자리에서 일어나더니 이미화를 꼬옥 껴안고 속삭였다.

"언니, 나 더러운 년 아니죠?"

이미화가 대꾸도 하기 전에 그녀는 밖으로 달려갔다.

이미화는 어떤 예감에 가슴이 덜컥 내려앉았다. 그녀가 가고자 하는 곳은 중국이나 북한이 아닐지 모른다. 어쩌면 다시 돌아올 수 없는 곳일지도. 이미화는 흐릿한 눈으로 임수옥이 남긴 커피만 내려다보았다.

막다른 골목에서

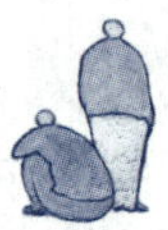

이미화는 하품을 크게 하고 침을 꿀꺽 삼켰다. 먹먹하던 귀가 뚫리며 기내의 소음이 밀려 들어왔다. 비행기가 이륙할 때부터 불안하게 뛰던 심장의 박동이 조금씩 가라앉는 것을 느꼈다. 그제야 줄곧 창밖만 내다보던 시선을 기내로 돌려 주위를 살펴볼 여유가 생겼다. 옆 좌석의 백민우는 등받이에 몸을 기댄 채 눈을 감고 있었다. 원래 그녀의 좌석이 복도 쪽이었으나 그가 창 쪽을 권하며 말했다.

"두 시간쯤 걸릴 거예요. 한숨 주무세요."

그러고는 시범이나 보이듯이 안전벨트를 하자마자 눈을 감았다. 이미화는 그것이 자신에 대한 배려임을 알고 있었다. 그녀는 대화에 익숙하지 못했다. 화제는 빈곤했고 열등감은 컸다. 상대방의 눈을 똑바로 바라보지도 못했다. 그저 가만히 내버려 두는 것이 좋았다.

그녀는 백민우의 말을 되새겨 보았다. 두 시간쯤. 고작 그 정도밖에 안 되는 거리다. 그녀가 중국을 탈출하는 데는 6개월이 걸렸다. 중국에서 라오스로, 다시 태국으로 1만 2천 킬로미터를 숨어서 이동했다. 국경의 군인들을 피해 밀림을 스무 시간 넘게 걸었고, 물이 새는 낡은 보트를 타고 악어가 들끓는 강을 건넜다. 온몸이 가시덤불에 찔려 성한 곳이 없었고, 더러운 강물을 마셔 말라리아에 걸리기도 했다. 다시는 그 땅을 밟지 않으리라 맹

세한 거기를 향해 가고 있는 것이다. 모든 일이 엉겁결에 이루어졌다.

이미화가 추석에 서상 다녀온 이야기를 하려고 백민우에게 전화했더니 그도 할 이야기가 있다고 했다. 그날, 백민우가 뜻밖의 이야기를 꺼냈다. 중국에 가겠다는. 이미화가 놀란 눈으로 바라보자 한참이나 묵묵하던 그가 입을 열었다. 30여 년 전 아버지가 고기잡이 나갔다가 납북된 일을, 그래서 집안이 풍비박산된 이야기를 담담하게 늘어놓았다.

"아버지가 납북된 뒤 우리 집도 43호나 다름없었어요."

그가 나직이 한숨을 내쉬고 말을 이었다.

"어머니가 돌아가시기 전에 아버지 소식을 알려 드려야 할 것 같아서요."

백민우는 그 말을 끝으로 입을 다물었다.

43호였다는 말을 듣는 순간, 그녀는 갑자기 목이 메었다. 늘 쓸쓸한 표정 뒤에 숨어 있던 사연이 그것이었구나. 그래서였을까? 전혀 생각지 않았던 말이 튀어나왔다.

"저도 중국에 데려가 주세요."

이번에는 백민우가 놀란 눈으로 그녀를 바라보았다.

그의 결심을 듣자 그녀 역시 더 미룰 수가 없다고 생각했다. 아버지는 필경 교화소에 갇혀 있을 것이다. 그곳이 어떤 곳인가. 아버지 나이와 건강 상태로 보아 언제 어찌 될지 모른다. 만약 돌아가셨다면 그 사실만이라도 확인해야 할 것 같았다. 무산에 산다는 아버지 고향 친구 박덕배 아바이를 통하면 소식을 들을 수 있을지 모른다. 그런 생각이 두서없이 떠올랐다. 다시는 기회가 없을 것이다. 아버지의 생사를 모르고 이렇게 산들 무슨 의미가 있는가. 유영실 어머니를 위해서도 자신이 해야 할 마지막 의무라는 생각이 들었다.

그녀는 고개를 들지 못하고 작은 소리로 말했다.

"죄송해요. 이런 부탁을 해서."

백민우가 나직이 말했다.

"위험해서."

탈북 여자는 어딘가 표가 났다. 그것을 노리는 눈이 많은 곳이 중국 국경 부근이다. 이 여자가 그것을 알고 있을까? 백민우가 이미화를 똑바로 바라보았다.

"알고 있어요. 부담 안 되도록 할게요."

"중국어는?"

백민우가 말을 흐렸다.

물음 자체가 그녀의 마음을 아프게 할 수 있기에 말을 멈출 수밖에 없었다. 그 마음을 알아챈 그녀가 가볍게 고개를 끄덕였다.

"조금."

이미화는 5년이나 중국에 살고도 중국말이라고는 간단한 생활 용어 정도밖에 구사할 줄 몰랐다. 그녀를 산 중국 남자들은 그녀가 도망칠까 봐서 그녀 앞에서는 중국말을 사용하지 않았다. 돈 없고 중국말 모르면 도망가지 못한다. 그것이 그들의 생각이었다. 그들은 탈북 여자를 가축보다 하찮게 여겼다. 소나 말은 이름을 지어 부르면서도 탈북 여자는 그냥 차오시앤 뉘즈(朝鮮女子)라고 불렀다. 그런가 하면 어떤 남자는 그녀의 이름을 제멋대로 지어 불렀다. 소나 말을 산 사람이 그것들에 새 이름을 지어 부르듯이. 그녀의 이름은 '샤샤'가 되기도 하고 '링링'이 되기도 했다. 말을 가르쳐 주지 않는 것은 배를 곯리고 매질을 하는 것보다 더 잔인한 짓이다. 그런 가운데도 이미화가 중국말을 익힐 수 있었던 것은 아들 덕이었다.

이미화가 중국에서 만난 세 번째 남자, 왕칭은 도박꾼에 알코올 중독자였다. 그는 나이가 오십 줄에 접어들도록 혼자 살았다. 도박으로 돈을 따면 여자를 샀고, 돈이 떨어지면 여자를 팔았다. 왕칭은 어쩐 일인지 6개월이 넘도록 이미화를 팔지 않았다. 그는 외출할 때 그녀의 발에 족쇄를 채워 놓았다. 왕칭은 술을 먹고 들어온 날이면 그녀를 발가벗겨 놓고 밤새도록 못살게 굴었다. 야욕을 채운 왕칭이 잠에 떨어지면 그녀는 얼른 뒷물을 해서 임신을 방지하려 했으나 몸은 그녀의 의지를 배반했다. 원쑤 놈의 씨를 배다니. 그녀는 수치심과 참담함에 몸을 떨었다. 그녀는 입쓰리를 참으며 왕칭이 눈치채기 전에 아이를 떼려고 갖은 짓을 다 했다. 높은 데서 뛰어내려도 보고 비눗물과 간장을 사발로 마시기도 했으나 속만 버렸을 뿐 소용이 없었다. 그녀의 배가 표나게 불러오자 왕칭이 족쇄를 풀어 주었다.

이미화가 아들을 낳자 왕칭이 '하오아 하오아'를 외쳤다. 갑자기 사람이 달라져서 아들을 애지중지했고, 아들을 생각해서겠지만 그녀에게도 친절을 베풀었다. 내왕이 없던 그의 어머니가 들락거렸다. 임신 초기에는 태아를 떼려고 했지만 막상 자신을 빼닮은 자식이 태어나자 어미로서 정이 가는 것은 어쩔 수 없었다. 이미화는 아들 덕에 자신의 운명이 달라질지 모른다는 기대를 해 보았다.

그녀는 아이를 키우며 자연스럽게 조선말을 쓰게 되었다. 엄마, 아빠, 할머니……. 그것을 본 왕칭이 마마, 빠바, 나이나이라고 고쳐 주었다. 그녀가 익힌 중국어는 그런 정도였다. 이미화는 아들을 따라 중국말을 열심히 익혔다. 지옥을 탈출하기 위해서는 그곳의 말을 알아들어야 한다고 생각했기 때문이다. 아들이 엄마로부터 자연스럽게 익히게 되는 조선말과 아빠로부터 배우는 중국말 사이에 혼란을 느끼자, 왕칭이 아들을 할머니에게 데려가려 했다. 조선 여자의 아이는 중국말을 잘 못 한다는 게 이유였다. 그녀가 아들을 빼앗기지 않으려고 발버둥치자 왕칭이 그녀의 목에 칼을 들이댔다. 그다음 일은 기억나지 않았다. 그녀가 깨어나 보니 병원이었고 목에 붕대가 친친 감겨 있었다. 그녀는 팔에 꽂힌 수액 주사기를 빼 던지고 그대로 도망쳤다.

이미화는 창밖을 내려다보았다. 흰 구름이 솜을 깔아 놓은 것처럼 펼쳐져 있어서 그 위로 뛰어내리고 싶은 충동을 불러일으켰다. 그때, 30분 후에 착륙한다는 기내 방송이 나왔다. 착륙 소리를 듣자 그녀의 가슴이 다시 뛰기 시작했다. 중국 땅에 내린다는 생각만으로도 입안이 말랐고 오줌이 나올 것 같았다. 나는 대한민국 국민이다. 대한민국 정부가 발행한 여권을 가지고 있다. 이제 비법 월경자도, 불법 체류자도 아니다. 그녀는 숨을 깊이 들이마시고 아랫배에 힘을 주었다.

백민우는 눈을 감고 있어도 머릿속이 복잡했다. 이미 동행한 이상 더 생각하지 않으려고 해도 이미화가 부담되는 것이 사실이었다. 처음에 매몰차게 거절했어야 하는데 이상하게 그녀에게는 그게 안 되었다. 조진만 때문에. 하지만 그것도 핑계임을 부인할 수 없었다. 거절할 기회는 얼마든지 있었다. 서상에 가서 유영실을 만난 것부터 국방부를 들락거리며 이형준 일병의 생존을 알린 일까지 그녀가 부탁해서 한 일이 아니었다. 왜 그랬는지 자신도 알 수 없었다. 이미화, 그녀를 동정해서? 그 마음도 없지 않으나 그것만은 아니다. 그녀가 좋아서? 거기에 생각이 이르자 갑자기 얼굴이 붉어지는 듯했다. 이혼 후 의식적으로 여자를 멀리했다. 그런데도 일상에서 문득 이미화의 얼굴이 떠오를 때가 많았다. 이것이 연애 감정인가? 자신의 감정을 정확히 알기 어려웠다. 그때 기내 방송이 나왔고, 그 소리가 그에게 현실감을 갖도록 했다.

그는 잠에서 깬 양 가볍게 기지개를 켜고 이미화를 바라보았다.

"눈 좀 붙이셨어요?"

"네에."

묻는 사람이나 답하는 사람이나 빈말임을 모르지 않으나 어색함을 피하고 싶은 마음은 같았다.

비행기가 고도를 낮추는 것이 느껴졌고, 기내에 착륙 직전의 술렁거림이 먼지처럼 퍼졌다. 그리고 잠시 후 비행기 바퀴가 땅에 닿는 진동이 느껴졌다. 중국 땅이다. 두 사람의 머릿속에 같은 생각이 스쳤다.

＊　　＊　　＊

기차의 규칙적인 진동과 소음이 긴장을 풀어 주는 역할을 했다. 이미화는 선양공항에서 불안감이 최고조에 달해 숨쉬기조차 힘들었다. 여권을 쥐고 있는 손에 땀이 흥건했다. 그녀는 입국 수속할 때 자기도 모르게 백민우의 허리를 껴안았다. 그가 부축하지 않았으면 주저앉았을지도 모른다. 다행히 입국 수속에는 문제가 없었다. 그녀는 단둥행 열차에 오르고서야 비로소 안도의 숨을 내쉬었다.

"이 기찻길이 신의주를 거쳐 평양까지 연결되어 있어요."

백민우가 무심코 한 말인데도 이미화는 진저리를 쳤다. 그녀는 북한 지명에조차 민감했다.

그는 얼른 말을 돌렸다.

"단둥은 처음이죠?"

"네에, 백 선생님은?"

"두 번째예요. 5년 전에 백두산 갈 때 들른 적이 있어요."

단둥은 압록강과 황해를 통해 북한의 신의주와 접해 있어서 예부터 전략적 요충지였다. 만주 사변 후 일본군이 점령했던 것을 1945년 중국이 접수했다. 압록강철교가 있어서 한국전쟁 때는 중국인민지원군의 병참 전선이 되기도 했다. 근래 들어 단둥은 중국인뿐만 아니라 한국인 관광객이 많이 찾는 관광지가 되었다. 그래서 단둥에는 남한의 공작원, 탈북자를 지원하는 활동가, 그리고 북한의 반탐 조직원과 중국 공안이 뒤섞여 활동했다. 위험하지만 정보를 얻기에 용이했다.

백민우는 이미화에게 단둥에 가는 이유를 구체적으로 말하지 않았다. 그도 문재준 목사로부터 받은 전화번호 외에는 아는 것이 없었다. 전화번호의 주인공이 단둥에서 활동하리라 짐작할 뿐이다.

두 사람이 단둥의 호텔에 들어선 것은 저녁나절이었다. 방을 두 개 예약했는데 어쩐 일인지 계산대에서는 한 개만 잡아 놓았다.

백민우가 손가락을 펴 보이며 두 개라고 하자, 복무원이 의아한 표정으로 되물었다.

"뿌시푸취마?"

부부건 아니건 그들이 관여할 바 아니지만 복무원은 요지부동이었다.

"메이요우팡지앤."

방이 없는 것이 아니라 그에게는 서비스 정신이 없었다.

백민우가 다른 호텔로 가려고 하자 이미화가 그에게 소곤거렸다.

"그냥 들어가요. 다른 데 가도 마찬가지일 거예요."

부부가 아니냐며, 방이 없다고 우기는 복무원을 이길 도리가 없었다. 압록강 조망이 좋은 호텔이라 배부른 장사를 하는 것이다.

두 사람은 방에 들어왔으나 어색함을 피할 길이 없었다. 트윈룸인 것이 그나마 다행이었다. 백민우는 담뱃갑을 꺼내다 다시 집어넣었다.

꾸어다 놓은 보릿자루처럼 서 있던 이미화가 입을 열었다.

"피우세요."

그때, 백민우의 머릿속에 한 생각이 떠올랐다. 일이 이렇게 될 줄은 상상도 하지 못했지만 어색해할수록 더 불편해질 뿐이다. 이미화를 누이동생쯤으로 생각하자. 소심하게 굴 것 없다. 앞으로 어떤 일을 겪을지도 모르는데.

백민우가 쾌활한 목소리로 말했다.

"우리가 부부로 보이는 모양이지요? 다행이네요. 결혼 기념 여행이라고 하면 다들 믿겠지요?"

이미화도 백민우가 대범하게 말해 주는 것이 편했다.

"내려가서 저녁이나 먹읍시다. 오랜만에 52도짜리나 한잔해야겠네."

백민우가 승강기 안의 거울을 보며 말했다.

"남들이 보면 부부싸움하고 나온 줄 알겠네요."

이미화가 그제야 웃으며 백민우 곁으로 조금 다가섰다.

사람이 편해지는 데는 식사를 함께 하는 것만 한 게 없었다. 식사를 마치고 방에 돌아왔을 때는 두 사람 모두 처음보다 훨씬 마음이 느긋해졌다.

"먼저 씻을게요."

백민우는 짐짓 큰 소리로 말하고는 욕실로 들어갔다.

그는 거울 속의 사내를 한참 바라보았다. 헝클어진 머리카락, 여위고 메마른 얼굴, 이게 내 얼굴인가? 누군가가 마흔이 넘으면 자기 얼굴에 책임을 지라고 했다던데. 이 몰골이 결국 내 인생인가? 그는 쓴웃음을 지었다. 아침에 면도했는데도 턱밑이 거무스름했다. 갑자기 전기면도기가 아닌 예리한 칼로 면도하고 싶은 욕구가 들었다. 그는 양손으로 얼굴을 쓸어 보고는 옷을 벗어 걸었다.

백민우는 샤워실에 들어가 더운물을 틀어 놓고 몸에 비누질을 하다 깜짝 놀랐다. 불두덩이 뻐근해지며 성기가 슬그머니 일어서는 것이 아닌가. 당혹스러웠다. 왜 이러지? 술 탓인가? 그렇다. 의식하지 않으려고 해도 이미화의 이미지가 머릿속에서 떠나지 않았다. 젊고 예쁜 여자와 한방에 있다. 그 생각이 은연중에 몸을 지배하고 있었던 것이다. 그녀가 헐렁한 옷을 입고 있어도 가슴과 엉덩이의 부피감을 감출 수는 없었다. 공항에서 그녀가 팔짱을 끼며 기댔을 때의 감촉을 몸이 기억하고 있었다. 밤새 이런 욕구에 시달릴지 모른다는 생각이 그를 난감하게 했다. 차라리 그 욕구를 해소해 버리는 것이 나을 것 같았다. 도덕심 따위는 이미 머릿속에 없었다. 그는 이미화의 알몸을 상상하며 손동작을 빨리했다. 이윽고 신음과 함께 뜨거운 액체를 욕실 바닥에 쏟았다. 그는 씁쓸한 자괴감을 느끼며 찬물을 틀었다. 찬물에 정액은 쓸려 내려갔지만 스스로에 대한 혐오감은 남아 있었다.

백민우가 욕실에서 나와 보니 간접 조명만 남기고 거실의 불이 꺼져 있었다. 이미화는 미동도 없이 어둠 속의 창밖을 보고 있었다. 고슴도치처럼 웅크린 뒷모습이 애잔했다.

그는 좀 전 욕실에서의 행동에 죄책감을 느껴 얼굴도 들지 못하고 풀죽은 소리로 말했다.

"먼저 잘 테니 씻으세요."

그러고는 침대로 올라가 머리까지 이불을 뒤집어썼다. 욕구 해소로 인한 나른함에 술기운이 겹쳐 곧 잠에 떨어졌다.

이미화는 백민우의 고른 숨소리를 듣고도 한참이나 그대로 앉아 있었다. 그녀는 호텔 계산대에서 자기가 한 말이 생각나서 새삼 부끄러웠다. 다른 선택이 없다고는 해도, 남자에게 한방을 쓰자고 말해 버리다니. 왜 그렇게 말했을까? 공항에서 그의 허리를 껴안은 일도 생각났다. 저 사람은 어떻게 받아들였을까? 무심히 대해 주는 그가 고마웠다.

그녀는 처음으로 사람에 대해 신뢰감이 생기는 것을 느꼈다. 그것은 자연스레 백민우의 신상에 대한 궁금증으로 이어졌다. 저 사람의 삶은 어떤 것일까? 아버지의 납북 이야기를 하면서도 정작 본인 이야기는 하지 않았다. 결혼은 했을 테고 자녀도 있겠지. 그런데 이렇게 집을 떠나 있어도 되는 것일까? 그러고 보니 그가 가족에게 전화하는 것을 본 적이 없는 것 같았다. 홀몸인가? 키도 크고 얼굴도 잘생겼는데 미혼일 리 없다. 거기다 기자 선생 아닌가. 부인도 미인이겠지. 내가 미쳤지, 지금 무슨 생각을. 그녀는 속으로 도리질을 했다. 마음을 놓으니 피로감이 몰려왔다. 그녀는 조용히 일어나 욕실로 들어갔다.

＊　　　＊　　　＊

"고려거리 입구로 가시오."

백민우가 대꾸도 하기 전에 전화가 끊겼다.

세 번째 장소 변경이다. 첫 번째는 단둥역 광장의 마오쩌둥 동상 앞, 두 번째는 압록강단교, 그리고 이번에는 고려거리였다. 목소리의 주인공은 두 사람을 지켜보기나 한 듯 약속 장소에 도착하면 전화했고, 대답도 하기 전에 전화를 끊었다. 그가 지정한 세 곳 모두 단둥의 유명 관광지였다. 누군가가 두 사람을 지켜보았다고 해도 관광객의 동선으로 이해했을 것이다. 그도 그것을 노린 것 같았다.

백민우와 이미화가 고려거리 입구의 북한 기념품점에서 물건을 구경하고 있을 때 한 남자가 백민우의 어깨를 쳤다.

"저 앞에 랭면을 잘하는 집이 있는데, 그리로 갑시다."

그는 대답도 듣지 않고 앞장서서 걸었다. 키는 크지 않아도 근육질 몸매가 탄탄한 데다 스포츠형으로 머리를 해서 운동선수처럼 보였다. 그가 신분도 확인하지 않고 말을 건네는 것으로 보아 두 사람을 지켜보았음이 분명했다. 무서운 사람이다. 무서운 곳이다. 백민우와 이미화는 동시에 같은 생각을 하고 마주 보았다. 그러고 보니 점심때가 되기도 했다. 그는 이동 거리와 시간 등 모든 것을 계산에 넣고 있었음이 분명했다.

그가 인도한 냉면집은 맛은 모르지만 대화하기에는 좋은 곳이었다. 그는 묻지도 않고 음식을 주문하고 나서야 색안경을 벗었다. 비로소 두 사람은 그의 얼굴을 바로 볼 수 있었다. 까무잡잡한 얼굴은 나이를 짐작하기 어려웠다. 각진 얼굴에 광대뼈가 나온 데다 눈매가 날카로웠다. 백민우는 그가 북한군 특수 부대 출신임을 직감했다. 절도 있는 말투와 행동이 그랬다. 문 목사가 소개한 사람이니 보통 사람은 아닐 것이다. 백민우가 문 목사를 찾아간 날, 그는 한참 망설이다가 전화번호 하나를 알려 주며 말했다. 과묵하고 책임감 있는 사람입니다.

"장룡입네다."

그가 손을 내밀었다. 그의 손아귀 힘이 세서 악수하고 난 백민우의 손등이 하얗게 되었다.

"백민우라고 합니다."

“이미화예요.”

“요즘 북중 양국이 다 삼엄해서 조심하고 있는데…… 목사님이 간곡히 부탁하시는지라.”

장룽이 두 사람의 얼굴을 갈마보며 말을 이었다.

“목사님 부탁이라면 내래 꼼짝 못 하디요. 생명의 은인이니까요.”

“문 목사님은 저에게도 은인이십니다.”

“기자시라구요?”

“한 달 전까지는요.”

그가 지나가는 듯이 물었으나 백민우를 넘겨다보는 시선은 속을 꿰뚫을 듯했다. 백민우 역시 오랜 기자 생활로 나름 사람 보는 안목이 있었다. 자신에 대해 알고 있는 것으로 보아 이미화의 신상 또한 들었을 것이다. 모든 것을 털어놓고 도움을 청하는 것이 나을 것 같았다. 그는 간략하게 중국에 온 이유를 밝혔다.

그때 주문한 냉면이 왔다. 식사를 마치고, 담배 한 대를 다 피우고 나서야 장룽이 입을 열었다.

“두 건 다 쉽지 않겠습다. 백춘삼 아바이 건은 너무 오래됐고, 리형준 아바이는 보위부에 끌려갔을 테니.”

말끝을 흐리던 그가 이미화를 향해 물었다.

“북조선에 다른 가족은 없습네까?”

이미화는 힘없이 고개를 저었다. 가족과 연을 끊고 집을 나간 큰오빠는 생각조차 하기 싫었다.

"아버지 친구 중에 박덕배라는 분이 무산에 살아요."

"무산에 박덕배?"

"네, 그분도 국군포로예요. 아오지탄광에도 함께 계셨고요."

"착수해 봅세다. 반탐 동무들과 접촉해야 하는데, 요즘 걔들이 돈맛을 알아 개지구."

"돈은 걱정 마세요."

이미화가 다급하게 끼어들었다.

"일단 이천 불만 줘 보시라요."

이미화가 식탁 아래로 봉투를 건네자 그가 말했다.

"날짜가 얼마나 걸릴지 모릅네다. 소식이 들어오는 대로 연락할 테니 그 동안 관광하면서 지내시라요."

두 사람은 장룡과 헤어져 호텔로 돌아왔다. 백민우는 전날만 해도 하루만 자고 나서 호텔을 바꾸려고 했는데, 장룡의 말을 듣고 생각이 달라졌다. 그는 관광 온 부부처럼 보이는 것이 안전하다고 했다. 그렇다면 굳이 호텔을 바꾸어 방을 두 개 쓰는 것이 더 이상하게 보일 것이다. 하지만 그것은 자기 생각일 뿐이다. 그는 이미화에게 조심스럽게 말을 건넸다.

"호텔을 옮기는 것이……?"

그녀도 질문의 의도를 알고 있었다.

"장 선생 말을 듣고 보니, 그냥 머무는 게 나을 것 같아요."

말은 그렇게 하면서도 그녀는 '부부처럼'이란 말에 얼굴이 화끈거렸다. 부부처럼? 황송한 말이다. 나 같은 여자가 어찌 감히. 부부처럼 보이려면 엇

비슷해야 하는데 자신이 너무 초라하다는 생각이 들어 부끄럽고 미안했다.

"그럼 당분간 그냥 지내기로 하지요."

그가 시원하게 말했다. 지난밤처럼 지내면 되겠지. 편하게 생각하기로 했다.

"그런데 웬 돈이?"

"진작 말씀드리려고 했는데…… 유영실 어머니가 주셨어요. 아버지가 전사한 것으로 처리되어 언제부턴가 유족 연금이 나오기 시작했는데, 그걸 하나도 쓰지 않고 모아 두셨대요. 아버지가 반드시 살아 계실 거라고 믿어서. 그리고."

백민우가 의아한 표정으로 바라보자 그녀가 말을 이었다.

"전번에 말씀드린 거 꼭 지켜 주세요."

백민우가 고개를 끄덕였다.

이미화가 중국에 데려가 달라고 했을 때 두 가지를 제안했다. 경비를 각자 부담하고, 위급한 상황과 맞닥뜨렸을 때 절대 아는 체하지 말자고 했다. 첫 번째 제안은 중요하지 않지만 두 번째 제안은 중요했다. 설령 가족이 붙잡혀도 뒤돌아보지 말고 도망친다. 그것이 목숨을 걸고 국경을 넘는 자들이 지켜야 하는 철칙임을 그도 알고 있었다. 하지만 과연 그럴 수 있을까? 그런 상황이 닥치지 않기를 바랄 뿐이다.

＊　　　＊　　　＊

장룽과 헤어진 지 일주일이 되었으나 아무 연락이 없었다. 하루이틀 만에 답이 오기를 기대한 것은 아니지만 일주일이 되자 조급증이 일었다. 백민우는 몇 차례나 휴대폰을 꺼냈다가 도로 넣었다.

장룽은 두 사람에게 관광하면서 지내라고 했지만 관광할 처지가 아니었다. 한국 관광객이 단둥에 오면 둘러보는 관광 코스는 정해져 있었다. 5년 전 백민우가 단둥에 왔을 때도 그랬다. '中朝边境(중조변경)'이라고 쓰인 붉은색 표지판을 지나 한국전쟁 때 끊어진 압록강단교 위를 걸어 보고, 압록강에서 유람선을 타며 북녘땅을 찍었다. 유람선이 강 중심으로 나아가면 북한 지역이 선명하게 보였다. 헐벗은 산야, 선전용으로 지어 놓은 현대식 주택과 거기 걸려 있는 '21세기의 태양 김정일 장군님 만세!', '영광스러운 조선로동당 만세!'라는 현수막, 그리고 강기슭의 초소와 경비병 들을 보며 착잡한 심정에 빠져들었다. 5년이 지난 지금도 크게 달라진 것이 없었다. 강을 사이에 두고 한쪽은 현대식 고층 건물이 더 많아졌는데 한쪽은 여전히 영화 촬영 세트장 같았다.

이미화는 단둥에 온 뒤 말수가 더 줄었다. 아버지 소식을 알기 위해 중국에 왔으나 막상 와 보니 하루하루가 고통이었다. 고문당한 감옥에 다시 갇힌 죄수 심정이 이럴까? 수시로 가슴이 옥죄여 드는 것은 5년 전의 악몽 때문이었다. 중국 사람 특유의 인상과 옷차림, 배려심 없는 말투와 행동, 길거리까지 퍼져 나오는 느끼한 음식 냄새가 견딜 수 없었다. 하지만 아버지에 대한 소식을 한마디도 못 듣고 그냥 돌아갈 수는 없었다. 아버지를 만날 수 있다면 다시 북한 땅으로 들어갈 각오까지 하고 있었다.

일주일 동안 두 사람은 숙소를 두 번 바꾸었다. 한곳에 오래 머물면 호텔 측에서 이상하게 생각할까 봐서였다. 두 사람이 호텔에 들어서면 복무원은 묻지도 않고 더블베드룸을 배정해 주었다. 백민우가 트윈룸을 요구하면 복무원이 고개를 갸웃하고 객실을 바꾸어 주었다. 낮이나 밤이나 시간 보내기가 힘들었다. 낮에 객실에 있을 수는 없기에 호텔을 나와야 하는데 이미화가 사람 많은 곳을 질색해서 마땅히 갈 데가 없었다. 고심해서 찾은 곳이 박물관이었다. 두 사람은 연구자인 것처럼 컴컴한 전시실에서 가치도 없는 유물들을 들여다보며 시간을 죽였다.

두 사람이 저녁에 객실에 돌아와서 하는 일은 명상이었다. 그것은 백민우의 아이디어였다. 첫날을 지낸 다음 두 번째 밤이었다. 그는 전날과 같은 욕구가 밀려올까 봐 두려웠다. 그때 생각한 것이 명상이었다. 명상은 대학생 시절 수련회에서 배운 것인데 회사에 다닐 때는 거의 하지 않았다. 이혼 후에 다시 명상을 시작한 것은 둘 데 없는 마음을 다스리기 위해서였다.

"명상해 보셨어요?"

이미화가 고개를 저었다.

"한번 해 보실래요?"

그녀 역시 텔레비전 화면만 멀거니 바라보는 것보다 뭐라도 좀 하는 것이 나을 것 같았다. 호감이 가는 사람을 가르치고, 그런 사람에게서 배우는 것은 서로 즐거운 일이다.

"명상은 고요히 눈을 감고 깊이 생각하는 것이라고 해요. 인도에서 시작된 심신 단련법인데 요즘은 건강이나 미용 목적으로 동서양을 막론하고 많이 해요. 명상은 자세와 호흡이 중요한데……."

백민우는 이미화의 자세를 잡아주고 복식 호흡의 요령에 관해 설명했다. 명상을 시작한 덕에 어색하고 지루한 시간이 잘 지나갔다. 무엇보다 걷잡을 수 없이 밀려오던 욕망이 일어나지 않는 것이 좋았다.

"처음에는 잘 안 되지만 꾸준히 하면 마음이 편안해지는 것을 느껴요. 명상을 고요히 생각하는 것이라고 했는데, 어느 정도 수준에 오르면 생각을 하는 것이 아니라 생각을 비우는 것이라는 것을 깨닫게 돼요."

하루이틀 지나며 이미화도 명상하는 재미에 빠져들었다. 들숨과 날숨을 알아차리기는 어려워도 눈을 감고 고요히 앉아 있는 것 자체가 좋았다.

백민우가 휴대폰을 만지작거리는 것을 보고, 이미화가 조심스럽게 입을 열었다.

"내일은 장 선생에게 전화를 해 보시는 게……."

"그럴까 생각 중이에요."

그녀가 겉옷을 걸치며 말했다.

"저, 잠깐 나갔다 올게요."

그가 의아한 표정으로 바라보았다.

"편의점에서 뭐 좀 사려고요."

"내가 갔다 올게요."

장룽이 혼자 다니지 말라고 당부하던 말이 생각난 것이다.

"아녜요, 아녜요."

그녀가 낯을 붉히며 황급히 말했다.

“요 앞인데요, 뭘.”

그는 다시 주저앉았다. 무엇을 사러 가느냐고 묻기가 난처했다. 여성용품을 사러 가는 거겠지. 남자와 동행하기에는 부끄러울 것이다.

백민우는 그녀가 나간 뒤 침대에 벌렁 드러누웠다. 멀거니 천장을 바라보자 여러 가지 생각이 떠올랐다. 아버지가 살아 계실까? 아버지는 당신 말대로 ‘뱃놈’ 출신이다. 건강 하나는 타고났다고 늘 자랑했다. 의지도 강한 분이다. 분명 살아 계실 것이다. 그런데 어떻게 만난단 말인가. 막막하기만 했다. 하지만 여기까지 와서 빈손으로 돌아갈 수는 없는 일이다. 그곳이 설령 막다른 골목일지언정 갈 데까지 가 봐야 한다. 그는 기지개를 켜고 일어났다.

그때였다. 다급히 객실 문을 두드리는 소리가 났다. 그가 급히 문을 열었을 때, 이미화가 귀신이라도 본 것 같은 낯빛으로 뛰어 들어왔다. 혼이 나가 버린 듯했다. 눈에 초점이 없고, 온몸을 소나기 맞은 강아지처럼 떨었다. 말할 겨를이 없었다. 그는 자신도 모르게 얼른 그녀를 품에 안았다. 그의 몸도 함께 떨렸다. 영문을 모르는 그는 그녀를 안고 있을 수밖에 없었다.

“어떤 사람이, 따라오는 것, 같았어요.”

그녀가 여전히 헐떡이며 띄엄띄엄 말했다.

간신히 그 말을 하고는 다시 생각해도 무서운 듯 진저리를 쳤다. 백민우는 그녀를 혼자 내보낸 것이 후회되었다. 일이 이렇게 될 줄 몰랐다.

“잘못 본 것일 수도 있어요. 여기 우리가 있는 줄 누가 알겠어요. 설령 그렇다 해도.”

"아녜요, 그 사람 같았어요. 분명히 그 사람이었어요. 왕칭."

이미화가 울먹거렸다.

"왕칭?"

이미화는 대답 대신 그의 품으로 파고들었다. 백민우가 그녀의 손목에 걸려 있는 비닐봉지를 풀어 테이블에 내려놓았다. 그 안에 생리대가 들어 있었다. 그녀는 여전히 몸을 떨었다. 가슴의 요동이, 통증이 그대로 그의 가슴에 전해졌다. 가여운 여자, 이 여자를 어찌 외면한단 말인가. 그녀의 아픔을 대신할 수는 없겠지만, 그래도 이 힘든 순간을 함께하겠다는 마음을 전하고 싶었다. 그는 오래도록 이미화를 안고 있었다. 그것밖에는 어떤 행동도 할 것이 없었다.

얼마나 시간이 지났을까. 그녀의 떨림이 조금 가라앉는 것을 느꼈다. 그녀의 몸내음이 코끝을 스쳤다. 백민우는 정신이 아득했다. 처음 얼떨결에 껴안은 것과는 다른 감정으로 그녀를 으스러져라 껴안고 뺨을 비볐다. 그녀의 눈물이 그의 뺨을 적셨다. 이미화가 숨이 막힌 듯 몸을 움직여서 두 사람은 중심을 잡지 못하고 함께 침대에 쓰러졌다. 그가 놀라 몸을 일으키려고 하자 그녀가 기어들어 가는 소리로 말했다.

"고마워요, 고마워요."

백민우가 무슨 말인가 더 하려는 그녀의 입을 자신의 입술로 눌렀다. 입술까지 흘러내린 눈물을 그가 가만히 빨아들였다. 그녀를 편안하게 눕히려고 팔을 빼는 바람에 목에 감긴 스카프가 바닥으로 떨어졌고 흉터가 드러났다. 목과 빗장뼈 사이에 난 그것은 길고 울퉁불퉁했다. 그녀가 침을 삼키자 그것이 지렁이처럼 꿈틀했다. 백민우가 가만히 그곳에 입술을 갖다 댔다. 이미화가 감전된 사람처럼 몸을 몇 번 펄떡이고는 몸안의 기운이 다 빠져나간 듯 움직이지 않았다. 두 사람은 정지된 화면처럼 오래도록 그러고 있었다. 이윽고 백민우가 그녀의 상흔을 정성스럽게 핥기 시작했다. 마음속의 상흔까지 치유하려는 듯, 오래오래.

아무도 기억하지 않았다

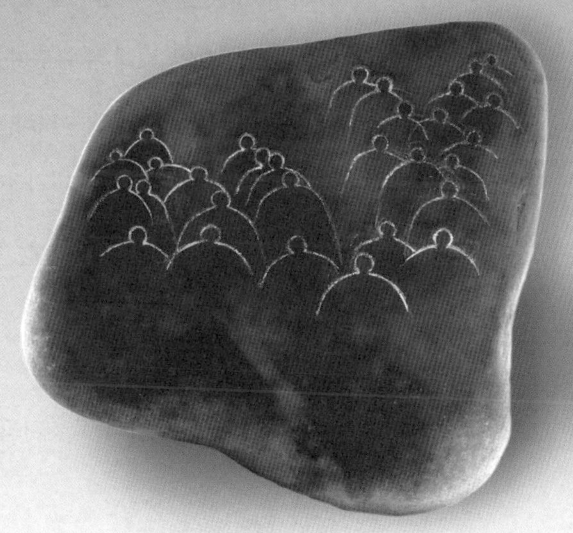

목단눈 오는 밤은 첫사랑이 그리워
북랑성 흐르는 하늘 턱을 고이고
불러 보는 망향가는 눈물의 마디냐

박덕배가 '눈 오는 백무선'을 흥얼거렸다. 그가 좋아하는 노래였다. 그는 어릴 때부터 노래를 잘 불러서 동네 어른 생일잔치에 불려가곤 했다. 열 살 남짓한 아이가 '불효자는 웁니다'를 구성지게 불러 젖히면 어른들이 손에 용돈을 쥐여 주었다.

하지만 포로가 된 후 노래를 부르지 않았다. 노래 한 곡 마음껏 부를 수 없는 세상을 살아온 것이다. 그는 지하 7백 미터의 막장에서 땀과 눈물과 탄가루로 범벅이 된 채 꺼억꺼억 노래를 불렀다고 했다. 큰 소리로 노래 부르믄 소리가 울려 내 귀에도 잘 안 들리는기라. 그래도 한 곡 부르고 나믄 속이 씨원해지더라. 그리라도 안 했으믄 내가 미쳐 버렸을끼다. 훗날 그가 리형준에게 한 말이다. 그러다가 무산으로 온 뒤 우연히 진방남의 노래를 듣고는 곧잘 흥얼거렸다.

"이 노래는 곡도 곡이지만 가사가 좋아."

리형준은 그 마음을 이해했다. 가사가 좋다고 말하는 것은 사무치게 그리운 고향 생각 때문일 것이다.

"진방남이 마산 사람인데 어찌 백무선을 알았을꼬."

백무선(白茂線)은 양강도 백암에서 함경북도 무산을 연결하는 철도로서 일제 강점기에 건설되었다. 백무선은 두만강 유역의 임산 자원과 무산에서 생산되는 철의 수송을 위해 개통되었는데 북부 내륙 지대 인민의 애환이 서린 철도이기도 했다.

"가사는 다른 사람이 지은 걸세."

"그렇기는 하지만도."

리형준과 박덕배는 도토리 껍질을 벗기며 이야기를 나누고 있었다.

"나는 니가 부르는 '불효자는 웁니다'가 제일 좋더라."

"참 그 노래 많이 불렀제. 그런데 인제는."

박덕배가 갑자기 말을 멈추고 자기 입술에 집게손가락을 갖다 댔다. 그러고는 문틈에 눈을 대고 밖을 살피더니 리형준에게도 보라는 듯 문틈을 가리켰다.

"저놈이……."

한 남자가 박덕배 집이 잘 내려다보이는 언덕바지에서 담배를 피우며 어슬렁거리고 있었다. 개가죽 모자를 눌러 써서 얼굴은 보이지 않으나 작달막한 키에 아랫배가 튀어나와서 절구통 같았다.

"며칠 전부터 이 근처를 얼씬대는 게 아무래도 수상쩍다. 저놈이 인민반장 아들로 보위부에 있던 놈인데."

"보위부에?"

리형준은 보위부 소리만 들어도 소름이 끼쳤다. 그들이 어떤 자인지는 누구보다 잘 알고 있었다.

국가보위부는 못 하는 일이 없는 기관이다. 그 조직이나 인적 구성은 비밀이지만 리 단위까지 보위부원이 상주해서 인민을 감시했다. 집요하고 악독한 그들에게 한번 걸려들면 멀쩡하던 사람도 149호(불순분자)가 되었다. 그들의 악행이 얼마나 두려운지 갓난애도 독거미 온다고 하면 울음을 그친다고 할 정도였다.

"큰 사고를 쳐서 짤렸다 카더라. 지금은 끄나풀이나 하고 있것지. 아무래도 무슨 꿍꿍이가 있는갑다."

그때, 절구통이 짧은 상체를 까딱대며 박덕배의 집으로 다가왔다.

"니는 여기 가만있그라."

박덕배가 리형준을 방구석으로 밀어놓고 마당으로 내려섰다.

마당이라고 해도 길과 마당이 구분된 것도 아니었다. 싸리나무를 엮어 울타리 삼아 둘러놓았으나 여러 해 손보지 않아서 울타리라고 할 수도 없는 데다 대문도 없어서 집 안과 밖의 경계도 불분명했다.

"아바이, 안녕하쉐까?"

절구통이 과장되게 큰 소리로 인사를 건넸다. 덩치에 어울리지 않게 목소리는 양은 냄비를 긁는 듯 높고 날카로웠다.

"아바이, 얼굴이 좋아졌수다래."

"좋아지기는. 죽을 날만 기다리는 산송장인데."

절구통이 용건을 꺼내지 않고 집 안팎을 이리저리 살폈다.

"여기 고양이담배 한 대 태우시라요."

"일없네."

"아바이, 성깔은 여전하시구래."

"자네가 내 집에 어쩐 일인가? 안전사업(보위부원이나 안전원이 주민을 감시하는 일) 나왔는가?"

"아바이에게 할말이 있어 왔디요."

"할말? 더운밥 먹고 식은 소리 하려거든 아예 꺼내지도 말게."

"내래 아바이에게 잘못한 일 있습네까? 그렇게 말하면 섭섭하우다."

두리번거리던 그의 시선이 리형준이 있는 건넌방에서 멈췄다.

"집에 아바이 친구 있디요?"

"거참, 식은 소리 말래두."

"내가 나쁜 일로 온 게 아니우다. "

박덕배가 대꾸도 하지 않고 돌아서자 절구통이 등 뒤에서 말했다.

"그 아바이, 괴뢰군 포로 리형준 맞디요? 누가 알아봐 달라고 해서리."

절구통은 다 안다는 듯 집을 한 번 더 쓰윽 훑어보고는 돌아갔다.

문틈으로 밖을 내다보던 리형준은 털썩 주저앉았다. 갑자기 눈앞이 캄캄했다. 저자가 뭔가 냄새를 맡은 것이 분명했다. 그만두었다고 해도 보위부 출신 아닌가. 불안과 공포가 가슴을 짓눌렀다. 국군포로인 것까지 알고 왔으니 건성으로 온 것은 아니다. 무슨 일일까? 탈북했던 사실을 아는 사람은 없다. 5년이나 지난 지금 그 일을 뒤질 까닭도 없다.

"미친놈이 미친 소리를 하고 자빠졌네."

박덕배가 가래침을 마당에 뱉고는 방으로 들어왔다. 목이 타는 듯 주전자 귀때에 입을 대고 꿀꺽꿀꺽 물을 마시고는 리형준 앞에 주저앉았다.

"신경 쓸 것 없다."

말은 그렇게 하지만 그 역시 예사로운 낯빛이 아니었다. 두 사람 모두 말이 없었다. 박덕배가 로동신문을 찢어 천천히 담배를 말며 말했다.

"돈 때문일끼다. 돈 아니면 손가락 하나 까딱 안 하는 놈들인데."

리형준도 그 생각을 하고 있었다.

고난의 행군 시기를 거치며 돈이 당이고, 수령님이라는 말이 공공연히 나돌았다. 돈도 북조선 돈은 돈으로 여기지 않았다. 중국 돈이나 미국 돈이 돈이었다. 당 간부조차 원쑤 미제의 각을 뜨자고 부르짖으면서도 '딸라'만 보면 눈알이 뒤집혔다.

"그런데 알아봐 달라고 했다는 사람이 누굴까?"

"니가 여기 있는 걸 아는 사람은 오명식이밖에 없는데…… 그놈이 보냈을 리는 없고."

박덕배의 등에 업혀 온 뒤 리형준은 여러 번 친구의 집에서 나가려고 했지만 그가 극구 만류했다. 우리가 전우 아니가? 누가 먼저 죽더라도 파묻어 줄 사람이 있어야 안 하나? 박덕배뿐만 아니라 그의 아내도 말렸다. 이 냥반은 에미네 없이는 살아도 친구 없으믄 못 삽네다. 그렇게 산 것이 3년이 되었다.

"더 나빠질 게 뭐 있겠노? 한식에 죽으나 청명에 죽으나 한가지다."

그러나 말과 표정이 같지 않았다. 그가 담배를 비벼 끄며 띄엄띄엄 말을 이었다.

"우리 사이를 아는 사람은, 암만 생각해 봐도, 오명식이랑 니 딸밖에 없는데……."

리형준은 정신이 번쩍 들었다. 미화가? 지금 그 애는 어디 있을까? 그는 미화가 함께 북송되지 않은 것을 천만다행으로 여기고 있었다. 하지만 중국 땅에서 얼마나 고생할까? 남한으로 넘어갔을까? 어디에 살든 무사하기만을 빌었다.

"아무리 생각해 봐도 니 딸이 시킨 일 같다. 나쁜 일로 온 게 아니라 안 카더나?"

하지만 미화가 어떻게 절구통 같은 인간에게 선을 댈 수 있을까. 리형준의 생각을 읽었는지 박덕배가 이어 말했다.

"니 딸이 원체 영리하고 야무진 아 아니가? 맞을끼다."

리형준은 불안과 기대가 뒤섞여 머리가 깨지는 것처럼 아팠다.

"어쨌거나 두고 보자. 필시 저놈이 다시 올끼다."

두 사람의 대화는 거기서 끝났다.

＊　　＊　　＊

백민우가 장룽으로부터 연락을 받은 것은 이미화가 외출했다 기겁하고 돌아온 다음 날이다. 백민우는 일단 이미화를 한국으로 돌려보낼 생각을 하고, 항공편을 알아보고 있는데 그에게서 전화가 왔다.

"한 시간 뒤에 지난번 그 랭면 집에서 봅시다."

그는 전처럼 백민우의 대답도 듣지 않고 전화를 끊었다.

백민우가 휴대폰을 내려놓으며 이미화에게 말했다.

"다행입니다. 떠나기 전에 연락이 와서."

이미화가 고개를 끄덕였다. 백민우가 자신을 한국으로 돌려보내려는 마음은 이해하지만, 단둥까지 와서 소득 없이 돌아가기는 싫었다. 그렇다고 무작정 기다릴 수도 없어서 난감해하던 차였다. 그런데 막상 장룽에게서 연락이 오고 나니 다시 가슴이 뛰기 시작했다. 아, 아버지, 살아는 계실까? 부디 좋은 소식이어야 할 텐데. 좋은 소식이든 아니든 직접 듣고 싶으면서도 한편으로는 그 순간을 피하고 싶기도 했다. 그녀는 백민우에게서 배운 복식 호흡을 하며 평정을 유지하려 애썼다.

백민우 역시 태연한 표정을 짓고 있으나 머릿속은 헝클어진 실타래 같았다. 아버지와 이형준의 생사를 확인하는 것이 가장 큰일이지만 이미화의 안전 또한 걱정이었다. 간밤에 그녀가 보았다는 중국인이 정말로 그녀를 노리는 자라면 현재도 대단히 위험한 상황이라고 볼 수 있었다. 그녀는 간밤에도 자기가 말한 두 가지 제안을 상기시켰으나 그것을 지킬 마음은 없었다. 어떻게 그녀를 팽개치고 혼자 도망친단 말인가. 그것은 그녀도 마찬가지일 것이다. 백민우가 시계를 보고 자리에서 일어섰다.

"가 봅시다."

두 사람이 음식점에 들어서자 장룽이 구석 자리에서 손을 들었다. 의례적인 인사 따위에는 아무도 신경 쓰지 않았다.

“지금부터 내가 하는 말에 놀라지 마시라요.”

장룡이 다짐받듯 두 사람을 넘겨다보았다. 두 사람은 고개를 끄덕였다.

“먼저 리형준 아바이에 대해서 말하갔시요. 리형준 아바이는 무산의 창렬로동자구에 살고 있답니다. 박덕배라는 아바이와 함께.”

“아.”

이미화가 자기도 모르게 탄성을 터뜨리고는 얼른 손으로 입을 가렸다. 백민우가 놀라 그녀의 팔을 붙잡았다. 그녀는 몸을 떨면서도 자제력을 잃지 않았다. 그는 속으로 안도의 숨을 내쉬었다.

“보위부 애들을 동원한 거이니까 틀림없습네다. 돈만 멕이믄 개들은 지옥에도 갑네다. 사진을 확보했어야 하는데, 그 아바이가 통 밖으로 나오지를 않아서 못 찍었답네다.”

두 사람은 침을 삼키고 그를 바라보았다. 그는 담배만 피울 뿐 다음 말을 꺼내지 않았다. 두 사람은 속이 탔으나 질문할 엄두가 나지 않아 그의 입만 노려보았다.

장룡이 물을 한 모금 마시고 잔기침을 두어 번 하고서야 입을 열었다.

“백춘삼 아바이는.”

장룡이 잠깐 말을 멈추었다. 순간, 백민우는 불길한 예감을 느꼈다.

“돌아가셨답니다. 함께 납북된 동진2호 선원이 지금도 청진에 살고 있는데, 그에게서 들은 말이라니까 사실일 겝니다.”

백민우가 주머니에서 담배를 꺼내다 떨어뜨리자 장룡이 얼른 담배를 내밀고 라이터를 켰다. 담배를 쥐는 백민우의 손가락이 떨리고 있었다. 이번에는 이미화가 얼른 그의 팔을 잡았다. 백민우가 연거푸 담배를 빨아들이고는 신음과 함께 연기를 내뱉었다.

"백춘삼 아바이는 당의 말을 잘 들어서 조선중앙텔레비전에도 나오구 북조선 각지를 다니면서 강연도 했습네다. 나도 기억합네다. 인민학교 다닐 때였는데, 의거 입북자라고 학교에 강연하러 왔더랬습네다. 렬렬히 박수하고 그랬디요."

백민우는 다 타 버린 담배의 필터를 손가락 사이에 낀 채 넋을 놓고 있었다. 아무것도 보이지 않고 아무 소리도 들리지 않았다. 이미화가 얼음처럼 굳어 버린 그를 가만히 껴안았다.

"백춘삼 아바이는 그 뒤 청진에 정착했는데, 어느 날 밤, 작은 고깃배를 훔쳐 타고 공해로 빠져나가다가 경비정에 걸려서리 폭침됐답니다. 아마 월남하려 했갔디요."

장룡은 이제 자기 책임을 완수했다는 듯 입을 다물었다.

✳　　✳　　✳

유영실과 이형숙은 고구마 줄기를 다듬다가 약속이나 한 듯 손을 놓고 마주 보았다.

"언니 얼굴 보니 간밤에 또 못 주무싰는갑네."

유영실은 그 말을 부정하지 않았다. 어찌 편히 잘 수 있겠는가. 밤새 뒤척이다 새벽녘에 까무룩 잠이 드는가 했더니 누렁이가 낑낑대는 소리에 잠이 깼다. 미물도 무엇을 아는가. 그녀는 누렁이 머리를 한 번 쓰다듬어 주고는 새벽 기도를 올렸다. 이미화를 만난 뒤 기도의 주제가 하나 늘었다.

"전화로라도 좀 물어보지 그랬어요."

"그때는 아무 생각이 없었소."

전날, 이미화로부터 백민우와 함께 서상에 내려가겠다는 전화를 받았다. 수화기를 드는 순간부터 가슴이 투닥거려 아무 말도 하지 못했다. 그것은 결과를 아는 것이 두려웠기 때문이다. 이형숙도 그 마음을 모르지 않았다. 잠시 손을 놓고 있던 두 사람은 다시 고구마 줄기를 다듬기 시작했다. 뭐라도 하지 않으면 더디게 흐르는 시간을 견디기 힘들었다. 두 사람 모두 집일과 밭일로 손마디가 굵었는데도 고구마 줄기를 다듬는 손길은 마냥 느렸다.

"장조림을 만들었는데 좀 짠 거 같네. 이제 간도 못 맞추니."

유영실이 부엌을 들락거리며 말했다.

"언니는 반찬을 해도 꼭 오빠가 좋아하는 것만."

"나도 모르게 그리되네요."

"장조림 좋아하는 것도 내림인가 봐요. 우리 재식이도 장조림이야 카믄."

"지난 추석에 미화 왔을 때 해 줬더니 어찌 그리 잘 묵던지."

"언니는 미화를 꼭 딸처럼 생각하네요."

"딸처럼이 아니라 딸 아니오?"

그것은 참마음이었다. 처음 남편이 북한에서 결혼했다는 말을 들었을 때는 살아 있는 것만도 고마워 그것에 대해 별생각이 없었다. 며칠 뒤 흥분이 조금 가라앉자 남편에 대한 원망이 조금씩 솟아났다. 당에서 강제 결혼을 시켰다고 해도 그렇지, 어떻게 다른 여자와. 아니야, 그 모진 땅에서 곁에 여자라도 없었으면 어찌 견뎠을꼬. 살아 있는 것에 감사해야지. 자신의 마음을 가누기 힘들었다. 그러다가 이미화를 보는 순간, 착잡하던 마음이 다 사라졌다. 저런 아이를 보내 준 남편이 고마웠다. 남편의 딸이면 내 딸 아닌가. 볼 때마다 정이 가는 것은 자연스러운 감정의 흐름이었다.

두 사람의 눈이 벽시계에 달라붙었을 때쯤 대문 밖에서 차 소리가 들렸다. 마루에 앉아 있던 두 사람이 엎어질 듯 뛰어나가는 것과 대문 밖의 이미화가 달려 들어오는 것이 동시였다. 세 사람은 얼싸안고 얼굴을 비볐다.

"어머니, 고모님, 아버지가 살아 계신대요."

그 말과 동시에 세 사람은 마당에 주저앉았다. 여인들의 흐느낌이 길게 이어졌다. 이미화를 뒤따라 들어오던 백민우도 눈물이 나서 고개를 하늘로 향했다. 우세요, 마음껏 우세요. 50여 년의 설움이 풀릴 때까지. 눈가를 닦으며 중얼거렸다.

세 사람은 끌어안은 채 서로를 부축하며 마루에 올라앉았다. 고개를 들어 서로의 얼굴을 바라보다가 다시 껴안고 흐느꼈다.

"야야, 말 좀 해 보그라."

유영실이 자기 눈물은 닦지 않고 이미화의 얼굴을 닦아 주며 말했다.

이미화가 그렁그렁한 눈으로 백민우를 바라보았다.

"제가 말씀드릴게요."

백민우는 그간의 경과를 간략하게 설명했다.

"아버님 사진이나 편지를 구해 왔어야 하는데…… 죄송해요. 정보원을 통해서 살아 계신 것만 확인한 거예요."

"죄송이라니요? 무슨."

"전번에 황 노인이 전쟁 때 이 마을에서 입대한 사람이 세 명이라고 했어요. 그중 한 사람이 박덕배 씨였는데, 그분 집에 계신다는 것으로 봐서 정보는 믿을 만해요."

"아이고, 고맙습니다. 아이고, 감사합니다."

유영실과 이형숙은 그 소리만 반복했다.

"편히 쉬시소."

유영실이 이형준이 쓰던 건넌방에 백민우의 잠자리를 봐주며 말했다.

방이 정갈하고 아늑해서 호텔 방에 들어선 것 같은 낯섦이 없었다. 가구라고는 작은 옷장과 앉은뱅이책상뿐이었는데 모두 집만큼 나이 들어 보이는 물건이었다. 책상 위에 민중서관판 영한소사전과 옥편, 그리고 손때 묻은 을유문고 몇 권이 놓여 있었다. 대나무를 잘라서 만든 필통에는 옛날 펜대와 연필이 꽂혔는데 놀랍게도 연필심이 뾰족하게 깎여 있었다. 백민우는 어린 시절의 자기 방에 들어온 느낌이 들었다.

백민우는 책꽂이 가운데 놓여 있는, 젊고 잘생긴 인물 사진을 물끄러미 바라보았다. 50여 년 전, 한 젊은이가 이 방에서 살았다. 그는 미래에 대한 희망과 새 신부와의 사랑으로 가슴 벅찼을 것이다. 그런데 신혼의 단꿈도 꾸기 전 신부와 생이별했고, 휴전되기 불과 2주일 전 포로가 되었다. 그로부터 무려 반세기를 탄광에서, 또 감옥에서 살아야 했다. 수많은 국군포로가 그렇게 살다가 죽어 갔다. 아무도 그들을 기억하지 않았다. 누구도 구출하려 하지 않았다. 백민우는 잠을 이루지 못했다.

이튿날, 네 사람은 아침 식사를 마치고 마주 앉았다. 유영실이 무릎걸음으로 백민우에게 다가가며 말했다.

"그동안 도와준 은혜도 백골난망이요만은…… 이 늙은이 마지막 소원 하나 들어주소."

유영실은 말을 멈추고 간절한 시선으로 백민우를 쳐다보았다.

그는 그녀의 다음 말을 충분히 짐작할 수 있었다. 간밤에 이미화는 유영실, 이형숙과 한방에서 잤다. 그들이 밤새 나눈 대화의 결론인지도 모른다.

"야 아부지를 구출해 주소."

결국 그 이야기였다. 그도 밤새 같은 고민을 하고 있었다. 아니, 중국에서 돌아올 때부터 그 생각이 머리를 떠나지 않았다. 하지만 쉽사리 대답할 수 있는 일이 아니다. 북한에 있는 사람을 탈출시키는 것이 얼마나 위험한 일인 줄 알고 하는 말일까? 백민우는 자기 얼굴을 향한 세 사람의 시선을 견디기 힘들어 두 손으로 얼굴을 문질렀다.

"비용은 얼마가 들어도 괜찮소. 유족 연금 모아 논 것도 있고, 부족하면 이 집을 팔아서라도."

백민우는 난감했다. 비용이 문제가 아니다. 이런 일은 개인의 힘으로 될 일이 아니다. 법을 어기는 문제 정도가 아니라 자칫 목숨을 잃을 수도 있다. 정부 기관의 도움이 필수적인데 그간의 사례를 보면 낙관적이지 않았다. 그렇다고 포기해 버린다면? 백민우는 애타게 자신을 바라보는 시선을 차마 외면할 수 없었다.

오랜 침묵 끝에 백민우가 입을 열었다.

"일단 문 목사님을 만나 보겠어요. 장룽 씨를 움직일 수 있는 사람은 그 분뿐이니까요. 장룽 씨가 마음먹고 나서면 아버님과의 접촉은 가능할 수도 있을 거예요. 문제는 아버님의 건강 상태와 의지인데…… 미화 씨와 어머님의 편지가 필요해요. 그 편지를 아버님께 전달하고, 답을 들을 수 있으면 일 단계는 성공이라고 볼 수 있겠지요. 그 결과를 보고 다음 단계를 추진하기로 하지요."

"아이고, 고맙소."

유영실과 이형숙이 백민우의 손을 잡았다. 이미화는 울 듯한 표정으로 그를 바라보고 있었다.

"장룽 씨가 승낙하면 바로 중국에 갈게요. 가족이 한 분 동행하면 좋은데, 미화 씨는 위험해서."

백민우가 말을 멈추고 세 사람을 둘러보았다.

"괜찮아요. 저도 갈게요."

"우리 아들, 재식이랑 함께 가면 어떻겠소?"

이미화와 이형숙의 말이 동시에 나왔다.

"그것은 나중 일이니 우선 편지부터 써 주세요."

*　　*　　*

백민우는 이미화를 위해 차의 속도를 늦추었다. 도로 오른편으로 초록빛 바다가 끝없이 이어져 있었다. 날씨는 맑았고 바다는 잔잔했다.

"아, 이런 바다, 처음 봐요."

이미화가 조금 들뜬 목소리로 말했다.

"가슴이 트이는 것 같아요."

백민우가 창문을 조금 열자 싱그러운 바다 내음이 밀려 들어왔다.

"감사해요, 이렇게."

아침에, 백민우는 유영실 집을 나서며 이미화에게 말했다.

"언젠가 바다 구경시켜 드린다고 했지요? 어머니를 만나러 갈 생각인데, 괜찮으면……."

"그래도 되겠어요?"

이미화가 좋은 내색을 감추며 조심스럽게 되물었다.

"오늘, 눈이 시도록 바다를 보여 줄게요."

백민우가 빙긋 웃으며 운전석에 앉자 그녀가 잠깐 머뭇거리다 옆자리에 앉았다. 백민우는 7번 국도를 향해 핸들을 돌렸다.

"이 도로가 함경북도 온성까지 이어진답니다. 지금은 휴전선으로 끊겨 있지만. 통일되면 온성까지 달려 보고 싶어요."

통일되면. 말은 그렇게 했으나 과연 통일이 될까? 백민우는 바다를 보자 새삼 아버지 생각에 마음이 무거웠다. 아버지는 바다를 좋아했다. '뱃놈'이라는 말은 낮잡아 이르는 말인데도 아버지는 그것을 자랑스러워했다. 아버지가 저들의 회유에 넘어간 체한 것은 탈출을 위한 전략이었을 것이다. 아버지는 배만 있으면 세상 끝까지도 갈 수 있는 체력과 기술을 가지고 있었다. 그러나 감시의 그물은 벗어나지 못했다.

"감사해요, 감사해요."

이미화가 떨리는 목소리로 반복해서 말했다.

그 말밖에는 할말이 없었다. 백민우는 얼음장 같은 가슴을 녹여 준 사람이다. 나도 이 사람을 위해 무언가 해 주고 싶다. 그런 일이 없을까? 문득 텁수룩한 그의 머리를 단정하게 다듬어 주고 싶은 생각이 들었다. 그 생각만으로도 가슴이 설렜다. 그러고 보니 추석에 선물하려던 넥타이를 아직 주지 못했다. 늘 가방에 넣고 다니면서도 그것을 꺼낼 용기가 없었다. 그런데 왜 이렇게 가슴이 설레는 것일까.

"미화 씨가 좋아하니까 내 마음도 즐겁네요."

그것은 사실이었다. 그녀가 밝은 표정을 지으면 그의 마음도 즐거웠고 그녀가 슬픈 표정을 지으면 그의 마음도 아팠다. 그것을 확인한 것은 단둥에서였다. 그녀가 기겁한 낯빛으로 호텔 방으로 뛰어 들어왔을 때 그는 온 힘을 다해 그녀를 지켜 주겠다고 결심했다. 이미화가 수줍은 듯이 고개를 숙였다. 말이 없어도 서로의 마음을 잘 알았다.

그날 밤 격정이 지나간 다음, 백민우는 비로소 자기 이야기를 꺼냈다. 그는 그녀의 어깨를 다독이며 담담하게 이혼한 사연을 털어놓았다. 이미화는 첫날밤의 신부처럼 부끄러워 고개도 들지 못한 채 이야기를 들었다. 그녀는 그의 과거를 들으며 안타까움과 안도의 감정을 동시에 느꼈다. 가정이 있는 남자와 잤다는 죄의식에서 벗어날 수 있었다. 그것은 백민우도 마찬가지였다. 그는 이야기를 마치고 다시 한번 숨이 막히도록 그녀를 껴안으며 속삭였다. 이제 스카프 하지 말아요. 이미화는 간신히 손을 뻗어 그의 목을 끌어안았다.

"여가 내가 살던 곳이래여."

이미화가 어리둥절해서 백민우를 바라보자 그가 너털웃음을 지었다.

"하하, 강릉 사투립니다. 강릉 사투리는 억양이 독특해서 외지 사람이 흉내 내기 어려워요. 여기가 그 유명한 경포댑니다. 이제 조금만 더 가면 돼요."

백민우가 강릉 말씨를 쓰고 웃은 것은 고향에 올 때마다 느끼게 되는 회한을 떨쳐 버리고자 함이었다.

"우리 마을은 주문진항에서 조금 떨어진 용소골이라는 곳이에요. 옛날에 큰 소(沼)가 있었는데 거기서 용이 하늘로 올라갔대요. 지금은 흔적도 없지만."

이미화도 느끼고 있었다. 그가 평소와 달리 다변이 된 것을. 그가 착잡해 한다는 것을.

차가 주문진으로 들어서자 그가 차창을 열고 심호흡을 했다.

"어릴 때는 비릿한 이 냄새가 지긋지긋하게 싫었는데……."

차는 어판장과 수협과 우체국을 지나 작은 마을로 들어섰다. 그가 공터에 차를 세우고 한 집을 가리켰다.

"저 철 대문 집이 우리 집이에요."

원래 파란색이었던 것 같은 철 대문은 벌겋게 녹이 슬었고 담장도 쓰러질 듯 기울어져 있었다. 이미화는 뜻밖의 상황에 놀라 눈을 동그랗게 떴다. 집 앞까지 와서 들어갈 생각을 않는 것이 궁금했으나 시무룩한 그의 표정을 보고 가만히 있을 수밖에 없었다.

"사람이 살지 않으니까 집이 금방 퇴락해 버리네요. 저 집에서 태어나고 자랐는데."

한동안 말이 없던 그가 차를 돌리며 말했다.

"어머니가 얼마 전에 칠순을 지나셨는데 치매기가 있어서 요양원에 모셨어요. 사람을 자꾸 혼동해요."

그의 얼굴이 너무 쓸쓸해 보여서 이미화는 얼른 화제를 돌렸다.

"어머님이 뭘 좋아하세요?"

"포도를 좋아하시는데."

백민우가 마을을 벗어나 바닷가의 작은 요양원 앞에 차를 세웠다. 할머니 몇 명이 나무의자에 앉아 가을볕을 쬐고 있었다. 흰 머리카락이 옥수수수염처럼 헝클어진 할머니가 벌떡 일어나 차로 다가왔다. 그녀의 조글조글한 얼굴에 기쁜 빛이 가득했다.

"어머니."

백민우가 묵호댁에게 다가섰다. 묵호댁은 그보다 이미화를 보고 반색했다.

"아이고, 울 메느리 왔구나. 으찌냑 꿈에 보이더니."

묵호댁이 말을 하면서 차 안을 살폈다.

“방울이는?”

백민우가 뭐라고 하기도 전에 이미화가 묵호댁에게 다가가 다정하게 껴안았다. 이미화가 찐득하게 끼어 있는 그녀의 눈곱을 닦아내며 말했다.

“어머님, 그동안 잘 지내셨어요? 방울이는 오늘 못 왔어요. 다음에 데려올게요.”

이미화가 들고 있던 포도 상자를 내밀었다.

“어머님 좋아하시는 포도 조금 사 왔어요.”

“아이고, 울 메느리 착하기도 하지.”

묵호댁이 이미화 손을 잡고 의기양양한 걸음걸이로 다른 할머니에게 다가갔다.

“야가 울 메느리래여.”

할머니들이 고개를 끄덕였다.

백민우는 어머니의 치매가 정신적 고통을 덜기 위한 몸의 반응인지도 모른다고 생각했다. 어머니가 아버지와 형에 대한 기억을 다 잊어버리기를 진심으로 바랐다.

묵호댁은 이미화를 의자에 앉히고 그간 있었던 이야기를 늘어놓았다. 그녀의 침이 이미화의 얼굴에 튀었다. 이미화는 그녀의 손을 주무르며 때로는 감탄하는 표정으로, 때로는 안타까운 표정으로 이야기에 귀기울이고 있었다. 미화 씨가 어머니의 투박한 사투리를 알아듣기나 할까? 백민우는 먹먹한 심정으로 그 광경을 바라보았다.

두만강

사랑하는 형준씨

고마워요 고마워요, 살아잇어서. 기도가 헛되지안앗어요.

나는 잘지내고 잇어요.

아버님 어머님은 돌아가싯고, 형숙아가씨는 조은분과결혼해서 남매를두엇어요. 아가씨가 언제나 나를보살피조요.

나는 당신이 살아잇을줄 알앗어요. 반드시 살아돌아오겟다고 약속햇자나요. 당신이 입던옷, 당신이 쓰던물건 다그대로 잇어요.

감나무에는 아직도 감이 마니열어요. 올해 밤꼿이 얼마나예뻣는지 몰라요.

미화를 보내조서 고마워요. 미화에게 모든얘기를 들엇어요.

당신과 미화를위해 날마다 기도해요.

이펜지가 꼭 당신손에 들어가기를 빌어요.

2004년 11월 16일

사랑하는 당신의아내 영실올림

봉투를 봉하려 하면 무언가 아쉬워서 다시 읽어 보고 고쳐 쓰기를 몇 번째 하고 있었다. 하고 싶은 말의 천 분의 일, 만 분의 일도 글로 옮길 수 없었다. 생각대로 표현이 안 돼서, 비뚤배뚤한 글씨가 마음에 안 들어서 다시 쓰고 또다시 썼다. 새벽 기도를 마치고 쓰기 시작한 편지가 점심때가 되어서야 완성되었다.

그녀는 봉투를 봉하고 남편의 사진을 물끄러미 바라보았다. 여보. 한 번도 그렇게 불러 보지 못했다. 당신이란 말도 사용해 본 적이 없었다. 어려서부터 남매같이 지냈다. 때로는 이형준이 오빠 같았고, 때로는 유영실이 누나 같았다. 그런가 하면 두 사람은 서로 오빠니, 누나니 해 가며 토닥거리기도 했다. 이형준은 말이 달리면 자기 입술로 유영실의 입을 막았다. 그녀는 작은 주먹으로 그의 앞가슴을 때리다 결국 그의 품에 안겼다. 오랜 입맞춤이 끝나면 상기된 얼굴로 마주 보다가 다시 껴안았다. 그 추억이 50여 년의 세월을 지탱해 준 버팀목이었다.

유영실은 자기도 모르게 흐른 눈물을 닦고 면경을 들여다보았다. 머리카락은 파뿌리가 되었고 얼굴은 주름살투성이였다. 화장해 본 지가 언제인지 기억도 나지 않았다. 화장품이라고 할 만한 것도 없었다. 그녀는 필통에서 연필을 꺼내 눈썹을 그려 보았다. 잘 그려지지 않아서 몇 번 고쳐 그리다 침을 발라 지워 버렸다.

그녀는 자리에서 일어나다 가슴을 잡고 주저앉았다. 얼른 주머니에서 하얀 알약을 꺼내 혀 밑에 넣고 통증이 멎기를 기다렸다. 가슴을 쥐어짜는 듯한 통증이 휩쓸고 지나가면 온몸에 진땀이 흘렀다. 협심증이 생긴 지 오래지만 시누이에게도 말하지 않았다. 이 통증이 어찌 남편이 겪은 고통만 하겠는가. 몸의 아픔으로 마음의 아픔을 잊고자 했다. 이윽고 그녀는 젖은 머리카락을 쓸어올리고 자리에서 일어나 앉았다. 남편의 사진을 보고 중얼거렸다. 내 사람, 당신이 올 때까지 기다릴게요. 약속했잖아요.

＊　　＊　　＊

"저놈이 또……"

박덕배가 방을 나서다 절구통이 오는 것을 보고 얼른 들어왔다.

"니는 가만있그래이."

그는 리형준을 단속하고 다시 나갔다. 절구통이 거들먹거리는 걸음걸이로 마당에 들어섰다.

"아바이, 나 왔수다래."

"또 무슨 일인가?"

"아바이, 좋은 일로 왔는데도 이리 괄시하기요?"

"좋은 일?"

절구통이 검정 비닐로 포장된 봉투를 박덕배에게 내밀었다.

그가 머뭇거리자 절구통이 으스대며 말했다.

"받으시라요. 리형준 아바이 꺼요. 내일 답장을 받으러 올 테니 준비해두기요."

얼떨떨해 있는 박덕배를 보고 그가 능글거렸다.

"리형준 아바이 잘 있습둥?"

박덕배가 비닐봉투를 들고 방으로 들어왔다.

“저놈은 믿을 수가 없어.”

두 사람은 봉투를 가운데 두고 마주 보았다. 마치 그것이 폭발물이기나 한 것처럼 손을 대지 못했다.

“니 꺼란다. 뜯어 보그라.”

박덕배의 채근을 받고야 리형준이 봉투를 집어 들었다. 그는 손이 떨려 좀체 포장을 풀지 못했다. 보다 못한 박덕배가 비닐을 벗겨 내자 노란 서류 봉투가 나왔는데, 그것은 한눈에도 북조선에서 볼 수 있는 종이가 아니었다. 두 사람의 눈길이 다시 마주쳤다. 불안과 기대가 교차했다. 박덕배가 다시 서류 봉투를 열자 편지 봉투 두 개가 나왔다. 박덕배가 빨리 열어보라는 눈짓을 해도 리형준은 손만 떨고 있었다. 이 상황이 꿈만 같았다. 편지라니. 나에게 온 것이 맞기나 한 걸까? 내가 여기 있는 걸 아는 사람은? 머릿속이 텅 빈 것 같아서 제대로 사고를 할 수 없었다. 미화의 얼굴이 떠올랐다. 그런데 왜 두 통일까?

“어서 읽어 보그라.”

박덕배가 편지 봉투 두 개를 리형준의 손에 들려 주었다.

박덕배는 편지를 읽는 친구의 표정을 통해서 상황을 짐작했다. 리형준의 눈꺼풀이 떨리더니 윗니로 아랫입술을 깨물고 소리 죽여 울기 시작했다. 박덕배가 친구의 손에서 편지를 뺏어 읽었다. 그의 눈에도 눈물이 흘렀다.

“고생하며 산 보람이 있구나.”

그날 밤, 리형준은 눈물을 삼키며 아내의 편지를 읽고 또 읽었다. 또박또박 눌러 쓴 글자 하나하나가 그의 가슴에 들어와 박혔다. 짧은 편지에 함축된 수많은 사연과 감정을 어찌 모르겠는가. 아내와 미화를 껴안고 통곡하고 싶었다. 가장 사랑하는 두 사람, 딸과 아내가 만났으니 이제 죽어도 한이 없다. 아내는 미화를 잘 거두어 줄 것이다. 아내가 미화를 보내 주어서 고맙다고 한 뜻을 모르지 않았다. 그런데 왜 이리 미안하고 부끄러운가. 아내는 자신이 돌아올 것을 기다리며 50여 년을 홀로 살았는데.

그때, 리형준의 머릿속에 떠오르는 또 한 여자가 있었다. 생명의 은인, 허말순이었다. 그녀가 아니었으면 오늘도 있지 못했을 것이다. 탄광 사고로 산송장이 된 자신의 똥오줌을 받아내 주었다. '고맙다', '미안하다'는 말은 수없이 했으나 한 번도 '사랑한다'는 말은 하지 않았다. 여자로서 가장 듣고 싶은 말이었을지도 모른다. 하지만 고향의 아내를 생각하면 그 말이 입 밖으로 나오지 않았다. 허말순은 어떤 경우에도 불만을 드러내지 않았다. 배운 게 없어서 바보인 체하고 살았으나 속 깊은 여자였다. 그녀에게는 가족의 끼니가 가장 중요했다. 장마당을 헤매고 다니며 바닥에 떨어진 쭉정이나 겉대를 주워 와서 죽을 쑤었다. 가족을 먹이기 위해 자신은 굶었다. 리형준은 유영실의 편지를 받은 환희와 굶어 죽은 허말순에 대한 회한으로 긴 밤을 꼬박 새웠다.

이튿날 아침, 리형준이 박덕배를 밖으로 불러냈다. 밤새 고민한 것을 친구에게 털어놓을 생각이었다. 보통 때 같으면 농담을 던졌을 박덕배도 눈이 퉁퉁 부은 그의 얼굴을 보고는 아무 말도 하지 않았다.

"덕배야."

그러나 막상 친구의 이름을 불러놓고는 한동안 말을 잊지 못했다.

"말해라."

"덕배야, 밤새 생각해 봤는데…… 나, 강 건널란다."

박덕배도 그의 입에서 무슨 말이 나올지 짐작하고 있었다. 아내와 딸의 편지를 받고 가만있을 리 없다. 하지만 강을 건너는 것은 운명을 바꾸는 일이기에 또 한 번 죽을 각오를 해야 한다.

"갈란다."

리형준이 자신의 결심을 다지듯 나지막하게 내뱉었다.

"내가 살면 얼마나 살겠나? 강을 건너다 죽어도 좋다."

박덕배는 묵묵히 고개를 끄덕였다. 그렇다. 이렇게 며칠 더 산들 그게 무슨 의미가 있겠는가.

"오늘 절구통이 온다 캤으니 답장을 보내고 기다리 보자. 무슨 소식이 있을끼다. 미화가 그만한 준비 안 해 놓고 편지를 보냈겠나? 그라고 도와주는 사람이 있다 안 카더나?"

"고맙다, 덕배야. 니가 삼 년 전에 목숨을 안 구해 줬으면……. 죽어도 은혜를 못 잊을 거다."

"별말을 다 한다."

"덕배야."

리형준이 다시 친구의 이름을 불러 놓고 말을 멈추었다. 박덕배가 어서 말하라는 듯이 그를 바라보았다.

"덕배야, 같이 가자."

박덕배가 친구의 말을 전혀 짐작하지 못한 것은 아니었다. 그 역시 밤새 같은 고민을 했다.

"나는 안 간다. 니 혼자 가라."

"죽어도 같이 죽고 살아도 같이 살기로 안 했나?"

"이제 고향 가믄 뭐 하긋노? 엄니가 살아 있는 것도 아니고."

박덕배가 쓸쓸한 표정으로 말했다.

"여기 에미네도 있고 자식도 있는데…… 버리고 갈 수도 없고. 그렇다고 다 델꼬 갈 수도 없고."

리형준도 박덕배의 마음을 이해했다. 다시 가족과 생이별을 할 수는 없는 일이다.

"그라고 사람이 많아지면 더 위험하다."

맞는 말이다. 두만강을 건넌다 해도 무사히 남한에 도착할 수 있을지 알 수 없다. 북조선에 가족이 있는 박덕배에게는 무모한 일인지도 모른다. 리형준은 두 손으로 박덕배의 손을 감쌌다.

"니 가거든 울 엄니 산소에 나 대신 쌀밥 한 그릇 올리도라."

박덕배가 돌아서서 주먹으로 눈가를 훔쳤다.

＊　　＊　　＊

두만강. 백두산 대연지봉 동쪽 기슭에서 발원해 한국과 중국에서 흘러 드는 수많은 지류와 합쳐져 동해로 흘러드는 긴 강이다. 강이 곧 역사였 다. 두만강은 중국, 러시아와 국경을 이루고 있어서 민족의 수난을 고스란히 담고 있는 것이다. 일제 강점기에는 일제의 학정을 피해, 김일성 부자 치하에는 먹을 것을 구하기 위해 수많은 백성이 이 강을 건넜다. 얼마나 많은 사람이 이 강을 건너다 목숨을 잃었을까. 김동환의 서사시 '국경의 밤' 첫 구절이 백민우의 머릿속을 떠나지 않았다.

아하, 무사히 건넜을까 / 이 한밤에 남편은 / 두만강을 탈 없이 건넜을까.

일제 강점기에 두만강을 몰래 넘는 남편을 염려하는 아내의 애타는 마음이 가슴을 저렸다. 국경 지방 한겨울 밤의 삼엄하고 음울한 분위기는 한 세기가 다가오는 지금도 계속되고 있다. 백민우는 울적한 마음으로 강물을 바라보고 있었다.

백민우가 한국에서 장룽에게 연락했을 때 그는 옌지에 있다고 했다. 백민우가 옌지로 날아가 그에게 유영실과 이미화의 편지를 전한 지 일주일이 되었다. 백민우는 장룽의 연락을 기다리며 두만강 유역을 둘러보고 있었다.

백민우가 호암령을 찾은 것은 함경북도 무산이 가장 잘 내려다보이는 곳이기 때문이다. 남의 나라 땅에서 우리의 영토를 바라보아야 하는 심정이 착잡했으나 이미화가 살던 그곳을 직접 보고 싶었다. 호암령에서 내려다보이는 무산은 1960년대 흑백사진을 보는 것 같았다. 성천수 너머 무산로천 철광의 굴뚝에서 솟아오른 검은 연기가 시가지를 덮고 있었다. 무슨 건물인지 모를 흰 건물 한가운데에 김일성 부자의 대형 사진이, 그 좌우에 '경애하는 최고 령도자 김정일 동지 만세!', '영광스러운 조선로동당 만세!'라는 붉은 간판이 걸려 있었다. 누구에게 보이기 위한 사진이며 간판일까? 저것이 가장 잘 보이는 위치가 강 건너 중국 땅이니, 중국에 오는 한국 관광객을 대상으로 만들어 놓은 것일까? 그들이 가장 선전하고자 하는 것이 실은 가장 비난받는 것임을 모르는 것일까? 사진과 간판을 보는 것만으로도 거기 사는 사람의 고통이 느껴졌다. 저곳에서 이미화 가족이 살았구나. 저기 어딘가에 이형준이 살고 있겠지. 그녀가 이 광경을 본다면 기가 막힐 것이다. 그녀를 데려오지 않은 것이 다행이었다.

옌지로 떠나기 전, 이미화가 동행하고 싶어했으나 백민우가 말렸다. 옌볜 지역은 탈북자인 이미화에게는—그녀가 지금은 대한민국 국민이라 해도—여전히 위험한 지역이다. 그녀도 그것을 알고 있는 터라 고집부리지 않았다. 부디 조심하세요. 인천공항에서 그녀가 애타는 눈빛으로 그를 바라보았다. 그 눈빛을 본 백민우는 가슴이 벅찼다. 두 사람은 오래도록 마주 보고 서 있었다. 잘 다녀올게요. 그는 그녀의 이마에 가볍게 입을 맞추고 출국장으로 나갔다.

백민우는 시계를 보았다. 장룽과 약속한 시각이 다가오고 있었다. 그는 호암령을 내려와 옌지로 향했다.

"공치사가 아니라 쉬운 일이 아니었소."

장룽이 담뱃갑을 건네며 말했다.

담뱃갑은 북한에서 비싸게 팔리는 고양이담배였는데, 투명 테이프로 단단히 봉해져 있었다.

"압니다, 장 선생님만이 하실 수 있다고 문 목사님도 몇 번이나 그러셨어요."

백민우가 봉투를 꺼내 장룽에게 건넸다.

"약소하지만 제 성의입니다."

장룽이 봉투를 주머니에 집어넣고 일어서려 했다. 백민우가 황급히 그의 손을 잡아 앉히며 말했다.

"장 선생님, 한 번만 더 도와주십시오."

"목사님 부탁도 있구, 두 분 정황이 하도 딱해서 뛰어들었습네다만 이젠 나도 겁납네다."

"비용은……"

"비용이 문제가 아닙네다. 남조선 사람들은 꼭 자기 생각만 한단 말입네다."

나지막하나 역정이 담긴 목소리였다.

백민우가 얼른 의자에서 일어나 바닥에 무릎을 꿇었다.

"장 선생님, 제가 경솔했습니다. 용서해 주십시오. 장 선생님은 잘 모르시겠지만 한국전쟁 때 북한에 끌려간 국군포로가 8만 명이 넘습니다. 그들 대부분이 탄광에서 노예처럼 일하다 비참하게 죽었습니다. 그런데도 이때까지 남한 당국은 아무런 노력을 하지 않았습니다. 아니, 기억조차 하지 않습니다. 그래서 제가 이형준 씨를 구출하려는 것입니다. 그분이 대한민국에 와서 떳떳하게 전역 신고를 할 수 있도록, 국립묘지에 안장될 수 있도록 해야 합니다. 그것만이 국군포로들의 명예를 회복하는 길입니다. 장 선생님, 단 한 명의 국군포로라도 구출해야 합니다. 지금도 국군포로가 북녘땅에 살아 있음을 남한 사람들에게 알려야 합니다. 후세에 전해야 합니다. 국군포로의 수많은 가족이 남한에 살고 있습니다. 오늘도 남편이, 아버지가 살아 돌아오기만을 기다리며 말이지요. 장 선생님, 이형준 씨의 아내가 50여 년을 눈물로 기다렸습니다. 이 일을 도와주실 분은 세상에서 장 선생님 한 분뿐입니다. 제발 도와주십시오. 은혜를 잊지 않겠습니다.”

백민우의 눈에서 눈물이 흐르고 있었다. 이제 이형준을 구하는 일은 그의 과업이 되었다. 이미화를 향한 마음이 그 원동력이 되었음을 부인할 수 없었다.

묵묵히 듣고 있던 장룽이 백민우의 팔을 잡았다.

“일어나시라요.”

“설령 리형준 아바이를 중국까지 데려온다 해도 어떻게 비행기를 탑네까? 이제 남조선 정부가 나서 주지 않으면 안 된다 이 말입네다.”

“이형준 씨를 중국까지만 탈출시켜 주십시오. 그다음은 제가 알아 하겠습니다. 제가 북한 전문 기자로 십 년 넘게 일했습니다. 인맥도 있습니다.”

“일단 귀국하시라요. 준비되는 대로 연락하갔시오.

✳　　✳　　✳

백민우는 공항에 내리자마자 서상으로 달려갔다. 백민우가 대문 밖에 차를 세우자 유영실 모녀와 이형숙이 맨발로 달려나왔다. 네 사람은 부둥켜안은 채 방으로 들어갔다.

백민우가 담뱃갑을 유영실 손에 쥐여 주자 그녀가 갑자기 가슴을 잡고 앞으로 쓰러졌다. 이미화가 놀라 그녀를 끌어안았다.

"어머니, 어머니."

유영실이 괜찮다는 듯이 손을 젓고는 주머니에서 알약을 꺼내 혀 밑에 넣었다. 한참 만에 긴 숨을 내쉬며 몸을 일으키는 그녀의 얼굴이 백지장처럼 창백했다.

"괜찮다, 괜찮아."

말은 그렇게 하면서도 담뱃갑을 열지 못하고 있었다. 이형숙이 테이프를 뜯어내자 그 안에 딱지 모양으로 접힌 은박종이가 나왔다. 손바닥만 한 종이에 깨알 같은 글씨가 빽빽이 씌어 있었다. 유영실의 손이 부들부들 떨렸다. 눈물이 쏟아져 글자가 눈에 들어오지 않았다. 이미화가 편지를 받아 읽어 내려갔다.

사랑하는 나의영실에게

우리가 헤어진지 50여년의세월이 흘렀구려. 참 잔인한 세월이엇소. 당신도 얼마나힘들엇을까. 당신이 장하오. 나대신 부모님을모신 당신의은혜는 죽어도 못잊을거요. 나는 당신에게 죄인이오. 하지만, 하루도 당신을 잊은적이 업소. 사랑하오. 살아돌아가서 당신에게 용서를 빌고싶소. 부디건강하시오. 형숙아, 보고싶구나. 니가 어머니몰래 아궁이에 구워주던 고구마맛을 나는지금도 잊지못한다. 남매를 두엇다지? 언니를 잘보살피조서 정말고맙다. 나는 지금 박덕배네집에 잇다. 너 좋다고 죽자살자따라다니던 묵골네아들 덕배말이다. 덕배랑 지금도 니얘기를 한다. 미화야, 고맙다. 다시만날때까지 어머니모시고 잘잇거라. 2004. 12. 6

세 여인은 서로 껴안고 울다가 다시 편지를 읽고, 또다시 껴안고 울기를 반복했다. 백민우는 코허리가 시큰거리는 것을 참으며 그 모습을 지켜보았다. 가족이란 것이 얼마나 소중한 것인가. 저들을 이산가족으로 만든 자들은 누구인가. 얼마나 많은 이산가족이 눈물로 밤을 지새우고 있을까. 왜 우리는 그것을 해결하지 못하는가. 백민우는 슬픔과 분노로 가슴이 터질 것 같았다.

그는 방을 나와 담배를 피워 물었다. 담배 한 대를 다 피웠을 무렵 이미화가 다가와 그의 손을 잡았다. 그녀의 얼굴에 고마움과 미안함이 가득했다. 백민우가 방에 들어가자 유영실과 이형숙이 얼른 그의 손을 잡았다.

"백 선상님은 우리 가족의 은인이오. 참으로 고맙소."

"하믄요, 은인이고 말고요."

"별말씀을 다 하십니다. 이제 다음 일을 의논해 봅시다."

"우리는 그저 백 선상님 하라는 대로 할끼요."

"장룡 씨가 준비되는 대로 연락한다고 했어요. 미화 씨도 봤지만 그 사람이 허튼소리 할 사람은 아니에요. 아버님을 무사히 중국까지 탈출시킨다 해도 그다음이 문제예요. 한국 정부가 나서 주지 않으면 비행기를 탈 수 없어요. 그래서 말인데요."

백민우가 말을 멈추고 세 사람을 둘러보았다.

세 여자는 그의 입만 바라볼 뿐 누구도 입을 열지 않았다.

"일단 국방부와 외교부에 진정서를 넣어 봅시다. 진정서는 가족 명의로 해야 하니까 어머님과 미화 씨 이름으로 보내는 것이 좋겠어요."

"우리가 어떻게?"

"제가 초안을 잡아 드릴게요. 국군포로 이형준 일등병이 곧 북한을 탈출할 것이니 무사히 대한민국으로 귀환할 수 있도록 조치해 달라. 이 정도로 쓰면 될 거예요. 그리고 장룽 씨한테서 연락이 오면 제가 옌지로 갈게요."

그때, 이미화가 얼른 나섰다.

"저도 가고 싶어요."

"위험해서……."

"괜찮아요. 옌지는 저도 좀 알아요."

"그건 그때 가서 생각해 보기로 하고, 우선 진정서부터 씁시다."

＊　　　＊　　　＊

2004년 12월 27일 밤 10시경.

함경북도 무산과 지린성 난핑 사이의 두만강에는 거센 바람이 불고 있었다. 어둠과 바람과 강추위가 모든 것을 삼켜 버린 강 위에 두 개의 그림자가 느리게 움직였다. 한 그림자는 덩치가 컸고, 또 한 그림자는 몸피가 작고 등이 굽었다. 큰 그림자가 작은 그림자의 팔짱을 끼고 얼어붙은 강 위를 조심스럽게 걷고 있었다. 작은 그림자는 바람이 휘몰아칠 때마다 고목에

붙은 삭정이처럼 위태롭게 흔들렸다. 그때, 난핑 쪽에서 불빛이 두 번 깜박였다. 두 그림자가 불빛을 향해 다가갔다.

"수고했수다."

강가의 바위 뒤에서 불쑥 나타난 사내가 큰 그림자에게 말을 건넸다. 사내는 귀를 덮는 방한모에 검은 마스크를 쓰고 있어서 얼굴이 보이지 않았다.

"이 아바이가 영 걸음을 못 걸어서리."

큰 그림자가 퉁명스레 말했다.

사내는 그 말에는 대꾸하지 않고 작은 그림자를 향해 말했다.

"이름이 어떻게 됩네까?"

이형준은 떨리는 몸을 어떡해서든 진정해 보려 했으나 되지 않았다. 불안감으로 심장이 쪼그라드는 것 같았다. 심장의 박동 소리에 다른 소리가 귀에 들어오지 않았다. 추위조차 느끼지 못하고 있었다. 강을 건너기 전부터 오른손에 알약 하나를 쥐고 있었다. 그것은 박덕배가 구해 준 것이다. 씨발, 옛날 중대장 말이 생각나네. 그가 알약을 쥐여 주며 리형준을 끌어안았다. 두려워하지 말자. 또다시 붙잡히면 미련 없이 이것을 삼킬 것이다. 그러면 모든 것이 끝난다. 아내와 딸을 생각해서이지 자신의 목숨에 대한 애착은 이미 없었다.

"이름, 이름을 대시라요."

말소리는 나직했으나 사람을 억누르는 힘이 있었다.

"이형준입니다."

“딸 이름은?”

“이미화.”

갑자기 불빛이 이형준의 눈을 찔렀다. 사내가 손전등으로 그의 전신을 훑고는 재빨리 껐다. 사내가 봉투를 꺼내 큰 그림자에게 건네자 그는 그것을 주머니에 넣고 잽싸게 어둠 속으로 사라졌다. 모든 것이 순식간에 일어났다.

“추워도 조금만 참으시라요.”

사내가 이형준의 팔짱을 끼며 말했다.

이형준이 몇 번 발을 헛디뎌 넘어질 뻔하자 사내가 그의 앞에 쭈그리고 앉았다.

“업히시라요.”

이형준이 망설이자 사내가 무뚝뚝하게 말했다.

“어서.”

사내는 이형준을 업고 빠르게 걸었다. 그렇게 5분쯤 걷자 어둠 속에 차가 희미하게 보였다. 다가가 보니 택시였다. 사내가 운전석 쪽으로 가서 문을 두드렸다.

“타시라요.”

이형준이 뒷좌석에 오르자 사내가 운전사에게 중국말로 짧게 말했다. 이형준은 계기판의 시계를 보았다. 10시 30분. 몇 시간이 걸린 듯했는데 고작 30분이 지났을 뿐이다.

운전사는 전조등도 켜지 않은 채 운전했다. 10여 분쯤 가자 포장도로가 나왔고 그제야 전조등을 켰다. 도로에는 왕래하는 차가 별로 없었다. 찻길만 눈이 녹아 검은색일 뿐 주위는 온통 눈밭이었다. 택시는 어둠 속으로 빨려 들어가듯 질주했다. 간혹 상향등을 켠 대형 트럭이 맞은편에서 달려왔으나 택시는 속도를 줄이지 않았다. 얼마 후 그들이 도착한 곳은 허름한 여관 앞이었다. 이형준이 내리면서 계기판을 보니 11시 50분이었다.

여관방에 들어서서야 사내가 방한모와 마스크를 벗었다. 이형준은 비로소 그의 얼굴을 똑바로 볼 수 있었다. 각진 얼굴에 광대뼈가 유난히 불거졌고 눈매가 날카로웠다.

사내가 휴대폰을 꺼내어 어딘가에 전화했다.

"나 장룡이오."

휴대폰의 감이 좋아서 옆에서도 상대편의 목소리가 들렸다.

"수고하셨습니다. 지금 어디 계시는가요?"

"방금 옌지에 도착했소. 내일 오전 열 시에 고려호텔로 갈 테니 남조선 요원과 연락해 두기오."

"네에."

"그럼, 리형준 아바이 바꿔 줄 테니 간단하게 인사만 하기오."

장룡이 휴대폰을 이형준에게 내밀었다.

"여보시오?"

이형준이 두 손으로 휴대폰을 귀에 갖다 대고 어눌하게 말하자 뜻밖의 말이 날아왔다.

"잠깐 기다리세요. 따님을 바꿔 드릴 테니."

이어서 이미화의 목소리가 들렸다.

"아버지, 저 미화야요."

이형준은 심장이 멎는 것 같았다.

"미화야, 미화야."

그는 목이 메어 다른 말을 할 수 없었다.

"아버지, 저 지금 옌지에 와 있어요. 어머니와 고모님은 서울에서 기다리시고요."

"미화야, 미화야.

그는 여전히 딸의 이름만 불러 댈 뿐이었다.

"아버지, 오늘 밤만 지나면 내일 만날 수 있어요."

"미화야, 미화야."

장룽이 이형준으로부터 휴대폰을 받아 말했다.

"그만합시다."

이미화는 휴대폰을 백민우에게 건네고 두 손으로 얼굴을 가렸다. 참았던 눈물이 두 손 사이로 흘러내렸다. 솟구쳐 올라오는 울음을 도저히 참을 수 없었다.

백민우가 그녀의 어깨를 가볍게 안으며 말했다.

"마음껏 울어요."

그녀는 백민우의 품에 안겨 목놓아 울었다. 몸안의 수분이 모두 눈물로 변해 나오는 것 같았다. 그의 눈에서도 눈물이 흐르고 있었다. 두 사람은 끌어안고 눈물에 젖은 뺨을 비볐다.

이윽고 이미화가 그를 안았던 손을 풀고 말했다.

"어머니께 전화 안 해도 될까요?"

"밤도 깊었으니…… 내일 아침에 아버님 뵙고 하는 게 안 낫겠어요?"

"감사해요, 감사해요."

두 사람은 다시 끌어안았다.

12월 28일 오전 9시.

백민우는 외교부로 전화했다.

"유영실과 이미화의 진정서는 접수되지 않았습니다."

담당자는 바쁜 것 없다는 듯이 느릿느릿 대답했다.

백민우는 피가 마르는 것 같았다.

"국군포로 이형준 일병이 탈북해서 지금 옌지에 있습니다. 당장 영사관에 연락해서 고려호텔로 사람을 보내 주십시오. 시간이 없습니다."

"그것은 저희 소관이 아닙니다."

"국군포로가 탈출했단 말입니다. 지금 소관을 따질 때가 아닙니다. 관련 부서에 연결해서라도 제발……."

"죄송합니다."

백민우의 곁에 있던 이미화는 이미 얼굴이 흙빛이었다.

"안 되겠습니다. 우선 호텔로 갑시다."

두 사람은 택시를 타고 고려호텔로 향했다.

12월 28일 오전 9시 45분, 고려호텔.

이미화와 백민우가 관광객 차림으로 호텔 로비에 들어섰다. 백민우가 접수대 옆의 신문 진열대에서 신문을 하나 뽑아 소파에 앉았다. 이미화가 팔짱을 끼며 바짝 다가앉았다. 그녀의 몸이 떨리고 있었다. 두 사람은 신문을 보는 척하며 호텔 내부를 살폈다. 어느 호텔에서나 볼 수 있는, 평범한 아침나절의 모습이었다.

"아직 시간이 안 됐어요."

백민우가 이미화의 귀에 대고 말했다.

이미화가 고개를 끄덕였다.

"자연스럽게 행동해야 해요."

그녀가 또 고개를 끄덕였다.

12월 28일 오전 10시, 고려호텔 앞.

장룡과 이형준을 태운 택시가 호텔 앞에 도착했다. 장룡이 택시 안에서 밖을 살폈으나 수상한 낌새는 없었다. 장룡과 이형준이 택시에서 내리는 순간, 건장한 남자 네 명이 두 사람을 둘러쌌다. 남자들이 두 명씩 짝을 지어 장룡과 이형준의 좌우에서 팔짱을 끼고는 어깻죽지를 꺾었다. 그리고 대기시켜 둔, 두 대의 검은 차에 올라탔다. 모든 일이 순식간에 일어났다. 반항할 틈도 없었다. 호텔 도어맨조차 무슨 일이 일어났는지 모르고 있었다.

차에 오르자 그들이 이형준 머리에 검은 두건을 씌우고는 목덜미를 내리눌렀다. 아무것도 보이지 않았다. 아무 소리도 들리지 않았다. 이형준은 비로소 상황을 짐작했다. 한 생각이 쇠망치처럼 머리를 때렸다. 끝났구나, 모든 것이. 강을 건넌 지 열두 시간밖에 되지 않았다. 강을 건넜으나 운명을 바꾸지 못했다. 강을 건널 때는 그렇게 떨리더니 지금은 오히려 마음이 가라앉았다. 이제 한 가지 선택밖에 없었다. 그것만은 내 의지대로 하리라. 알약, 이형준은 주머니 속의 그것을 꺼낼 기회를 노렸다. 그런데 건장한 사내들이 양팔을 붙잡고 있어서 꼼짝도 할 수 없었다. 이형준이 몸을 약간 뒤척이자 오른편에 앉은 남자가 주먹으로 목덜미를 내리쳤다.

12월 28일 오전 10시 10분, 고려호텔 안.

이미화와 백민우는 호텔 접수대 뒷벽에 걸려 있는 네 개의 시계를 노려보고 있었다. 시계는 각각 베이징, 워싱턴, 로스앤젤레스, 런던 시각을 알리고 있었다. 째깍째깍 움직이는 시곗바늘이 그들의 수명을 야금야금 갉아먹는 것 같았다. 베이징 시계가 10시 정각에서 10분이 지나고 있었다. 조금 늦을 수도 있지. 두 사람은 그렇게 생각했다. 20분이 지나자 어쩔 수 없이 떠오르는 불길한 생각을 떨쳐 버리려고 고개를 저었다. 10시 30분, 백민우는 휴대폰을 꺼내 장룽의 번호를 눌렀다. 전화기가 꺼져 있었다. 몸안의 피가 모두 말라버리는 것 같았다. 11시, 두 사람은 비틀거리는 걸음으로 호텔을 나섰다.

12월 28일 밤 11시.

백민우의 휴대폰이 울렸다. 그가 수신 버튼을 누르자 장룽의 다급한 목소리가 들려왔다.

"리형준 아바이가 공안에 체포되어 옌볜주 공안국에 있소. 빨리 남조선 외교부에 연락하기오."

백민우가 무슨 말을 하기도 전에 전화는 끊겼다.

백민우는 급히 국군포로 이형준 일병의 체포 사실을 국방부와 외교부에 팩스로 보냈다. 이제 날이 새기를 기다리는 수밖에 없었다.

12월 29일 오전 9시.

백민우는 국방부와 외교부에 전화했다.

"국군포로 이형준 일병이 지난 27일 밤 북한을 탈출했는데, 28일 아침 옌볜주 공안에 체포되었습니다. 빨리 조치해 주시기 바랍니다."

백민우가 휴대폰에 대고 악을 썼다.

12월 30일 밤 8시.

"사흘 유치장에 있다가 뇌물 멕이고 나왔습네다. 나는 저들의 목표물이 아니니까요."

며칠 사이에 광대뼈가 더 나온 장룡이 얼굴을 찡그리며 말했다.

"아버지는요?"

"모릅네다. 따로 갇혀 있어서."

그러고는 담배 연기를 길게 내뱉었다.

"나도 모르겠습네다. 어디서 잘못됐는지."

“……”

“북조선에 있는 국군포로 가족들은 아바이가 남조선에 가는 것을 꺼리는 경우가 많습네다. 아바이가 남조선에 가면 보위부로부터 보복을 당하기 때문이디요. 그래서 가족의 신고로 탈북이 좌절되는 경우도 많습네다. 아바이가 국경을 넘을 때맞춤해서 신고해 자기들 처벌을 줄이는 경우도 있디요. 리형준 아바이는 그런 경우도 아닌데.”

장룡이 화가 난 어투로 말을 이었다.

“내가 부리는 동무들은 절대 배신 안 하오. 무산의 어떤 놈이 고자질한 거이 분명하오. 그놈들은 사람을 탈북시켜 주고 돈 받고, 밀고해서 북송되면 다시 탈북시켜 준다고 돈을 뜯디요. 탈북하려는 사람을 돈벌이 수단으로 삼는 겁네다. 종간나새끼들.”

백민우가 장룡을 바라보며 말했다.

“우리가 직접 공안국에 가 보면 어떨까요?”

장룡이 고개를 저었다.

“중국을 몰라서 하는 말입네다. 외국인은 공안국에 들어갈 수도 없습네다. 남조선 당국에서 나서는 것 외에는 방법이 없습네다. 얼마 전까지만 해도 중국 정부가 국군포로에 대해서만은 관용적이었는데 요즘은 한중 관계가 나빠져서 말입네다. 남조선 정부가 잘못하는 짓입네다. 중국을 이길 수 없어요.”

“무슨 수가 없을까요?”

“이제 민간 차원에서는 안 됩니다.”

장룡이 담배를 비벼 끄고 일어섰다.

다음 날, 이미화와 백민우는 한국행 비행기에 몸을 실었다. 두 사람은 공항에 내리자마자 국방부와 외교부로 달려갔다. 국방부에서는 소관 부처가 외교부라고 했고, 외교부에서는 중국 정부를 자극해서 좋을 게 없으니 기다려 보자고 했다.

백민우는 이제 여론의 힘을 빌리는 수밖에 없다고 생각했다. 기자 시절 친하게 지냈던, 신문사와 방송사 기자들에게 전화했다. 그리고 다음 날부터 국내 신문을 다 훑었으나 어디에도 이형준 일병의 탈북 기사는 나오지 않았다. 텔레비전에는 아이돌 여가수의 자살 사건이 속보로 나오고 있었다.

2005년 1월 10일.

국내 신문에 이형준 일병의 탈북 사실이 처음으로 보도되었다. 기사에는 이형준 일병의 북송이 임박한 것으로 보인다고 했지만, 외교부 관계자는 그런 징후는 없다고 잘라 말했다.

주중 대사는, 중국과 긴밀히 협조하고 있으므로 이형준 일병이 별문제 없이 입국할 수 있을 것이라고 말했다.

1월 26일.

이형준 일병이 지난해 12월 30일 이전에 북송되었음을 외교부가 공식 발표했다.

*　　　*　　　*

1월 31일, 서상.

이미화와 백민우가 서상에 도착한 것은 한밤중이었다.

"어머니가 그 발표 보고 나서 곡기를 끊으셨다. 이때까지 주사로 간신히……"

이형숙이 이미화를 보고 말했다.

이미화는 어머니가 곡기를 끊은 이유를 짐작했다. 어머니는 아버지의 죽음을 알아차렸을 것이다. 사랑하는 사람끼리만 통하는 직감으로. 정부가 공식적으로 전사통지서를 보내고 유족 연금을 지급해도 아버지의 생존을 믿고 기다렸던 어머니다. 그런데 이번에는 그 반대다. 그녀도 어머니와 같은 심정이었다. 중국과 한국 정부의 발표를 믿지 않았다.

"집에 오고 싶다고 해서, 의사도 그러는 게 좋겠다고 해서."

이형숙이 코를 훌쩍이며 퇴원한 이유를 말했다.

"어머니, 어머니."

이미화가 유영실의 손을 잡으며 애타게 불렀다.

유영실의 손에는 남편의 편지가 들려 있었다. 그것을 얼마나 꼭 쥐었는지 종이가 휴지처럼 구겨져 있었다.

유영실이 감았던 눈을 조금 떴다. 눈꺼풀이 가늘게 떨리고 있었다.

"어머니, 어머니."

"고맙다. 애야."

그러고는 몸안의 기력을 다 끌어모아 방안의 사람들을 둘러보았다. 그녀의 눈이 백민우에게서 멈췄다.

"백 선상님, 야를, 우리 미화를 부탁하요."

백민우는 그녀가 볼 수 있도록 크게 고개를 끄덕였다.

유영실의 입가에 희미한 미소가 어렸다. 그녀는 날숨을 크게 한 번 내쉬고 사르르 눈을 감았다. 남편의 편지를 손에 꼭 쥔 채. 그녀의 눈가로 눈물이 흘러내렸다.

2월 7일, 두만강.

강바람이 눈벌판 위를 휩쓸고 지나가면 눈가루가 하늘로 날아올랐다. 어디까지가 땅이고 어디부터가 강인지 구분이 되지 않았다. 이미화와 백민우는 최대한 강가로 다가갔다. 무산이 마주 보이는 곳이다.

어머니 골분을 두만강에 뿌리고 싶어요. 유영실의 장례식 날, 이미화가 그렇게 말했다. 백민우와 이형숙은 고개를 끄덕였다.

"강이 얼지 않았으면 좋았을 텐데."

이미화가 한 걸음 더 강가로 다가가 앉으며 중얼거렸다.

그녀는 골분이 든 항아리를 품에 안은 채 강 건너를 하염없이 바라보았다. 아버지 손을 잡고 건넌 그 강이다. 강이 얼어 땅이 맞닿아 있지만 이제 강을 건널 일은 없을 것이다. 강바람에 그녀의 소복이 마구 날렸다.

"미화 씨."

백민우가 안타깝게 그녀를 불렀다.

"아버지, 많이 기다리셨지요? 어머니가 오셨어요."

이미화가 항아리에 입을 맞춘 뒤 다시 속삭였다.

"어머니, 아버지가 사시던 곳이에요."

이미화가 보드라운 가루를 움켜쥔 손을 가만히 펼쳤다. 그녀의 손아귀를 떠난 하얀 가루가 눈송이와 함께 하늘로 날아올랐다. 두 사람의 시선이 하늘로 향했다. 두 사람은 의식을 진행하듯 같은 동작을 반복했다.

이미화는 항아리 안의 가루를 다 날리고도 석상처럼 앉아 있었다. 그녀를 바라보는 백민우도 석상처럼 서 있었다. 땅거미가 내려 두 사람을 감쌌다.

작가의 말

올해는 민족의 비극인 한국전쟁이 일어난 지 70년, 정전이 된 지 67년 되는 해입니다.

정전 협상이 난항을 겪은 이유는 포로 교환 방법과 숫자 때문이었습니다. 공산 측은 국군포로를 가능한 한 많이 잡아 두려고 회담 때마다 숫자를 속였습니다. 여러 자료에 의하면 국군포로가 8만 명이 넘습니다. 그들 대부분이 '송환을 원치 않는다'라는 구실로 북녘땅에 강제 억류된 것입니다. 국군포로들은 평생을 지옥 같은 곳에서 조국으로의 귀환을, 가족과의 상봉을, 그리고 통일을 기다리며 남쪽 하늘만 바라보다 생을 마감했습니다. 그들의 남한 가족 역시 기다림에 지쳐 한을 품은 채 눈을 감았습니다.

국군포로 중 대한민국으로 귀환한 분은 1994년 조창호 소위 이래 2010년까지 여든 분입니다. 그중 스물세 분이 생존해 계십니다. 20대의 청년이 90대의 노인이 되었습니다. 이제 거동조차 자유롭지 못합니다. 그분들마저 세상을 떠나면 국군포로에 대해 증언해 줄 사람이 없게 됩니다. 그래서 소설을 쓰는 내내 마음이 급했습니다.

이 소설의 인물들은 다 역사의 조난자들입니다. 조난자는 인종, 국적, 종교를 불문하고 우선 구조해야 합니다. 하물며 나라를 지키기 위해 참전한 자국 군인에 대해서는 더 말할 나위가 없을 것입니다. 그런데도 우리는, 우리 정부는 국군포로에 대해 외면했습니다. 그것이 소설을 쓰게 된 동기입니다.

막상 소설을 완성해 놓고 보니 아쉬운 점이 많습니다. 국군포로들의 명예를 회복시켜 드리고 싶었으나 한계를 느꼈습니다. 구체적인 정보의 부족이 가장 애로였는데, 귀환한 국군포로와 그 가족들의 증언이 많은 도움이 되었습니다. 이 자리를 빌려 그분들께 감사드리며, 아울러 소설적 변용에 대해서도 양해를 구하고자 합니다.

소설을 쓰는 내내 북녘땅에서 유명을 달리한 국군포로들이 떠올라 가슴 아팠습니다. 하루속히 통일이 되어 그분들의 유해나마 기다리는 가족의 품에 안기기를, 그토록 소원하던 고향땅에 묻힐 수 있기를 빕니다.

책이 출간되기까지 도움을 주신 분이 많습니다. 특히 남지심 선생님과 박선영 물망초 이사장님의 지도와 편달이 없었으면 소설이 완성되기 어려웠을 것입니다. 아울러 구충서 발행인님과 관계자분들께도 깊이 감사드립니다.